合唱

岬洋介的歸還

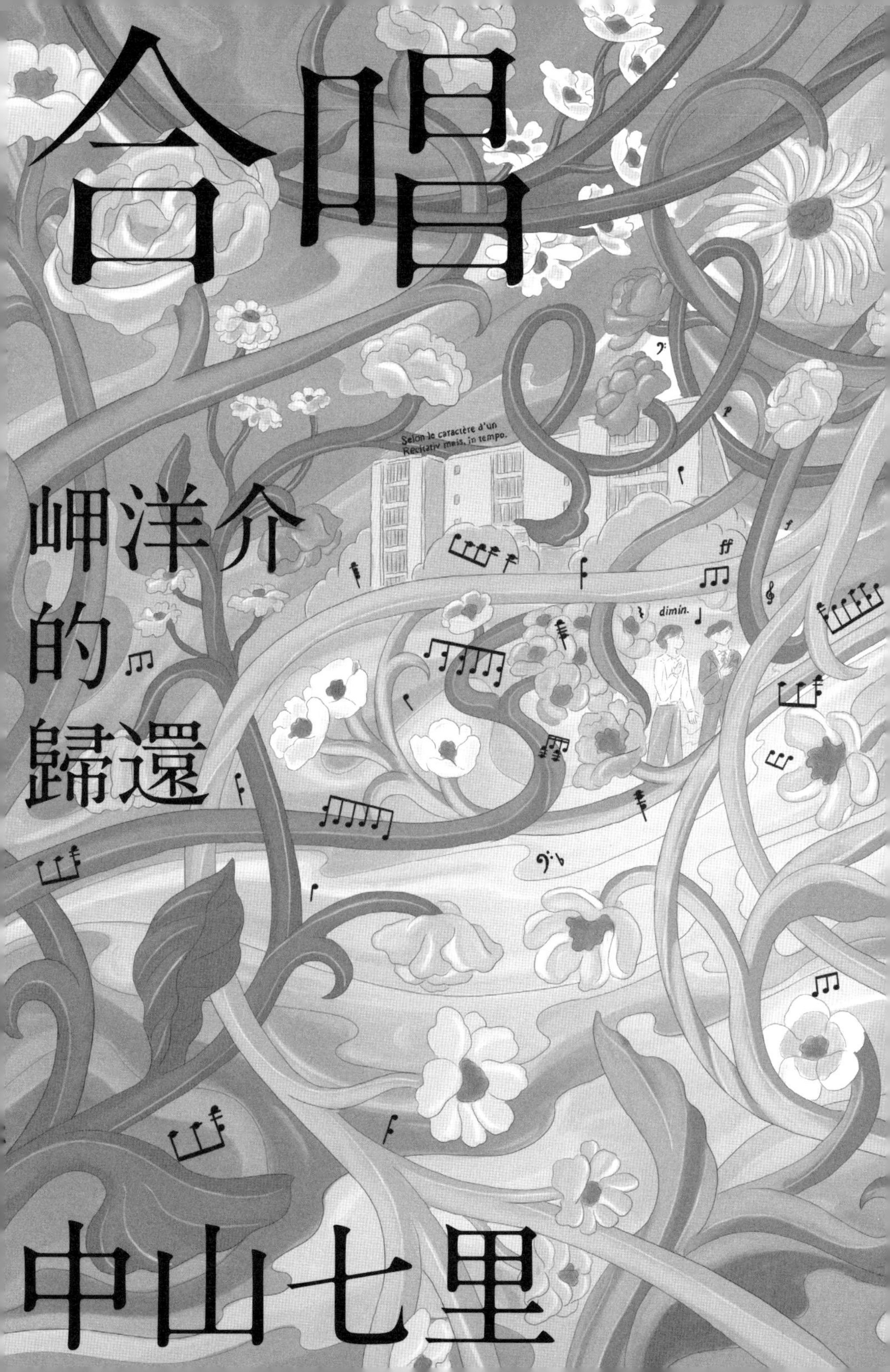

中山七里

Contents

合唱
岬洋介の帰還

中山七里

I

Allegro ma non troppo, un poco maestoso

～快板，但不過分快速，略為莊嚴～

アレグロ マ ノントロッポ，ウン ポーコ マエストーソ

1

「可惡！」

眼前的號誌在車子即將通過前一刻變成紅燈，古手川和也忍不住咒罵。

「不要把氣發在紅綠燈身上。」

在副駕交抱著手臂的渡瀨低聲規勸。雖然眼睛彷彿半睡半醒，但其實他正一如往常，眼觀四處，耳聽八方。

「市內紅綠燈太多了。」古手川埋怨。

「是依據交通量設置的。東京的紅綠燈更多。」

「車子也跑得太慢了。」

「警車的引擎跟一般車輛沒兩樣。再說，警車怎麼能違規？」

「可是歹徒根本不顧交通規則——」

「不要跟歹徒一般見識。喏，綠燈了。」

一聽到渡瀨的指示，古手川立刻踩下油門。豐田Mark X的引擎發出咆哮，輪胎則是發出尖叫般的摩擦聲。

不快點逮到歹徒，有可能讓危害更進一步擴大。古手川焦躁萬分。若不是旁邊有渡瀨盯著他，他早就失控暴衝了。但渡瀨也並非安之若素。古手川知道他雖然眼皮半張，其實相當緊張。現在這一刻，渡瀨和古手川以外的搜查一課人員及浦和署重案組也正為了逮補某名嫌犯，在市內上天下地搜捕。這次並非單純的逮捕行動，若是讓嫌犯跑了，絕對會讓縣警顏面掃地，甚至可能會有一兩名高層地位不保。

不，在這個節骨眼，高層的飯碗根本無關緊要。就算讓嫌犯去掉半條命，也一定要逮到他。古手川沉寂已久的莽撞性情蠢蠢欲動，因為他們正在追捕的，是絕對不能留情、也完全不能同情的凶惡嫌犯。

嫌犯仙街不比等在今晨闖入市內的幼稚園，殘忍殺害三名幼童及兩名教職員，正在逃亡。

九月二十日，上午剛過九點，浦和署接到來自埼玉市浦和區高砂的高砂幼稚園報案。

「有可疑人士侵入園內，持刀砍殺園童和老師。」

傳入耳中的內容，讓接獲通報的署員驚愕萬分，但接著聽到幼稚園的名稱，更是啞然失聲。因為高砂幼稚園就位在縣警本部的咫尺之處。沒有人料想得到，理應相對安全的地方竟會發生這樣的慘劇。

浦和署重案組立即趕赴現場，但嫌犯已經逃逸無蹤，現場倖免於難的園童及園方人員飽受驚嚇。但目睹行兇現場後，這次換成偵查人員陷入了驚恐。

現場的教室一片血海。兩名大人及三名幼童遭到亂刀砍殺，倒在地上，宛如壞掉的娃娃。不算大的教室裡，課桌牆壁噴濺著無數血花，彷彿妝點著棄置在教室裡的大小五具屍體。據說一名女偵查人員當場腿軟癱坐在地。趕到現場的急救人員試著急救，但五人都已回天乏術。

繼浦和署重案組之後，縣警本部的搜查一課也到達現場。古手川就是在這個時候參與此案。

他安撫渾身發顫的相關人士，詢問嫌犯的外表長相，得知嫌犯年約三十五歲，面龐細長，穿著黑色系的毛衣和牛仔褲。似乎是乘坐停放在幼稚園附近的車輛逃逸。

問到證詞後，偵查人員立刻製作畫像，正欲追捕嫌犯及符合的逃逸車輛，卻從意外的管道得到了至關重要的情報。縣警本部的刑事部組織犯罪對策五課提供了疑似嫌犯的男子的身分背景資料。

男子名叫仙街不比等，三十五歲，東京都人，目前是埼玉市某家超商的員工。組對五課之所以握有仙街的資料，是因為他蒙上持有毒品的嫌疑，組對五課的偵查人員正在跟蹤他，卻發生了這起悲劇。

接到這個消息，縣警的里中本部長下令要搜查一課與組對五課進行聯合偵查。一方面是因為資訊必須同步，同時也是因為這起案子發生在縣警本部的眼皮底下，而且死傷慘重，若無法及早破案，肯定逃不過輿論排山倒海的撻伐。

資訊同步晚了一拍，儘管案發後已過了三個小時，仙街的下落卻毫無線索。仙街開的是疑似租來的紅色鈴木Alto，但目前仍未被警方的偵查網捕捉到。當然，他租的公寓已經派人盯住了，但也沒接到仙街返家的報告。

他到底跑去哪裡了？

古手川焦躁萬分，原本以眼角餘光瞥著他的渡瀨睜開一隻眼睛，睨向他說：

「通往市外的主要幹道和公共交通機關都派人守住了，仙街已經是甕中之鱉，逃不掉的。」

「可是他才剛殺了五個人，不曉得會做出什麼事來。而且凶刀也還帶在身上。」

「對方確實很危險，但思路跟你差不了多少。你想像一下，如果你成了甕中之鱉，會往哪裡逃？」

聽到這話，古手川尋思起來。就算想逃往市外，主要道路都已設下臨檢，鐵路各站也都派有警力，但只是在車站驗票閘門監視而已，並不會闖進車廂裡。

「會換車子，或是暫時找地方躲起來，等待風頭過去吧。」

「不管怎麼樣，都得先找到紅色Alto。不管要逃還是要躲，起點都是丟下車子的地方。而且在找車子的不只我們，設置在主要國道的車牌辨識系統也正牢牢地盯著每一輛車。」

意思是現在必須徹底化身獵犬。古手川維持法定限速，留意停在路肩的車輛。

「班長，可以問個問題嗎？」

「什麼？」

「仙街為什麼要闖進幼稚園？他不可能跟園童有什麼深仇大恨。如果就像組對五課的情報說的，他是個毒蟲，那麼這次闖進幼稚園大開殺戒，也是嗑茫之後，意識不清下的犯行嗎？」

渡瀨臉朝著正面，只有眼睛瞥向古手川說：

「現在就開始擔心三十九條了？」

被猜中了。即使逮到仙街，萬一證明他在犯罪當下處於心神喪失狀態，法院就會依據刑法第三十九條，對被告不予裁罰。

「如果攻擊幼稚園有更多的預謀成分，心神喪失的根據也會變得薄弱。警方也已經開始搜索他的住家公寓了。只要找到暗示攻擊計畫的物證，就不怕無法將他定罪。」

奪走五條人命的畜牲，只因為心神喪失這種理由，就可以不受任何制裁，逃過法網，世上絕不能容許這種荒謬的事。

古手川回想起剛才目睹的凶案現場，激動萬分。兩名遇害老師都是女性，三名園童聽說都是小班生。原本擁有未來、擁有無限可能性的無辜生命，一眨眼就被抹殺了。

古手川不認為自己就是正義，也不認為這個國家的司法制度完美無缺。但古手川心中的法律無法原諒仙街。

一定要他付出代價。

抓著方向盤的手更用力了。奇妙的是，心情愈是激昂，駕駛愈不會出錯。神經敏銳到極限，四肢動作沒有絲毫多餘。

這時無線電傳出聲音：

「本部通知各車，車牌辨識系統捕捉到目標車輛，紅色Alto正在縣道四〇號向西行駛，十分鐘前通過南區別所四丁目。重複一次，車牌辨識系統捕捉到目標車輛，紅色Alto正在縣道四〇號向西行駛，十分鐘前通過南區別所四丁目。」

「反方向呢。」渡瀨說。

「我把車子掉頭。」

古手川在下一個路口迴轉，朝縣道四〇號開去。

「剛才的路口是不是禁止迴轉啊？」

「之後再追究吧。」

古手川終於把車開進縣道四〇號，朝別所四丁目前進。

「仙街是不是有朋友住這一帶？」

「攻擊幼稚園的事已經上了電視新聞快報，網路新聞比電視更快。搜查本部刻意公開仙街的姓名，媒體也跟進公布，現階段不可能會有人收留仙街。如果有，也只有共犯吧。」

「班長覺得有共犯？」

「若不是牽涉到金錢，不太可能有共犯。沒有回報，不可能有人會來蹚這種渾水。」

「真想知道仙街有哪些朋友。」

「他沒什麼深入交往的朋友。」

「班長怎麼能斷定？」

「要是有這種朋友，早就阻止他這麼做了。」

兩人乘坐的Mark X在國道四〇號飛馳前進。縣警出動了全部的車輛追捕仙街，卻沒看到半台警車。

「班長，我們會不會是最靠近仙街的一組人馬？」

「這又怎麼了？」

渡瀨沉聲低吼。若不是古手川這種已經摸熟了渡瀨的人，光是聽到這聲音，一定就會以為自己被恫嚇了。

「你該不會想要搶先立功吧？」

聲音壓得更低了。

「怎麼可能？」

「還『怎麼可能』哩，連續兩次差點送命的傢伙是誰？」

「那只是我輕忽大意了。」

「那，這次要繃緊神經到最後一刻。」

車子經過西浦和站，進入商店街時，渡瀨低語：

「前方五十公尺。」

幾乎同時，古手川也看到了。一輛紅色Alto停在路肩。靠近確認車牌號碼，就是通緝中的車子沒錯。

放慢車速，開到Alto前面，停車擋住它。渡瀨和古手川下車，保持距離，提防Alto的車廂內動靜。

車子裡沒有人影。渡瀨把手放到引擎蓋上。

「引擎還是熱的，人應該還走不遠。連絡本部。」

古手川連絡發現目標車輛的消息時，渡瀨也在搜視四周圍。嫌犯的退路朝四面八方展開，然而他們只有兩個人。是要鎖定兩個方向分頭尋找，還是等待支援？

道路兩側，林立著店鋪和不高的大樓，各別都有巷弄。古手川默默地觀看，渡瀨似乎對左邊藥局轉角拐進去的巷子很感興趣。不知是否察覺了古手川的困惑，渡瀨毫不遲疑地走向巷子。古手川只能追上去。

「班長是看到什麼仙街留下的東西嗎？」

「前面有一家關掉的超商，用來暫時藏身再適合不過。」

「班長熟悉這一帶嗎？」

「哪裡有倒閉的超商，至少要定期掌握一下。這種地方大部分都會被拿去做些不三不四的事。」

會每天更新並記住這些資訊的人，也只有渡瀨了吧。渡瀨總是如此博學強記，古手川現在已經不會對此驚訝了。

走過約四公尺寬的巷子，真的看到一家張貼著店面招租告示的空店面。空蕩蕩的商品架遮蔽了視線，看不清楚店內狀況。

渡瀨看也不看正面入口，繞到屋後。

「班長，店面——」

「有哪個白痴會在大白天大搖大擺從門口闖進倒閉的超商？」

後方有員工通行門。渡瀨戴上手套，轉動門把，門輕易就打開了。

「上。」

「不等支援嗎？」

「先確定人在哪，再請求支援。」

古手川按了按槍套，確定手槍在裡面。他對射擊技術沒自信，但槍可以用來嚇阻歹徒。

開門一看，裡面是一條狹廊。進貨從正門就行了，所以後門沒必要開得太大。走廊右邊是廁所，左邊是更衣室。

渡瀨領頭走進陰暗的室內，空間忽然變得開闊。這裡似乎是原本的後場。

渡瀨煞住腳步，後退了半步。

約三坪大的房間裡，一名男子坐在角落。男子憑靠在牆上，就像睡著了一樣。

黑色系的毛衣和牛仔褲吸飽了噴濺上去的血。最關鍵的是，那張臉符合組對五課提供的仙街不比等的相貌。

仙街似乎發現有人闖入，微微睜眼，看向這裡。

目光渙散。仔細一看，他的腳邊掉落著針筒。

是跑來這裡打藥？

還沒來得及深思，身體就先反應了。

「你是仙街不比等吧？」

仙街沒有反應，只是呆呆地看著這裡。

「我現在依涉嫌殺人將你逮捕。」

下一秒，同時發生了三件事。

古手川拿著手銬前進了三步。

渡瀨的手猛地伸來，揪住了古手川的肩膀，

仙街刺出原先藏在身後的手。手中握著一把刀。

刀尖劃過古手川的鼻尖。因為渡瀨把他往後拉，以及他反射性地仰頭，因此避開了直擊，但下巴掠過一絲疼痛。

古手川重新站穩，手往下巴一抹，沾上了一點血。

見血的瞬間，腎上腺素登時整個爆發。

仙街迅速起身，持刀的手擺出架勢。有些人剛施打毒品後，身體動作會變得迅捷，仙街或許也是這種類型。

怎麼能輸給毒蟲？

古手川一個扭身，轉了半圈，腳踝踹向仙街的手。

刀子離開仙街的手，飛過半空中。

渡瀨的動作也很敏捷。平時鈍重的體態消失無蹤，他揪住跳起來的仙街的手臂，迅速扭到背後，再從後方朝膝窩一頂，一眨眼就制服了仙街。

「喀鏘」一聲，仙街被上銬了。

「連絡本部，抓到嫌犯了。」

古手川用腳把刀子和針筒踢離仙街。才剛用手機連絡本部，遠方便傳來警笛聲。

原以為事情已經落幕了，但看到仙街的樣子，古手川發現自己想得太簡單了。

「追加連絡，派人做尿檢的準備，簡易鑑定就行了。」

「班長。」

「什麼？」

「他從闖進幼稚園的時候就嗑藥了嗎？」

仙街即使束手就擒了，仍面露冷笑，看不出是否理解兩人的對話。

「這很難證明。但他是毒蟲，逮捕的時候也打了藥，簡易鑑定結果一定會是陽性。」

「難道這就是他的目的……？」

「也不是不可能的事。」

渡瀨恨恨地俯視仙街。

「都怪那些廢物律師，現在刑法第三十九條都被搞到膾炙人口了，就算有人想濫用它也不足為奇。三十九條不是也曾經讓你吃足了苦頭？」

興奮與緊張平息下來後，腦中浮現出令人不舒服到極點的推測。

以正常的心理狀態闖進幼稚園，殺害五條人命，緊接著逃亡，注射毒品，故意讓自己陷入心神喪失狀態。

以前有個逃避酒駕裁罰的手法被戲謔地大肆宣傳，也就是在警方攔查時逃走，然後在停下來的車子裡大搖大擺地喝酒。如此一來，就算驗出酒精反應，也無法判別是不是在停車前喝的酒，警方就無法開罰了。如果仙街是在正常的心理狀態下犯案的，那麼他就是應用了這一招。

這荒謬的行徑再次引爆古手川的怒火，他忍不住伸手要揪住仙街的衣領，卻在前一刻被渡瀨攔阻了。

「別這樣。」

「可是——」

「他已經上銬了，我們的工作告一段落了。起訴他、制裁他，是別人的工作。」

工作需要熱情，但不需要情緒——這是渡瀨向來的主張。

很快地，縣警和浦和署人員進來了。

當場進行簡易尿檢後，仙街的體內驗出了毒品陽性反應。偵查人員間傳出分不清是安心還是憤怒的嘆息聲。

用來攻擊古手川的刀子上，還有仙街的衣物上也採到了多名死者的血液。凶行有許多人目擊，凶器也確定了。接下來只需要從本人口中得到供述。

偵訊由渡瀨班負責。逮捕兩個小時後，毒品的效果消失，仙街恢復理智了。

偵訊室裡的對話，讓古手川更加怒不可遏。對於姓名和住址等基本資料，仙街對答如流，但對於幼稚園攻擊案，他的回答卻完全不得要領。

「你的尿檢結果是陽性。」

「我想也是，我一早就嗑了一包。」

「你的藥頭是誰？怎麼連絡？」

「我怎麼可能輕易說出來？刑警先生也知道吧？要是出賣藥頭，出獄以後就等著吃不完兜著走囉。」

「都殺了五個人，你以為還能出去？」

仙街不說話了。這傢伙不可能不知道刑法第三十九條。他清楚得很，不想被抓到話柄，所以保持沉默。

「你從什麼時候開始吸毒的？」

「今年開始的事吧。我記不清楚了。」

「至少還記得一開始吸毒的理由吧？」

「也沒什麼理由啊，簡而言之，就是靠吸毒排遣對現狀的不滿吧。別看我這樣，我可是四年制大學畢業的呢。而且還是A級大學。」

「我們知道。」

「可是幾乎每一家企業都讓我吃了閉門羹，結果找不到正職工作。進超商以前，我也做過很多工作，但不是約聘，就是計時人員。可是比我晚畢業的傢伙，卻都輕鬆進入大公司。」

他應該是在陳述求職冰河期世代的悲歌，但這種詭辯，警方早就聽膩了。

「為了向社會復仇，所以你殺了無辜的幼童？」

「我剛才說的完全是平日的不滿啦。嗑藥的時候發生了什麼事，我完全沒有記憶啊。什麼我闖進幼稚園、和刑警先生格鬥，我都完全沒印象耶。」

仙街事不關己地輕浮笑著。古手川壓抑想要一拳揍上那張臉的衝動，繼續提問：

「你刺殺了三名園童、兩名教師，也都沒有記憶嗎？」

「沒有耶。剛才你們也給我看了被殺死的人的照片，可是我完全不認識他們，跟他們無冤無仇啊。啊，可是——」

仙街彷彿在享受古手川的憤恨。

「聽說那家高砂幼稚園，去讀的都是一些有錢人家的小孩呢。只要能進去那家幼稚園，好像就能升上很不錯的國小國中高中，就這樣一路直升好大學。對於這些天之驕子，或許我是覺得嫉妒啦。不過這是潛意識裡的事，我自己也不敢斷定啦。」

「天之驕子？他們才四歲啊！」

「才四歲就保證一輩子榮華富貴，教人嫉妒，也是有這種事的吧？」

仙街的眼中浮現殘忍的神色。他的眼中感覺不到一絲對生命的慈悲或尊敬。

即使反覆這樣的問答，從毒品失效後的仙街身上，也感覺不到任何異常之處。

古手川感到憤怒與焦躁。要是照這樣製作筆錄，仙街不比等會變成一個毒品慣犯，或許會成為法官判斷案發時他由於吸毒而處於心神喪失狀態的依據。移送檢調的作業，結果竟逐漸變質為蒐集讓仙街無罪的證據的過程。

「你對死者就沒有一絲愧疚嗎？」

「如果以結果來說，是我殺了人，那我也只能向家屬道歉，但我毫無記憶，實在不覺得我做過那種事耶。就算道歉，結果也只是做做表面工夫而已，就算得到這種道歉，家屬也只會更生氣吧？」

看著說得彷彿事不關己的仙街，古手川就快要忍無可忍了。

「那家關掉的超商，你以前就會去那裡嗎？」

「超商的格局都大同小異，一看就猜得出後場在哪裡。在住處以外的地方打藥，比較能分散被抓到的風險，所以我平常就會留意一些看起來不錯的地點。」

鑑識人員搜索關掉的超市，在後場找到許多拋棄式針筒和毒品包裝。這也是仙街是吸毒慣犯的佐證之一。

此外，幼稚園附近的監視器影像，清楚地拍到仙街開著紅色Alto前來，翻越幼稚園圍欄侵入，行凶後突破正門逃走的身影。從仙街的行動本身，感覺難以判斷當時的他是否處於心神喪失狀態。

完成大略的筆錄後，古手川確定仙街簽名蓋好指印，默默地站了起來。他離開偵訊室，移動到無人的樓層角落，惡狠狠地踹了牆壁一腳。

王八蛋！

他絕對不想在仙街或同事面前失態，但已經瀕臨極限了。要是再繼續聽仙街唬爛下去，他絕對會朝那張臉賞個一兩拳。

「不要破壞辦公大樓，這裡已經夠破爛了。」

突來的聲音引得古手川回頭，渡瀨站在那裡。

「要是踢破牆壁，光是修補跟油漆，你一個月的薪水都不夠賠。」

「班長。」

「在偵訊室裡都忍下來了，在外面也要忍住。」

「仙街在偵訊中的表現很正常。」

「我看到了。」

「他是在加深他只有注射毒品後會陷入心神喪失狀態的印象。」

「吸毒慣犯一般都是這樣的。」

「他是故意的。那傢伙絕對是預謀要鑽刑法第三十九條的漏洞，才動手殺了五個人。」

「小聲點。這點事搜查本部所有的人都猜到了。但能證明這件事的不是我們，只有精神科醫師做得到。」

「會進行起訴前鑑定嗎？」

「這要看檢察官定奪了。」

檢察單位總是追求百分之百的定罪率。換言之，對於感覺無法定罪的案子，或認為辯方占優勢的案子，檢方傾向於做出不起訴處分。粗暴地說，起訴前鑑定也只是檢方用來評估勝算的步驟而已。

「是對檢察廳的意向唯命是從的平庸檢察官、還是敢正面與刑法第三十九條交鋒的天不怕地不怕檢察官？」渡瀨說。

「承辦仙街的案子的檢察官是哪一種？」

「天生高春檢察官。你不曉得嗎？他這人一心力爭上游往上爬，是前途最受看好的檢察官。」

「名字我聽說過。不過只是眾人看好，有辦法跟刑法第三十九條對幹嗎？」

「並不是說犯罪時處於心神喪失狀態，法院就會不分青紅皂白統統適用刑法第三十九條。」

渡瀨的表情就像吃到了什麼難吃的東西。

「近代刑法的基本原則是責任主義。也就是只要當事人具備責任能力，就必須為罪行付出代價。若是沒有責任能力，就不予懲罰，或是給予減刑的處置，也是基於這個基本原則。但並不是說，實務就完全遵照基本原則去做。比方說，原本具有善惡判斷能力及責任能力的人，如果酒駕，當然會受到懲罰。這是因為行為人在喝酒的時候，就已經有了明確的酒駕意圖。同樣地，如果幼稚園攻擊案是仙街預謀犯案，那麼他在犯罪當時是否處於心神喪失狀態，就無法成為決定性的定罪依據。更重要的反而是他使用毒品，目的是否就是為了要攻擊幼稚園。」

渡瀨的說明簡單扼要，令人信服。古手川曾經目擊到，這位外貌凶悍可怕的上司在追捕凶惡罪犯之餘，也會鑽研判例全集。

「可是班長，這麼一來，就必須證明仙街是預謀犯案的。這會是由那位姓天生的檢察官親自偵辦嗎？」

「檢察官進行補充性的偵查工作，並不罕見。但如果偵查內容檢察官不勝負荷，就會再丟回來給我們查案。不管怎麼樣，仙街的案子都還沒有結束，只是開始階段的告終而已。」

我們的工作還沒有完成。這麼一想，煩悶稍微紓解了一些。比起泛泛的安慰之詞，激勵更要管用太多倍了。

仙街落網後，各家媒體報導了案件詳情。被揭露的犧牲者為以下五人：

・本間瑠璃子（三十五歲）幼稚園老師 班導
・坂間美紀（二十八歲）幼稚園老師 副班導
・高畑真一（四歲）
・能美日向（四歲）
・風咲美結（四歲）

今年二〇一六年七月，發生了相模原身心障礙機構殺傷案，創下戰後最慘重的十九人死亡紀錄。儘管如此，各家媒體卻毫不猶豫地為仙街不比等冠上「平成最殘虐的殺人魔」封號。因為死者當中有三名是還不懂事的童稚幼兒，而且凶手為了逃避刑責，為自己施打毒品，犯罪樣態卑劣惡質到了極點。

輿論和媒體都強烈要求對仙街案做出嚴厲的制裁，期待檢察廳求處重刑的聲浪也日益高漲。應該是希望檢方替民眾伸張他們的慟哭與義憤吧。

然而這也意味著一旦審判走向不符合民意，這些期待將轉為對檢察廳的批判及痛罵。

2

九月二十二日，埼玉法務綜合辦公大樓內，埼玉地方檢察廳。

天生高春刑事部一級檢察官在辦公室看完檢訊筆錄後，輕嘆了一口氣。看看手錶，他等於連續讀了兩個小時的筆錄。筆錄特有的特殊語法和枯燥無味的文章，光讀就讓人疲勞累積。時曆上已經完全入秋了，但這個時間，室內仍殘留著暑氣，因此西裝外套仍掛在椅背上。

環顧分配給自己的辦公室，天生有些沉浸在感慨中。不知道是不是命運弄人，這間辦公室，正是天生在司法研習生時期第一次踏入的實習地點。後來十年過去，他完全沒料到這裡居然會變成自己的辦公室。現在他已經完全熟悉這裡了，甚至覺得比自己的宿舍房間待起來還要愜意。

但現在他想要至少休息個十五分鐘。

從掛在椅背上的西裝外套口袋裡取出隨身聽和耳機。最近的人幾乎都是用手機APP聽音樂，耳機也是以藍牙無線耳機為主流，但比一般人更重視音質的天生執著於攜帶型音響裝置及有線耳機。藍牙會壓縮訊號，無可避免地會讓音質劣化。而他聽的都是古典音樂，為了聆聽最細緻的聲音表現，他相信這是最起碼的講究。

要在十五分鐘內聽完的話，當然只有那一首了。

天生從播放清單中挑選出來的，是貝多芬第九號交響曲《合唱》的第一樂章。這是每逢年關，全日本各地都會演奏的家喻戶曉名曲，但對於貝多芬迷的天生來說，這首曲子與季節無關。

他興匆匆地按下播放鍵。

弦樂器的震音與法國號爬行般微弱的聲音一路綿延，突然爆發出強烈的感情。這盪漾著悲愴的旋律就是第一主題。貝多芬為第一樂章付上maestoso（莊嚴）的標語，實際上卻演出了悲愴與莊嚴相互激盪的強勁。以D音與A音為主體的第一主題起初是D小調，第二次以降B大調出現。上一秒彷彿群起而攻、蜂擁而至，下一秒卻搖身一變，以優雅的旋律撫慰靈魂，這便是第二主題。弦樂器與木管以小調和大調反覆著，兩者的對比撩撥起聽者的興奮之情。檢訊筆錄的文字從天生的腦袋消失，取而代之，絢麗的世界拓展開來。

來到再現部，開頭的極弱音幽幽浮現，但這裡有穩固的通奏低音支撐著，因此並沒有孱弱的感覺。很快地，第一主題以定音鼓的極強音滾滾撲湧而上，與呈示部截然不同，是更加激越痛苦的旋律。最強音以威風凜凜的形姿君臨此處。

天生尤其喜愛這段再現部。聽起來彷彿在鼓舞聽者，喚醒心中沉眠的熱情。這份熱情，將會在之後的第四樂章的歡喜中開花結果。

激烈的重擊之後，忽地轉為田園式的旋律，但緊接著奔上陡峭的坡道，上下反覆，醞釀出比呈示部更勇壯的氛圍。從這裡開始轉為小調呈現，危機與革命糾纏呼應，逐漸壓倒了不安。

這段感覺帶有些許破壞性的起始，總是讓天生重拾勇氣。來自檢方高層的期待、同事的嫉妒，以及和輿論之間的衝突摩擦。即使自以為鐵面無私，但連日連夜的繁重職務，經常讓他的鐵面具幾乎要剝落。每當渴望強韌的精神時，他就會聆聽第九號交響曲，來補充勇氣。

曲子終於進入尾聲。逐步降低半音階的旋律化身逼近而來的戰慄，聽者只能屏息看守著不安與勇猛的對決。絕望與憤怒、自深淵伸出的尋求光芒的手指。來自地底激烈得幾乎無以名狀的能量翻湧而出。很快地，在弦奏引導下，全體樂器發出咆哮，第一主題的齊唱為壯麗的樂章畫下句點。

休息時間結束。天生按下暫停鈕，片刻間沉浸在餘韻之中。雖是短暫的十五分鐘，卻是至高的十五分鐘。精神上的疲勞煙消霧散，他能夠以清新的心情重返工作崗位。

忽然他想到了。

比天生更深地敬愛著貝多芬，甚至把樂聖的人生當成自己的指標的那名鋼琴家。六年前他居然打進蕭邦大賽的決賽，雖然未能掄冠，卻因為預定之外的夜曲演奏而在全世界聲名大噪。

天生在司法研習生時代，和他是同一個小組。他們一同在課堂上聽課，一同在實習中學習。雖然兩人之間的交往不到一年，但他帶給自己的刺激無以估計。

蕭邦大賽以後，天生偶爾聽到他在各國參加比賽的消息，但他本人似乎一次都沒有回國。他從以前就是個超然不群、難以捉摸的人，現在更是不知道在哪裡做些什麼。

他正回想起老朋友懷念的臉，這時桌上的電話響了起來，就像要打斷他的緬懷。看看來電顯示，是福澤次席檢察官來電。

「喂，我是天生。」

『方便過來一下嗎？』

次席檢察官是各檢察官在對案件做出處分或進行審判相關活動時，做出初步決定的裁決官。在地方檢察廳裡，是僅次於地方檢察長的第二把交椅，沒有任何檢察官能拒絕他的召喚。

「我立刻過去。」

福澤的辦公室在樓上，天生小跑步趕路。會在這時候把他叫去，理由只想得到一個，不過愈快過去愈好。

「我是天生，我進去了。」

這不是他第一次進入次席檢察官的辦公室，但總是緊張萬分。即使早已猜到即將被告知的內容，仍不例外。

福澤背牆而坐。案件承辦檢察官會把嫌犯叫進辦公室進行偵訊，這時會背窗而坐，讓自己的臉因逆光而難以辨識，用意是為了避免被對方看出感情，但當到次席檢察官的位置，似乎也不必在乎這些了。

「你這麼忙，卻把你叫來，你知道理由嗎？」

「大概可以猜到。」

「今天高砂幼稚園殺傷案的仙街嫌犯移送檢方了。」

不出所料，是為了那起案子嗎？

「就像之前告訴過你的，我要請你承辦這起案子。」

就算是承辦檢察官，也不是從檢方偵訊到法庭審理都由同一名檢察官負責。一般都是偵查檢察官製作文件，審判檢察官在法庭上宣讀，是徹底分工制。

「你要用心承辦。」

福澤說，眉頭文風不動。

「這要是平常，我不會這樣特別叮囑，也不想這樣緊迫盯人，我想承辦檢察官也不想聽這些吧。但這次狀況特殊。」

福澤說著，將堆在辦公桌角落的報紙呈扇形打開。是今早天生也看過的三大報及埼玉的地方報。每一份報紙，頭版都是仙街案的後續報導。

〈平成最殘虐的殺人魔〉。

〈慘遭蹂躪的生命〉。

〈刑法第三十九條的存在意義受到質疑〉。

以代表日本的三大報而言，標題相當聳動，但這反映出此案對社會造成的衝擊就是如此巨大。地方報的標題更是狂躁不安。

「攻擊幼稚園的犯行，讓人不可避免地聯想到二〇〇一年的池田小學慘案。加上凶嫌是吸毒慣犯，許多人推測嫌犯想要藉此利用刑法第三十九條，因此引發世人強烈關注。」

「世人關注的理由，我非常清楚。」

「〈平成最殘虐的殺人魔〉，從這個標題就可以看出媒體的共識。他們打算徹底將仙街不比等塑造成罪人，加以斷罪。這樣銷量才會增加，也才能寫出迎合讀者的報導。」

「迎合？」

「對於銷量不斷下滑的各家報社來說，推出讀者想讀的報導，是必要的舉措。保守派變得更加保守，革新派傾向於更加革新。這是社會陷入停滯時，經常可以看到的現象吧。」

福澤外貌溫厚，發言卻相當辛辣。

「你會對仙街進行起訴前精神鑑定嗎？」福澤問。

「預定是這樣。因為若是在鑑定階段就判斷是心神喪失狀態，就無法在法庭上定罪了。」

「我會安排檢方推薦的醫師來擔任鑑定醫師。」

語氣聽起來就像既定事實。

「仙街應該會被判定為有責任能力。」

天生覺得這話多餘了。看來檢方的意向是無論如何都要把仙街拖上法庭受審。

「民眾和媒體都想要把仙街定罪。當然，檢察機構沒必要迎合民粹，但應該起訴的案子卻不起訴，同樣會引發批判。先不論迎合那些，我們檢察單位必須是受到民眾信賴的存在。」

福澤的話擲地有聲，卻也難免流於教條主義。就算把該起訴的案子起訴了，萬一在法庭上落敗，屆時遭到的反噬絕非小可。

「副座的話我明白，但辯方絕對會搬出刑法第三十九條。」

「事件的梗概我也知道。審判的走向，應該就看法官是否認同攻擊幼稚園是預謀犯案吧。不是說移送檢方，偵查就結束了。接下來也必須和警方密切合作。當然，這完全不妨礙天生檢察官親自偵辦。我所謂的密切合作，也包括了這個意思。」

把這段拐彎抹角的話翻譯成白話，就是在訓示「你跟警方都要鞠躬盡瘁，把仙街定罪」。

「這話只告訴你，檢察長對這起案子也極為重視和期待。」

聽到檢察長，天生一陣動搖。光是被次席找來就讓他緊張成這樣，聽對方提到檢察長的名號，他不可能滿不在乎。

天生強烈地渴望出人頭地。雖然也有人說，在菁英意識強烈的檢察廳內部，力圖上進是身為檢察官的必要條件，但他自認為自己比別人更強烈地想要往上爬。自己都這麼認為了，看在別人眼中更是如此吧。

強烈的上進心，是源自於低落的自我肯定感。司法研習生時期，不管在課堂還是實習中，天生都被那名鋼琴家遠遠地抛在後頭。他不否認任何領域都有被稱為天才的存在，但那個天才不是自己，這個事實讓他絕望。

凡人耗費百分之九十九的努力獲得的成就，天才卻以百分之一的靈光一閃輕鬆飛躍。若說這是自然的定理，也只好點頭稱是了，這個事實卻摧折人心，將他的自我肯定感粉碎成片片。

天生強烈的上進心，應該就是對那段過往的反作用力吧。不是想要打敗同時受到法律女神泰美斯和音樂女神繆思雙方眷顧的他，而是想要克服在他的才能面前屈膝的自己。

「檢察長對你這麼期待，應該多少能激勵你吧？」

「我很榮幸。」

「狀況不容輕忽大意，而且老實說，也有許多相當棘手的部分。但只要圓滿處理好這個案子，你一定能得到相應的肯定。」

檢察官的定期考核，是法務省的專管事項，但用來考核的基本績效，由檢察廳內部進行評定。理所當然，檢察長的意見備受重視。

地檢檢察官的階級如下：

第一年　新任檢察官

第二～三年　新任後期檢察官

第四～五年　A廳檢察官（直到這裡，都被定位為檢察官教育期間）

第六年起　資深檢察官

此後，往上是三席檢察官、次席檢察官、檢察長，入廳第十年的天生屬於資深檢察官。他接下來的目標是三席檢察官，但這當然不是任何人都可以擔任的。

另一方面，承辦的案子在審判中被翻轉為無罪，或是在檢察審議會中被決議為「不起訴不當」、「起訴相當」，這樣的承辦檢察官會成為定期考核的俎上肉。換言之，如何處理仙街案，形同決定了天生的將來。實際上，他在入廳第四年時，對某起重大案件做出了不起訴處分，當時就在定期考核中被電得很慘。

入廳第十年，終於等到的關鍵時刻。他當然不能輸，也不允許臨陣脫逃。

喉嚨「咕嚕」響了一下。

不知道是要紓解還是加重天生的緊張，福澤從椅子上站起來，走到他旁邊，伸手搭上他的肩膀：

「危機就是轉機。能否化危機為轉機，就看本人的實力了。」

「感謝副座的鼓勵。」

「我也一樣，對你期待很大。交給你了。」

感覺再繼續跟福澤說下去，會忍不住翻白眼。

「屬下告辭了。」

天生行了個禮，一走出辦公室，肩膀便自然放鬆下來。不知不覺間，腋下淌滿了不適的汗水。

自己的膽小讓他浮現自虐的笑。就算偵訊嫌犯、站上法庭、在組織裡鍾鍊，最根本的部分似乎還是沒什麼長進。

回到自己的辦公室，檢察事務官宇賀麻沙美正在等他。

「檢座，川口的強盜案的證物核對完畢了。」

宇賀腳邊堆著兩箱紙箱。核對警察署移送檢方的偵查資料及證物，也是事務官的工作。

宇賀說的川口的強盜案，是混不下去的黑幫分子持槍搶劫便利超商的案子。他聽說兩天前嫌犯落網，才剛和手槍、子彈等其他證物一起移送檢方。

「好，辛苦了。」

宇賀是兩年前剛錄取的事務官，但工作能力很強，任何事情都能處理得妥妥貼貼。自從她派到天生身邊擔任檢察官輔佐後，便在各方面展現出她的能力。臉上的眼鏡散發出來的知性氣質，更烘托出她的優秀。然而本人對此也沒有特別驕傲自滿的樣子，徹底在天生背後扮演輔助角色。天生不打算把性別差異帶到工作上，但男性事務官裡面，也很少看到這麼出色的人才。

「因為檢座不在，我把文件依案件編號收進檔案櫃裡了。」

「沒先留個字條，抱歉。次席突然把我叫去。」

「次席找您嗎？真難得。」

「嗯。他說檢察長和他都很關注仙街案，叫我要用心好好辦。」

檢察官輔佐等於是檢察官的左右手。雖然也不是因為這樣，但絕大部分的事，天生都對宇賀毫不保留。

「老實說，聽到天生檢座要擔任這個案子的承辦檢察官時，我就有所覺悟了。」

「覺悟？什麼覺悟？」

「檢座認為這起案子的爭點在哪裡？」

「當然是仙街的責任能力的有無吧。犯罪情節殘忍，死者也多達五人。只要法官判斷有責任能力，絕對逃不過極刑。相反地，如果法官判斷被告沒有責任能力，就會適用刑法第三十九條，無法把那傢伙治罪。簡直就像賭骰子一樣。」

「勝者為王，敗者為寇，對吧？」

「妳知道很多成語嘛。不過妳說的沒錯。只要能把他定罪，我就能得到相應的肯定，但若是最後無罪或是不起訴，我就會被逼著切腹謝罪。」

宇賀惆悵地吁了一口氣：

「我說的覺悟，就是這個意思。為什麼天生檢座你非得被逼著這樣背水一戰不可？」

「次席說，危機就是轉機。」

「說什麼期待、關注，作壁上觀的人總是站著說話不腰疼。」

「倒也不是這麼說。要是我在法庭上落敗，或是臨陣脫逃，埼玉地檢的首長和副首長當然會成為千夫所指的對象。成為箭靶的可是他們兩個。」

「可是被考核的人是天生檢座啊。」

「妳是在為我的前途擔心嗎？」

「我可是志願申請擔任天生檢座的檢察官輔佐的呢。」

「妳那麼優秀，就算我被左遷到其他地檢，其他檢察官也不會放過妳的。不用擔心我。」

宇賀似乎還有話想說，但天生絲毫不想被她憐憫，因此也不想繼續這個話題。

「仙街今天就移送過來了。預定幾點偵訊他本人？」

「下午三點開始。文件都已經送到了。」

檢查移送檢方的偵查相關資料，是事務官的工作，因此宇賀應該比天生早一步讀過文件了。

「看完資料，妳有什麼想法？」

「完全不夠。警方應該還在繼續偵辦，但完全沒有任何仙街是預謀攻擊幼稚園的證據。」

「我現在就想看看文件。先讓我一個人獨處。」

「好的。」

天生把宇賀送來的偵查相關資料攤開在桌上，開始讀起來。案情概要他已經聽說了，但看到現場照片，依然湧出了新的駭懼與憤怒。

特別讓他不忍的，是園童們的屍體照片。三人都是頸部、胸部等要害被刺，大量出血。童稚的臉龐將刺傷襯托得格外怵目驚心，就連看慣屍體照的天生都忍不住想別開目光。仙街案會是裁判員審判，看到這些照片，裁判員[1]會如何反應？光是瀏覽照片就夠難

1 日本的裁判員制度，是從市民當中選出裁判員，與法官共同審理刑事案件。

受了，在現場拍攝的鑑識人員肯定更加痛心難耐。

還有其他讓人難受的資料。是僥倖逃過一劫的園童們的證詞。

遭到攻擊的，是小班的兔子班，由兩名老師負責帶班，班上共十六名園童。然而兩名老師都不幸命喪刀下，因此能夠為仙街闖入時的狀況作證的，就只剩下倖存的孩童們。

『我們在玩，突然有一個穿黑衣服的人跑進來。本間老師說「你是誰」，走近那個人，那個人就用刀子刺老師。班上的同學都尖叫起來。』

『本間老師倒在地上，坂間老師擋在我們前面，可是坂間老師也一下子就被刺了。坂間老師的血都噴到我的身上……然後我就不記得了，對不起。』

『壞人刺了兩個老師，然後走向我們。他一邊走，一邊刺了真一跟日向，還刺了美結。然後其他班的老師跑來了，所以壞人從窗戶跑走了。』

據說作證的園童們都不停地發抖。能夠作證的孩子還算好的，其他孩子似乎飽受驚嚇，連話都說不出來了。一想到他們，天生心痛不已。

縣警搜查一課的刑警們找出仙街潛伏的地點，在那裡拍下的照片也醜惡不堪。化成廢墟的超商後場散落著針筒和塑膠袋。鑑識的報告中提到，現場也採到了仙街以外的不明毛髮和腳印，顯示那裡應該還有其他非法入侵者。他們或她們把空啤酒罐和成人雜誌丟在那裡。那種荒廢感，看起來就像是仙街的心象風景。

不，不對。

只憑潛伏地點的景象任意揣測當事人的心理，是錯誤的做法，也十分危險。都還沒有進行檢察官訊問就先預設立場，只會正中對方的下懷。

接下來是仙街住處公寓裡的照片。那是一間直長型的套房，擺上一張床和收納櫃，就容不下其他家具了。但奇妙的是，感覺並不雜亂，這是因為房間裡除了最起碼的生活用品外，什麼都沒有吧。收納櫃裡只看到幾本打工資訊雜誌、面紙和鬧鐘，被單床罩也都很整齊，即使稱不上富裕，但也不到生活糜爛的地步。根據鑑識報告，似乎沒有發現與毒品相關的證物，這一點要說意外，也令人意外。至少從公寓住處，絲毫看不出仙街有任何異常或精神錯亂的傾向。

落網時仙街持有的手機，目前仍在分析當中，報告書上沒有提及。若是能從通話紀錄查到藥頭的名字或連絡方式，會十分有利，但最好不要過度期待吧。

凶刀上驗出了五名被害人及逮捕時負傷的警察的血液。問題是入手途徑。這是戶外活動用的折疊刀，不過是居家賣場就有賣的量販產品，因此仍未查出仙街是在哪裡購入的。

天生接著拿起筆錄。

警詢筆錄

本籍　東京都足立區入谷九丁目○—○

住址　埼玉市南區鹿手袋四丁目○—○

職業　無業　超商工時人員

姓名　仙街不比等（Sengai Fuhito）

昭和五十六年七月十日生（三十五歲）

針對上述人所涉殺人案，平成二十八年九月二十一日於埼玉縣警本部，本員再次對嫌犯告知不需違反自主意願進行供述後，進行偵訊，取得如下自主供述。

一、今年一月以後，我透過認識的人取得毒品，開始染毒。我一路讀到大學畢業，卻一直找不到正職工作，對將來十分焦慮。開始吸毒，一開始是期待或許可以藉此稍微減少這些不安。毒品的效果確實出類拔萃，打上一支，就可以嗨上三小時。要從微薄的打工薪水裡面擠出一袋（〇・二克）一萬圓的錢，確實很傷，可是回想起那種快感，我覺得實在便宜。要是在公寓住處打藥，萬一警察來搜查的時候，會留下證據，所以我都去以前就注意到的附近一家關掉的超商，在那裡打藥。超商這種地方，只要關掉了，裡面的商品和設備搬走後，管理其實滿鬆散的。而且通行門的鎖輕易就可以破壞。店內的後場也沒有窗戶，非常適合拿來當成祕密基地。

二、今年九月十九日上午九點多，我去租車行租了一輛紅色Alto，我連休兩天，所以想要久違地開車出個遠門。這天我去了荒川的運動公園，還有桶川的運動園。我還滿喜歡開車四處兜風的。我買不起車，也養不起車，所以都用租的。我深夜的時候才回來。這天開車開累了，所以我直接去了我的祕密基地。停車場沒半輛車，沒有人會注意，而且累的時候來一支最讚了。我立刻打了一支，用手機聽音樂。打藥之後再聽音樂，就可以一清二楚地聽到每一個音。那天晚上藥效退了以後，我就回家睡覺了。

三、隔天我早上七點起床，準備去還車，開車到關掉的超商那裡。我記得因為時間還早，所以我在後場打了一支。不過接下來就整個人斷片了。打藥之後，我經常會斷片，什麼都不記得。可是這次清醒過來的時候，我發現自己在警察署的拘留場裡。聽到刑警先生說明，我才知道我闖進幼稚園，殺了三名園童和兩名老師。可是我完全沒有這段時間的記憶，所以無法回答刑警先生的問題。

四、據說是我持有的刀子，我也完全沒有印象。我不記得我有買這種東西，所以刑警先生拿給我看的時候，我真的很驚訝。

仙街不比等（簽名）拇印

複誦以上筆錄內容予上述人，經確認無誤，並簽名捺印，以茲證明。

埼玉縣警察本部

司法警察員

巡查部長　古手川和也　蓋章

讀完之後，感覺似乎可以從字裡行間讀出製作筆錄的刑警古手川內心有多麼苦澀。根據紀錄，在逮捕時負傷的就是這位古手川刑警。對於嫌犯，古手川刑警應該有來自個人的恨意、身為警察的職業倫理，以及最重要的身而為人的憤怒，但他都強忍下來了。

一般來說，遭到現行犯逮捕的嫌犯，筆錄都會更長。仙街的筆錄會這麼短，是因為最關鍵的行凶過程完全付之闕如。自白主義現今依舊當道，換言之，做為犯罪證明，這份筆錄實在是過於薄弱。但字裡行間仍透露出嫌犯迴避責任的意圖，這應該是提問者的執念所帶來的成果。

相形之下，嫌犯仙街的供述只能說是卑劣到家。他誇誇其談地講述自己的吸毒惡習，卻堅持主張對攻擊幼稚園毫無記憶。假設這番發言是為了在法庭上訴求適用刑法第三十九條，只能說預備得太過周全了。

不管怎麼樣，都必須進行檢察官訊問，並送交精神鑑定，再予以起訴吧。考慮到審前準備程序需要的時間，距離第一次開庭，有兩到三個月的時間。只要在這段期間備齊證據就行了。仙街案不只是埼玉地檢，埼玉縣警本部也絕對不可能接受不起訴或無罪的結果。他們應該會賭上縣警的威望，全力協助偵辦。

檢察官訊問下午開始，必須在那之前填飽肚子。不管在精神或肉體上，都必須維持強悍。天生覺得不該叫外送解決，應該去吃點滋補養生的餐點。

因為已經到了午休時間，天生沒穿西裝外套，直接離開辦公大樓。下一秒，旁邊衝來一排ＩＣ錄音機和攝影機。是一群媒體在外面埋伏。

「您是承辦仙街案的天生檢察官對嗎？」

握著ＩＣ錄音機的女子繞到天生正面。女子留著鮑伯頭，眼睛細長。五官還算端正，可惜貪婪的表情毀了她的姿色。

「我是帝都電視台的記者宮里，想請教檢察官對仙街案的看法。」

雖然這不是天生第一次被媒體堵麥或堵錄音機，但案子移送檢方當天就遇到，倒是很稀奇。這反映了社會大眾及媒體對此案有多麼關心。

天生原想一如往常，用「無可奉告」四字迴避，卻忽然改變了心意。

如果世人如此關心，檢方是否應該強調會替民眾申張他們的心聲？當然應該要聲明這是天生個人的看法，但自己表現出將會在法庭上為仙街案一決勝負的意志，也算是回應了三大報所提出的質疑吧。

「案子今天才剛移送檢方，還說不上什麼看法。」

「案發至今已經過了兩天，檢察官的話，應該很清楚案情細節。我就開門見山地問，檢方有勝算嗎？」

這是記者當中常見的類型，嘴上說著想知道對方的看法，卻根本無意聆聽，只是在想方設法從對方口中問出自己想得到的內容罷了。

「這與勝算無關。檢方的工作，是判斷移送過來的案子是否應該起訴，一旦起訴，就會竭盡全力在法庭上奮戰到底。」

「仙街案會做出不起訴處分嗎？」

「起訴之前有許多程序要走，但我個人的見解是，此案並不適合做出不起訴處分。」

可能是因為終於聽到想要的話，宮里的臉欣喜得扭曲。

「坊間也有說法認為嫌犯仙街的情形適用刑法第三十九條，能夠逃過牢獄之災，這一點檢察官怎麼看？」

「心神喪失狀態是醫師經過嚴格的檢查評估後所做出的診斷，刑法第三十九條的適用，是特例中的特例，不是一般人演演戲，就能混過審判的。造假絕對會曝光。」

「聽到檢察官這話，真是太令人安心了。關於嫌犯殘忍殺害三名園童及兩名老師的行為，檢察官有何看法？」

「這是喪盡天良、泯滅人心的犯行。」

「檢察官憎恨凶嫌嗎？」

「只要是人生父母養的，都難以對凶手寄予同情吧。如果要同情，也是同情慘遭橫禍的犧牲者和他們的家人。」

「檢察官果然無法原諒仙街嗎？」

「世上沒有任何一名檢察官會原諒犯罪情事。」

「檢方會對仙街求處死刑嗎？」

「仙街殺害了五名女子和幼童，符合此一罪狀的刑罰，自然不可能輕到哪裡去。除了死刑以外，還能有什麼懲罰？」

天生漸漸激動起來，語氣開始有些情緒化了。最好就此打住。

「我還有事，先告辭了。」

天生舉起一手，制止仍把ＩＣ錄音機朝他塞去的媒體，小跑步往前進。雖然他是在回答宮里的問題，但剛才的問答，應該會成為所有媒體共同發布的內容。

他成功樹立了為民眾的正義代言的檢察官印象。即使表現得有點情緒性，應該也能讓大眾抱持好感。而且他已經聲明這是他個人的見解，應該不會有什麼問題。

午餐這邊，天生也想起了有家牛排極厚的餐廳，腳步變得輕快起來。

3

下午三點，檢察官訊問依照預定開始了。一般來說，檢察官訊問是依序對數名嫌犯進行偵訊，但這次只有仙街一個人被護送過來。從這樣的待遇，就可以看出埼玉地檢將仙街案視為重大刑案，另眼相待。不過縣警本部就在相隔一條馬路的旁邊，說是護送人犯，也不是什麼大陣仗，就是兩名警官把上了腰繩的仙街帶過來而已。

將仙街帶進辦公室後，兩名警官便離開房間待命，只留下上了手銬的仙街，但仙街也沒有特別害怕的樣子。腰繩另一頭綁在椅子上，因此他甚至無法站起來。

迎接人犯的天生西裝筆挺，背窗而坐。鄰桌坐著宇賀，擔任列席事務官，面對電腦，旁邊放著記錄用的ＩＣ錄音機和檢查用的耳機。

檢察官訊問期間，警官不會進入辦公室。這是為了讓嫌犯不必忌諱警察的目光，暢所欲言。同時訊問期間，辦公室裡不會放置任何可以當做武器的物品，如此即使現場沒有警官，嫌犯也無法做出反抗的行為。深度一公尺的桌上擺放的茶杯也是塑膠製的，滴水不漏。

天生讓仙街坐在正面。仙街臉型細長，短髮，面對天生露出冷笑。與天生的距離只有三公尺左右，可以一清二楚地看見他臉上的表情。天生啜了口熱茶，開始訊問。

首先詢問姓名、本籍和住址，確認為本人無誤後，終於進入正式提問。但天生沒有立刻提到案情，他的做法是先閒聊，以掌握本人的個性。

「我是承辦檢察官天生。」

「天生？字怎麼寫？」

「出生在天上，天生。」

「真不錯呢，出生在天上，現在在當檢察官，完全配得上這名字。」

「你的名字也很不錯，不比等這個名字很有個性。」

「我討厭死這個名字了。」仙街不滿地說。

「為什麼？不是跟歷史上的名人藤原不比等同名嗎？」

「我們這個世代，是『閃亮亮名字』風潮的先驅。我聽我父母說過，取這個名字，是為了跟其他小孩做出區隔。先不論和歷史名人同名這一點，這個名字的意思是『無人能及』。因為這個名字，我不曉得吃了多少苦。我爸媽兩個都是白痴，因為沒什麼可以跟人炫耀的東西，所以想說至少把兒子取個個性十足的名字，可是這完全是在害小孩。」

「你本身沒有值得誇耀之處嗎？」

「半點都沒有。」

仙街自嘲地說。

「我沒有才華，運氣又差。你也看過我的資料了吧？」

「大概看過。但你家人的事，資料裡沒怎麼提到。」

「我的老家在足立區的入谷。那個地方是知名的牽牛花市，但我老家現在已經沒了。很久以前我爸媽就過世了。」

「是你在念書的時候過世的嗎？」

「很早以前就陸續走了。兩個都是癌症。可能是總算供獨子念到大學，放下心的緣故吧。可是啊，辛辛苦苦考上四年制大學，沒想到一畢業就遇上求職冰河期，應徵知名企業，卻在第一關的文件審查就被刷下來。我應徵了兩百家公司，只拿到一家的內定。」

「就算只有一家，有拿到內定不是就很好了嗎？」

「事情沒這麼容易啊，檢察官。那家公司是靠著出租和服迅速成長的公司，但其實一直靠著挖東牆補西牆在苦撐，居然在我進公司的兩天前倒閉了。」

有什麼忽地掠過天生的腦際。是瑣碎的記憶片段，或只是單純的聯想？不管怎麼樣，他還來不及深入追問，仙街已經繼續說下去了。

「那個時候每家公司的徵人都截止了，我只好去打工，混過一年。隔年我以畢業第二年生的身分求職，但連我應屆的時候都不肯錄取我的公司，更不可能錄取畢業第二年的人。我又再度求職落空，接下來不是做約聘，就是做工時人員。喏，我運氣很差對吧？」

仙街自嘲地說。自嘲有多深，就證明了他的自尊有多強。仙街的內心，高得無可救藥的自尊心就像產業廢棄物般屍橫遍野。

「你早就知道高砂幼稚園是許多有錢人子女就讀的地方嗎？」

「那家幼稚園很有名嘛。」

「你會選擇高砂幼稚園做為目標，這就是理由嗎？」

「什麼目標，不要亂說。」

在臉前擺手的動作看起來十分假惺惺。

「我是覺得那些小孩過得很爽啦，但就算羨慕，也不表示我就想殺了他們啊。再說，我羨慕的對象可多著了。我才沒在想那種可怕的事，一個人躲起來偷偷打藥，才合我的性子啦。」

天生判斷這裡應該稍微激將一下比較好：

「可是，讓你吃閉門羹的公司每年都錄取應屆畢業生。你在警詢筆錄裡自己這麼供述，說在你之後畢業的傢伙們都輕鬆考進公司了。之所以會這麼說，是因為你相信自己有能力吧？」

「既然會想去應徵，參加考試，我當然也是頗有自信的。」

「然而企業和社會卻對你不屑一顧。這樣的狀況一再上演，只是不斷地逃避現實，不會讓人很難熬嗎？」

「所以我就跑去攻擊有錢人子女讀的幼稚園嗎？檢察官也滿武斷的呢。」

「謹慎的人，根本不會有殺人的念頭。」

這是天生的真心話。至今為止，他以檢察官的身分和上百名嫌犯交談過，但他們的犯行都同樣地極為膚淺衝動。姑且不論與生俱來的個性，在行凶的瞬間，他們根本就拋開了長期的展望，只是在當下浮現的欲求與衝動驅使下行動。說起來，再也沒有比殺人更不划算的事了。在選擇殺人的階段，除了短視近利之外，就不可能有其他評語了。

「檢察官，你以為像我這種求職冰河期世代，總共有多少人？檢察官看上去年紀跟我差不多，不過像你這樣的人，是超級菁英啊。光是你這種人以外的打工族和無業人士，就有超過百萬人以上。我們絕對不是比其他世代的人能力更差，也有不少認真的人、願意為組織賣命流汗的人。可是卻因為遇上不景氣，際遇坎坷。只因為不是正職，薪水就比別人少，也存不了錢，結不了婚。就因為企業小氣不願意錄取我們，國家損失了寶貴的人才、稅收跟將來的新生兒。」

雖然語氣諷刺，但以這個人而言，這番抗議算是名正言順。

「不光是這樣而已。一旦落入惡劣的環境，不管是怎樣的人，個性都會被扭曲，容易染指犯罪。像我這樣的人被逼到必須投靠毒品，也都是因為國家的毫無作為害的。」

他想要把自己的犯罪責任轉嫁給國家嗎？雖然也不是不懂他的邏輯，卻不免讓人感到卑鄙。

就算退讓百步，或許政府的經濟政策失敗，確實導致了有些人必須依靠毒品生存，但殘忍地動手奪走五條人命的可是你。

「這麼說來，你在警方偵訊的時候，完全沒有提到藥頭呢。藥頭才是把你搞成毒蟲的罪魁禍首吧？你何必對藥頭這麼講義氣？」

「染毒愈深，對藥頭愈忠誠啊。要是我出賣人家，給人家添了麻煩，出獄的時候會遭到報復，人家也會不肯再賣毒給我，那不是損失大了？」

「都殺了五個人，你以為你還能出獄嗎？」

「你說到重點了，檢察官。過世的人是很可憐，可是我真的不記得了。我完全不記得我有殺人，就算叫我對此感到自責，也是強人所難啊。」

總算進入正題了。天生把自己當成布下天羅地網的蜘蛛，準備從仙街身上套出有用的證詞。

「如果你是想要利用刑法第三十九條脫罪，那你是有些誤會了。心神喪失狀態不是那麼容易被判定的。」

仙街帶著冷笑，表情凝結了。

「媒體和電視劇經常把它誇大渲染，現實中也是，愈是沒用的律師，愈喜歡搬出刑法第三十九條來說嘴。可是也只有沒用的律師，才會把它當成傳家寶刀似地拿出來耍弄，所以其實它的應用範圍極小。你都有看新聞關心最近的審判嗎？」

「我不太看新聞，因為覺得那些跟我沒什麼關係。」

「犯罪時處於心神喪失狀態，就可以獲判無罪，這幾乎就像是一種都市傳說。日本的法院不是那麼好矇混的。」

當然，也有許多判例適用刑法第三十九條，被告因此獲得免刑判決，但以比例來說，應該低於百分之○．一。有一部分就是因為難得一見，才會被媒體拿來大作文章。目前的首要之務就是讓仙街陷入不安。人只要不安，就會露出破綻。

「比方說，現在與我對話的你可以說是處於極為正常的狀態。若問你有無責任能力，毫無疑問是有的。只因為這樣的人施打毒品，陷入心神喪失的狀態，這段期間的所做所為就可以全部不予追究，這實在是不可能的事。若是在施打毒品的前一刻都具有正常的判斷能力，那麼接下來的行動也算是具有責任能力，這才是現今的司法觀點。」

當然，司法判斷是因案而異，沒有一體適用所有案子的解釋。但現在的首要目的，是要動搖仙街的心理餘裕。

仙街臉上貼著冷笑，看著天生。不過要趁勝追擊，現在是最好的時機。

「因此你聲稱行凶時失去記憶的供述並沒有多大的用處。不，不僅沒有用處，反而只會讓法官和裁判員對你的印象更糟。」

「我是不希望搞壞法官的印象啦，可是明明就沒有記憶，卻說得好像記得一樣，這不算是做偽證嗎？」

「比起行凶時有無記憶，我更想請教你為何在行凶前一刻注射毒品。」

天生漸漸加強詰問的語氣。

「打藥也沒什麼特別的理由啊。心情爛透的時候，還是沒勁的時候就打，理由都不一樣啊。」

「你對警方供述的內容是這麼說的。」

天生把手邊的警詢筆錄拉過來，唸出符合的段落：

「『三、隔天我早上七點起床，準備去還車，開車到關掉的超商那裡。我記得因為時間還早，所以我在後場打了一支』。這個部分你自己說著，都不覺得不自然嗎？」

仙街歪起頭，就像在表示不解。

「你租車的租車行已經查到了，租車紀錄也已經確認了。就像你供稱的，你在十九日上午九點多租了一輛紅色Alto，從租車行出發。問題是租車的基本費。那家租車行是以每六小時為單位計費。六小時以內是五千七百二十圓，十二小時以內是六千二百七十圓，二十四小時以內是七千八百一十圓。接下來每一天加收六千二百七十圓。換句話說，如果你不在二十日的上午九點以前還車，就必須多付六千二百七十圓的延遲費。你在供述中也說，『要從微薄的打工薪水裡面擠出一袋（〇．二克）一萬圓的錢，確實很傷』，對這樣的你來說，六千二百七十圓絕對不是一筆小數字。你在上午七點起床，七點半左右抵達關掉的超商。你明知道只要施打毒品，就會失去正常意識三小時，卻怎麼會選擇在這個時間點施打毒品？」

天生上身略為前傾，逼問仙街。

「這是因為你從一開始就根本不打算去還車。因為你早就計畫好要施打毒品，把自己搞成心神喪失狀態，去攻擊幼稚園。」

「這是牽強附會。」

仙街婉轉地反駁說。

「檢察官沒有打過毒品吧？」

「怎麼可能有？」

「只要試一次就知道了。想要的時候，不是腦袋想要，而是身體想要啊。就跟想要撇小條是一樣的感覺。一直憋尿，憋到膀胱都快爆了，再也忍無可忍的時候，六千二百七十圓這點小錢，根本算不了什麼。贏不過生理需求的。那個時候我就是這種狀況。」

「你這種說法，就算跟你一樣的毒蟲能接受，法官和裁判員也聽不進去。你愈是強調，只會讓你的印象愈差，倒不如招出這一切全是預謀的還比較好。」

「哪裡好了？」

仙街不爽地反問。

「仔細想想，不管法官還是裁判員對我的印象好不好，如果前提是我並非心神喪失狀態，那做出來的判決不都一樣嗎？又不是對我印象好，死刑就會變無期徒刑。」

他是死豬不怕滾水燙了嗎？天生在內心咂舌頭。他從經驗上知道，像仙街這種人，一旦豁出去就難搞了。

「先不論你在行凶時是否處於心神喪失狀態，但你奪走了五條人命。」

「好像是這樣吧。」

「你起碼該承認這個事實吧？這樣至少也算是向五名死者賠罪了。」

「明明不記得有做，卻要我承認，這太沒道理了。」

兩人問答的期間，一旁不斷地傳來宇賀敲打電腦鍵盤的聲音。如果能夠奢求更多，仙街願意做出承認罪行的發言是最好的，但退而求其次，若能製作出一份突顯出本人不負責任、自私自利心性的筆錄，也可以滿意了。這份檢訊筆錄可以把繩索套到仙街的脖子上。

「即將被逮捕的前一刻，你揮舞刀子抵抗。那把刀子也用來殺害了五個人。就是這把刀。」

天生把血淋淋的刀子照片推到仙街面前。仙街只是不感興趣地瞥了一眼。

「刀柄上只採到你一個人的指紋。你用這把刀子行凶，這件事也由目擊殺人案的幼稚園人員，以及逮捕時在場的偵查人員口中證實了。」

「既然有人看到，那應該就是吧。」

「這把刀是從哪裡弄來的？在哪裡買的，你應該還記得吧？」

「我完全沒印象。」

仙街投降似地舉起雙手。

「警察也問了我好幾次，但別說買了，我根本不認得這把刀。說起來，我現在的生活模式，根本不需要用到戶外刀啊。我又沒有深入山林探險求生的嗜好。」

「既然日常生活用不到，那就是為了特殊用途而購入的吧。這把刀子用來殺傷別人，相當趁手。」

購買刀子，是預謀攻擊幼稚園的佐證。這番誘導問話，是為了讓法官和裁判員如此解釋。可能是終於察覺天生的意圖，仙街的唇角扭曲了。

他似乎一直小心發言，但還是會有漏洞。天生的工作，就是找出漏洞打入楔子，製作對檢方有利的筆錄。仙街是第一次殺人，但天生至今可是跟上百名嫌犯打過交道。兩者經驗值的差距，不是僅靠臨時抱佛腳的法律知識和臨機應變就能拉近的。

動機、殺害手法、機會。只要這三者俱全，就能成功定罪。在現階段，檢訊筆錄已經完全網羅了這三要件。不管仙街如何主張他在行凶時處於心神喪失狀態，也絲毫無法動搖檢方的優勢。

剩下的問題是，是否要在起訴前進行精神鑑定。次席檢察官說會安排檢方信任的鑑定醫師，但回顧與仙街截至目前的對話，天生不太覺得有鑑定的必要。

不，不能輕忽大意。

仙街選任律師後，辯方有可能為了適用刑法第三十九條，提出證明犯行時處於心神喪失狀態的鑑定結果。為了與其抗衡，檢方也必須提出證明被告有責任能力的鑑定結果才行。

「既然你這麼強烈主張犯行時沒有記憶，就請醫師幫你鑑定一下吧。」

「做精神鑑定之前，我可以找律師嗎？沒有律師在場，我不想說話了。」

「之後你愛怎麼請都行。我得聲明，檢察官訊問是不允許律師在場的。你無理取鬧也沒用。」

「那我要行使緘默權。」

在那裡瞎說些什麼夢話？

天生忍不住差點嗤之以鼻。不知為何，真的一陣睡意襲來，他有些慌了手腳。

「如果你沒錢請律師，可以請公設律師。雖然是公設的，但只要支付最基本的費用，律師還是會盡力替你辯護。」

口吻變得尖酸刻薄，肯定是因為自制心變得薄弱的關係。

天生覺得奇怪。

最近公務繁重，他睡眠不足。但居然在檢察官訊問期間發睏，這是他頭一遭遇到這種事。

「不是要在決定起訴不起訴前做精神鑑定嗎？那在決定鑑定醫生之前，先讓我跟律師說話。要是任憑你們處置，誰曉得你們會派什麼離譜的醫生來做鑑定。」

仙街的聲音一下子變得幾不可聞。

「在那之前，你先……回答我……全部的問題……」

連自己的聲音都逐漸遠離。

睡魔終於攻入意識深層了。

天生拚命撐住變得沉重的眼皮，這次聽見了宇賀的聲音：

「抱歉，檢座，我有點不太舒服……方便去一下洗手間三分鐘嗎？」

「啊……好。就三分鐘。」

思考完全趕不上，只能勉強回話。

「喂喂喂，檢察官，到底是怎麼了？偵訊中耶？你在搞什麼啊？」

仙街的揶揄聽起來斷斷續續。

不准睡！起來！

天生鞭策自己，意識卻被睡魔攻陷，無力招架。

很快地，天生失去了意識。

天生陡然清醒過來。已經過了幾分鐘，還是幾小時？

「檢座、檢座！」

用力搖晃自己肩膀的，是應該守在辦公室前面的警官。

「啊，抱歉，我不小心打了盹。」

「這是怎麼回事？」

比起警官的聲音，眼前的景象更是狠狠地甩了天生一巴掌。

眼前有一把手槍。

坐在椅子上的仙街低垂著頭。胸口血流如注。依舊朦朧的視野一隅，還看到被另一名警官攙扶的宇賀。她的腳邊，是一灘疑似她的嘔吐物的液體。

到底發生了什麼事？

天生想要起身，一陣踉蹌。他扶桌撐住，走近仙街。

「不可以，檢座。」

警官從後面揪住他的肩膀。

「必須保存現場，請不要亂動。」

「可是仙街──」

「我們已經確認了。他已經死了。」

什麼？

「傳出槍聲時，辦公室裡只有仙街和檢座兩個人。請檢座說明發生了什麼事。」

說明？

我才需要別人說明。

「只有我和他兩個人？」

「只有兩位獨處的辦公室裡，嫌犯遭到擊斃，檢座前面有一把手槍。這不管怎麼看都是檢座開的槍。」

這太荒唐了！

天生回頭望向桌上的異物。他從來沒看過那把槍。他正欲伸手，再次被制止了。

「請不要碰。那是最重要的證物。」

應該已經恢復的意識與思考亂成了一團。

「過了多久？」

「檢座，請振作一點。」

「一聽到槍聲，我們和事務官就衝進來了。距離事發還不到幾分鐘。」

天生想要確認，望向宇賀，她一臉蒼白，不住地點頭。

「那，攻擊仙街的歹徒是從其他地方逃脫——」

「檢座。」

警官的聲音冰冷、公事公辦。

「除了門口以外，就只剩下對外窗，但這裡是四樓。為求慎重，我們也檢查過窗戶了。」

警官指著天生背後的窗子：

「窗戶沒有人出入的痕跡，而且依然從室內鎖著。如果歹徒是從窗戶侵入，從窗戶逃脫，他要怎麼上鎖？」

那質問的口吻，讓天生聽出警官在懷疑他。

等一下。

這肯定是哪裡弄錯了。

「抱歉，可以請你再次依序說明嗎？」

「首先，事務官從辦公室裡出來，看起來人很不舒服，說她想去洗手間。然後她關上門，幾秒後室內便傳出槍聲。我們三人慌忙入內，發現檢座趴在桌上，仙街依然被銬著，死在原位，就是這樣的狀況。」

不行。

就算聽到說明，思考也完全跟不上。

「檢座。」

警官的聲音就像合成的一樣，毫無感情。

「是檢座槍殺了仙街嗎？」

「不是！」

天生好不容易擠出這句話。

「不是我！」

「可是現場狀況完全指向是檢座槍殺了仙街。您要如何解釋？」

我完全不記得——天生正要這麼說，話卻梗在喉間。

這不正是仙街剛才所主張的說詞嗎？

難道連自己都陷入心神喪失狀態，對別人痛下殺手？

現實與妄想混雜在一起，感覺就好像尚未從夢中清醒過來。但警官的話就像冰水一樣，澆散了他的感覺：

「檢座，很抱歉，我們要以涉嫌殺人逮捕你。」

不知不覺間，另一名警官也移動到旁邊來。

「這裡是地檢，我們就不上銬了，但如果你意圖逃走，我們會立刻壓制。」

很快地，縣警本部派來包括鑑識人員的數名偵查人員，天生和宇賀被帶到其他房間。

雖然意識漸漸清醒過來，但思考依舊混亂。就彷彿從現實中被抽離，浮遊在虛空。

兩名警官左右包夾天生，嚴密監視。沉默片刻之後，先前逼問天生的警官低聲開口了：

「我理解檢座的心情。」

警官看也不看這裡，似乎是想當成自言自語。

「奪走了五條無辜的人命，居然還想鑽法律漏洞。我們也無法原諒仙街這種人。把他護送到這裡的期間，我也好幾次萌生不該有的念頭。要不是因為我還有家人，我可能已經控制不住了。」

如果他是知道天生還單身才這麼說，一樣是很失禮的事。

「檢座的行為，一定會遭到各方指責。但接觸過仙街和這起案子的第一線人員，感受大不相同。請不要忘了這件事。」

這或許是警官的真情吐露，但是對現在的天生來說，根本就是敬謝不敏的好意。他想要反駁，卻想不到具體的根據，只能沉默。

縣警本部派來的驗屍官也到場了，當場進行相驗。

很快便確認了仙街的死亡，天生以嫌犯身分被送到縣警本部拘留。

II

Molto vivace

～非常活潑～

モルト ヴィヴァーチェ

1

「怎麼會搞出這種事來？」

岬恭平在電腦前情不自禁地發出呻吟。幸好辦公室裡只有他一個人。

公務電腦收到了一封電子郵件，其中報告了前些日子遭到埼玉縣警逮捕的天生高春一級檢察官的案子截至目前所知道的事實。雖然在東京高檢當中，除了檢察廳長以外，收件人只有寥寥數人，但內容愈讀愈教人心情慘澹。岬恭平被任命為東京高檢的次席檢察官後還不到一年，早已見聞過各地檢發生的大大小小各種醜聞，但其中天生檢察官的犯罪，更屬於最糟糕的一種。不，現職檢察官蒙上殺人嫌疑，這應該是聞所未聞吧？

光是現職檢察官犯下殺人案，就是個天大的醜聞了，諷刺的是，被害人還是檢察官承辦的案件嫌犯，狀況複雜。而且嫌犯是被稱為「平成最殘虐的殺人魔」的仙街不比等，導致狀況更棘手了兩三倍。

從稱號就可以知道，民眾及媒體對這名稀世的殘忍凶手，印象糟到不能再糟。若是舉行全國投票，判處他死刑的票數絕對會是壓倒性多數。但這是兩碼子事。

檢察官是檢察廳這個組織的一部分，同時也是一個獨立的司法機關。若是司法機關憑個人的主觀好惡去制裁嫌犯，甚至有可能摧毀法治國家的基礎。換個說法，這就像是針對司法系統的自殺恐怖攻擊。

案發地點是埼玉地檢，這也教人頭大。埼玉地檢的上層機關，就是東京高檢這裡。因此當埼玉地檢發生醜事，理所當然也會影響到東京高檢。即使東京高檢決定靜觀其變，只要民眾和媒體吵鬧起來，不用說，最高檢一定會下令收拾爛攤子。

發生在檢察官辦公室內的殺人案。檢察官訊問期間，事務官離席，室內只有嫌犯仙街和天生檢察官。辦公室只有一個門口，因此當時是密室狀態。有辦法殺害仙街的，就只有天生檢察官一個人。

幸好埼玉地檢隔壁就是埼玉縣警本部，因此縣警搜查一課人員接獲通報後，不到五分鐘就抵達了現場。因此不管是相驗還是鑑識作業，都得以破例快速進行，現場完美保存下來。

死因是射入前胸的子彈造成的穿透性心臟損傷。由於是從極近距離開槍，因此是當場死亡。室內的天生檢察官聲稱他突然睏倦難當，陷入昏睡，沒有目擊到開槍瞬間，但放置在桌上的手槍槍柄、扳機及滑套上都驗出了他的指紋。不光是這樣而已，天生檢察官身上的西裝袖子也驗出了火藥殘跡。

凶槍是川口市內的超商搶劫案所使用的槍枝，當天剛從川口署和其他偵查資料一起送到埼玉地檢，放有該手槍和子彈的紙箱搬運到天生檢察官的辦公室。證物完成核對作業後，應該要搬到地下的證物保管庫，推測應該是天生檢察官在這時候把槍枝取走了。

天生檢察官懷疑自己被下了藥，他的茶杯，以及在開槍前一刻離開辦公室的宇賀事務官的茶杯都驗出了安眠藥。事務官之所以突然身體不適，應該是安眠藥導致。宇賀事務官與警官同時發現仙街的屍體，連忙用手帕摀住嘴巴，但還是來不及，當場嘔吐出來。有些人對某些安眠藥過敏，她會嘔吐，應該也是藥物副作用。為了保險起見，對她進行了洗胃，果然驗出了相同的安眠藥。關於這件事，趕到現場的偵查人員指出有可能是偽裝的。

也就是說，大部分偵查人員傾向於認為天生檢察官為了讓礙事的宇賀事務官陷入昏迷，而在兩人的茶杯裡都摻入安眠藥。

天生檢察官有殺人的方法和機會，但動機方面呢？難道他真的是對嫌犯過於義憤填膺，憤而下手嗎？

如果動機模糊，檢方人員也不會完全拋棄天生檢察官是遭人陷害的可能性，但天生檢察官曾經吐露近似真情的言論，而且還透過媒體播放全國。帝都電視台的節目中，播出了他的訪談。

『坊間也有說法認為嫌犯仙街的情形適用刑法第三十九條，能夠逃過牢獄之災，這一點檢察官怎麼看？』

『刑法第三十九條的適用，是特例中的特例，不是一般人演演戲，就能混過審判的。』

『關於嫌犯殘忍殺害三名園童及兩名老師的行為，檢察官有何看法？』

『這是喪盡天良、泯滅人心的犯行。』

『檢察官憎恨凶嫌嗎？』

『只要是人生父母養的，都難以對凶手寄予同情吧。』

『檢方會對仙街求處死刑嗎？』

『除了死刑以外，還能有什麼懲罰？』

既然是電視台，訪談內容肯定經過剪接。以結果來說，這段問答塑造出天生檢察官對仙街恨之入骨的印象。做為節目效果，可謂再理想不過，但對檢方來說，這內容糟糕透頂。也可以解讀為天生檢察官在肯定私刑。

缺少的動機這塊拼圖碎片，這樣就填上了。幾乎所有的檢方人員都因為這段訪談的播放，不得不放棄支持天生檢察官。岬自己也是其中之一。

雖然他與天生檢察官沒有私交，但底下單位的八卦，即使不願意也會傳入耳中。在重視能力的組織裡，優秀本身就是個話題。天生檢察官也不例外，岬聽說他在資深檢察官當中，也特別出類拔萃。第六〇期司法研習生這段經歷，也讓岬深感興趣。說到第六〇期，是兒子的同期同窗。或許他們在和光市的司法研習所見過。想像這件事，便覺得天生檢察官並非完全無關的陌生人了。

也因此岬更感到遺憾。

埼玉地檢，以及上級檢察廳的東京高檢都包庇不了天生檢察官。若是輕率地為他說話，或表示同情，立刻就會成為千夫所指的標的。

官官相護。

一群臭不可聞的菁英集團。

身為司法檢察單位，卻只知道隱匿包庇。

岬現在就可以想像到時候新聞標題會怎麼寫。岬能想像的事，其他人不可能想像不到，肯定有許多人都抱持著相同的危機感。

遇到這種情況，檢察廳傾向於雷厲風行地肅正綱紀。有個例子，就是發生在二〇一〇年的大阪地檢特搜部主任檢察官竄改證據案。由於這起案子，主事的主任檢察官不用說，檢察長和次席檢察官，連特搜部部長和副部長都被告發，結果連檢察廳的首長檢察總長都被迫辭職，此外有三人遭到懲戒免職、三人遭到減俸、一名遭到記過、一名遭到申誡，可謂一場大肅清。最高檢認為若不展現出這樣的大刀闊斧，無法獲得民眾的諒解。

而今那場噩夢又將再次找上東京高檢轄內了。可以輕易想像岬的上司檢察長有多狼狽。

這時，桌上的電話響了。不知巧還是不巧，就是檢察長打來的。

『你可以過來一趟嗎？』

雖然是詢問句，但是和命令句沒有兩樣。岬說會立刻過去，掛了電話。

中央共同辦公大樓六號館Ａ棟。檢察長的辦公室位在最頂樓。岬來過幾次了，因此比起緊張，更感到困惑。

「次席那麼忙，不好意思還把你找來。」

岬一進房間，登坂檢察長便殷勤地寒暄道，但頭連一下也沒點。這名男子在實務上是最高位的檢察長，在檢察廳的階級裡，則是僅次於檢察總長。

「事情麻煩了。」

沒有具體說出是什麼事，是因為他把這件事也視為岬的麻煩。廢話不多說是很好，但感覺彷彿自己的心思被看透了，坦白說感覺不是很舒服。

「你看過報告了嗎？」

「天生檢察官幾乎沒有能夠抗辯的餘地。動機、手法、機會，三要件都齊全了，他的律師肯定要大傷腦筋了。」

「連長年在偵查第一線耕耘的次席都這麼判斷的話，應該就是這樣了吧。」

登坂的口氣事不關己。比起偵查現場，登坂在法務省待得更久，因此在偵查方面，多半會參考岬的意見。對岬來說，這一方面讓他感到自豪，但另一方面卻也因此難以對登坂這位檢察長感到尊敬。他明白缺乏對長官的信賴，組織會陷入功能不全，但從第一線爬上來的岬怎麼樣就是無法去崇拜空有頭銜的人。

「這起天生案，次席怎麼看？」

「這是一場災難。不是司法系統有什麼問題，天生檢察官平素的表現也都很正常，偏偏卻遇上了仙街不比等這個病毒。」

「平時很健康，卻因為遭到惡性病毒入侵，所以天生檢察官發病了──次席是這樣解釋嗎？」

「或許仙街不比等這個人和他犯下的罪行，具有讓他人的感情和理性瘋狂的毒性。」

「真獨特的理論。」

登坂饒富興味地點了點頭。

「而且這番說法，算是對天生檢察官相當偏袒。這樣解釋等於是在說，被病毒侵犯的天生檢察官絕對不算異常，只要是從事檢察官這個職務的人，任何人都有可能像天生檢察官一樣染病。很有人情味，很像次席檢察官會做的解釋，不過這話同樣是檢察官的人或許會有共鳴，但一般民眾聽得進去嗎？若問法官是否會同意，就更難了吧。」

登坂委婉地反駁了岬的擁護論，這當然是別有用心。這點機鋒岬還聽得出來。

「那麼，檢察長的看法是什麼呢？」

「這讓人不由得想起大阪地檢特搜部的案子。」

果然要搬出那起案子？

「主任檢察官竄改證據，這對檢察廳來說，就宛如一場噩夢，但因為最高檢破例直接指揮偵辦，大刀闊斧，最後將民眾對檢察廳的不信任及批判減輕到最小。檢察單位由於它的職權性質，對於自己人，被要求有更嚴苛的標準與做法。」

「意思是對於天生檢察官，也要比照辦理？」

「仙街不比等是個多麼泯滅人性的殘暴凶手，在這個節骨眼沒有任何關係。天生檢察官甚至沒有完整訊問嫌犯，就將他射殺，我們必須嚴格審問天生高春這名罪犯才行。」

說到一半，岬開始覺得不太對勁。檢調單位對天生檢察官採取嚴厲的處置，是天經地義的事。但登坂特地把岬叫出來說這些天經地義的事，意圖何在？如果只是義正辭嚴的訓示，用電郵發一封通告就夠了。

一股不祥的預感掠過腦際。一般來說，不好的預感總是會成真。

「大阪地檢特搜部那時候，最高檢率先進行偵辦。這次也會這樣處理嗎？」

「不，上次和這次，案子的樣態天差地遠。」

登坂緩慢地搖了搖頭，就像在享受岬的反應。

「竄改證據案那時候，包括主任檢察官在內，為他隱匿的特搜部長和副部長也遭到起訴及判刑。其他人就算沒有被起訴，也遭到減俸和記過等處分。換句話說，那起案子不是主任檢察官的單獨犯罪，被認為是大阪地檢特搜部整個部門的瀆職。但這次的案子，完全是天生檢察官個人的犯罪，沒有其他任何檢察官或事務官牽涉其中。這種性質的案子，最高檢沒必要出動。」

那斷定的說法，讓岬悟出登坂已經從最高檢接到某些指示了。能夠對東京高檢的檢察長下指示的人，除了檢察次長外，就只有檢察總長了。

難不成──

「這次的案子，會由上級單位的東京高檢來指揮偵辦。」

不祥的預感終於成真了。

「因此，岬次席檢察官，我想請你來負責本案。」

岬所能想到的最糟糕的猜測居然命中了。但他身為次席檢察官，沒有拒絕的權力。

「你長年在偵查第一線發揮才幹，在這裡比任何人都更精通偵查實務。老實說，也有人向我推薦你。」

這點程度的口惠，就想釣人上鉤嗎？若是客套話也就罷了，要是登坂真以為自己會被那種甜言蜜語哄過去，未免也太瞧不起他了。

「不敢當。」

可能是把岬的回答當成了同意，登坂一臉滿意地點點頭。

「我想確認一件事，由我來負責偵辦就行了嗎？」

「啊，我沒有說清楚。推薦你的人說你身為審判檢察官，表現也十分不凡，語氣十分懷念。」

知道岬在法庭活躍的時期的人，已經沒有多少了。檢察總長也是其中之一。

「說來慚愧，我並非百戰百勝。」

「你只輸過兩回，而且對手都是那名黑心律師。他另當別論，而且他的辯護手段沒一次是正當的，嚴重不適合拿來算在戰績裡。」

真的是這樣嗎？岬自問。如果對方的辯護不算正當，自己卻贏不了，那豈不是問題更大？

「我希望偵查和審判都由你來。當然，你可以以主任的身分，把高檢的檢察官當成自己的手腳使喚。」

同時負責偵查與審判？這狀況實在是過於出人意表，岬不禁有些慌了。

「在第一線指揮的是岬次席檢察官，但東京高檢的檢察官和事務官都會全力支援。換句話說，本案是東京高檢控告天生檢察官。」

「組織對抗個人嗎？」

「不，是秩序對抗失序。即使那是迎合民眾感情的行為，我們也絕不能放過違法行為。若是同為法界人士，就更是如此了。檢方必須透過這次的案子，再次讓『秋霜烈日[2]』的意義廣為周知。」

對外是秋霜烈日，對內是殺一儆百。很簡單，自己就像是在檢察廳的宣傳活動中被派出去表演的吉祥物。

「就像我剛才說的，最重要的是，檢方必須讓民眾知道我們的嚴以律己。因此對於嫌犯天生，會採取比最高檢對大阪地檢特搜部的做法更為嚴厲的態度。」

「難不成檢察長的意思是要求處死刑？」

「就算死刑太極端，至少也是無期徒刑、或長期的有期徒刑吧。」

意思是根本不用談緩刑。而且登坂已經改口只用「嫌犯」稱呼天生了。

「揮淚斬馬謖是嗎？」

「引用《三國志》的典故？真有深度。不過大概就是這樣。為了維護信譽與正義，檢方不惜以自己的鮮血做為代價。」

登坂的話有許多讓人同意之處。只要在檢察圈子待久一點，就明白裡頭的居民並非個個都清廉潔白。

檢方的醜聞，不只大阪地檢特搜部主任檢察官的竄改證據案這一樁。二〇〇二年，大阪高檢公安部長因為涉嫌向黑道索賄及公務員濫用職權罪等，被判處徒刑。此外，會登上報紙社會版的個人的醜事，更是不勝枚舉。檢察單位會高聲宣揚檢察官的理想形象，反過來說，就是因為自淨功能早已失靈。

說白了，天生檢察官被當成了檢方用來維護威信的祭品。而自己果然是宣傳活動的吉祥物。

但岬已經不再青澀，會以不願扮演吉祥物為由拒絕命令。撇開檢方的意圖不論，檢察官枉法，必須接受更嚴格的制裁，這也符合岬本身的正義觀。

「我會派人立刻把相關資料送到次席檢察官的辦公室。請全力發揮你的實力。」

翻譯成白話，就是話說完了，你可以走了。岬行了個禮，頭也不回地告退。

2 「秋霜烈日」為日本檢察官徽章的圖樣，意為執法如秋霜烈日般嚴酷。

回到自己的辦公室，事務官信瀨孝弘正在等他。

「埼玉縣警本部送來偵查資料和證物了。」

一臉困惑的信瀨腳邊擺了一個紙箱，岬吃了一驚。再怎麼說，動作也太快了。

但稍微想想也就理解了。岬被叫去的時候，一切就已成定局了。登坂收到指示，埼玉縣警本部則收到移交證物的命令，一切都準備完畢，最後岬才被叫過去。

也就是岬被看透了一定會服從命令，這讓他再次對登坂的專橫感到厭惡。

「上面的標籤是『天生案偵查資料』。這是那起案子吧？」

「看來似乎是。」

「似乎是……？難道次席檢察官要承辦此案嗎？」

「不只是偵辦，還要我站上法庭。」

「我從來沒聽說過這樣的例子。」

「我想也是。我也是初次耳聞。」

岬把上半身靠在還坐不習慣的辦公椅上。不能熟悉這種觸感。岬一向自我期許，在熟悉相同的觸感前，就要爬上新的椅子。

但他並非不顧一切只想往上爬。岬自己對檢察廳的現狀感到不滿。若是企圖改革上令下達式的組織，以爬上命令系統的高層為目標，就是一種必然。

登坂說岬只輸過兩次，但岬認為就是這兩次的敗績，拖慢了他的升遷速度。在定罪率百分之九十九．九的法庭上落敗，就代表著升遷受累。那麼，在被命令上場的審判中獲勝，是最為直球勝負的挽回方式吧。

「這表示上頭對次席檢察官寄予厚望呢。」

「是發生差錯時斷尾求生的尾巴。沒什麼值得驕傲的。」

「被交付承辦如此震驚社會的大案，我認為很值得驕傲。」

岬覺得這直白的安慰很像信瀨會說的話。

「我立刻核對清單。」

不勞岬交代下去，信瀨立刻打開紙箱，拿著清單開始檢查。岬隔著紙箱，在信瀨正面蹲下來：

「我來幫忙。」

「這怎麼行？這是事務官的工作。」

「這可以讓我平靜下來。」

信瀨也清楚，岬是那種說一不二的人。他搖了搖頭，就像在說拿他沒轍，繼續核對。

兩人默默地檢查紙箱裡的東西。這次用來射殺仙街的凶槍不在清單裡。清單上註明，手槍似乎收在埼玉縣警本部的證物保管庫裡。

「經過上次教訓，這次不敢再把凶器亂丟了吧。」

「這才是正規做法。就算同樣是證物，槍械類的處理也應該和一般物品劃分開來。」

「……次席檢察官會看網路上的討論嗎？」

「我對網路評論沒什麼興趣。」

「我倒是常看，因為可以看到民眾對重大案件的真實看法。」

「我不是很清楚，但網路上的發言幾乎都是匿名吧？」

「也有使用本名的社群媒體，但就像您說的，幾乎都是匿名。」

「不敢用本名發表的言論，最好別太當一回事。匿名發言就是不負責任的發言。不負責任的發言，跟路邊看熱鬧的民眾七嘴八舌沒有兩樣。他們只是想要發洩平日的不滿，因此沒有絲毫邏輯和理性可言。」

說著說著，岬內心卻想著相反的事。網路上的聲音沒有邏輯理性，卻是感情的發露。即使是直覺反應、低俗下流，也無疑是某種真心話。

「網路上很多人把天生檢察官當成英雄，說他制裁了施打毒品、意圖濫用刑法第三十九條來逃避刑責的十惡不赦壞蛋，實現了不折不扣的正義。」

「荒唐。」

岬當下反駁。

「那種行為不是正義。跳過正式司法程序的刑罰，就只是私刑。」

「沒錯，但有一定數目的人對天生檢察官的行為大呼快哉。不光是這樣而已……」

信瀨忽然支吾起來。

「還有什麼？」

「……有一派人說，檢方控告替天行道的天生檢察官是錯的。因為就算讓仙街上法庭接受審判，八成也無法懲罰他。想要控告天生檢察官的檢方，根本沒有把被仙街殺害的五條人命放在眼裡。」

「這更荒唐了。司法不是為了替私人報復而存在的。司法的存在目的，是為了維護社會秩序。」

「網友說就算是這樣，罔顧民眾感情的執法機關，又有何存在意義？」

這種言論，也只能說是聽膩了。

「這麼說的人都忘了裁判員制度嗎？況且顧及民眾感情，和民粹主義是完全不同的兩碼子事。偏重民粹主義的制度遲早會崩壞。歷史已經證明了這一點。」

「次席檢察官從來不會動搖呢。」

「我只是選擇太少，無從動搖罷了。」

繼續核對清單，發現少了幾樣東西。

「沒有解剖報告。」

「我來詢問。」

偵查資料上顯示，仙街舉目無親，孑然一身，而且又是在那種狀況下死亡，因此要進行司法解剖，應該沒有任何障礙。

「埼玉縣不適用監察醫制度。我聽說因為預算不足，也有不少案例無法解剖。如果還沒有進行司法解剖的話，就委託醫大吧。」岬說。

「好的。不過各地方政府對司法解剖的處理方式都不同，這實在很困擾呢。」

就算人死了，還是有預算的問題。雖說有錢能使鬼推磨，但司法解剖的數量與破案率密切相關，即使說這是司法制度改革的下一個課題也不為過。

凶槍。貫穿屍體前胸，嵌入牆壁的子彈。仙街的屍體照片。辦公室的全景照片。仙街的筆錄等仙街案的全部證據文件。偵辦資料數量龐大，核對清單也就罷了，若要每一樣詳加檢驗，應該要花上一整天的時間。

「看來暫時沒辦法處理其他工作了。」岬說。

「檢察長沒說什麼嗎？」

「他說我可以任意使喚東京高檢的檢察官和事務官。」

「是全權委任您嗎？」

「沒那麼了不起。」

岬看著凶槍的照片：

「是托卡列夫啊。」

「原本是混不下去的黑道搶劫超商時使用的手槍。便宜沒好貨。」

托卡列夫是舊蘇聯軍做為軍用而開發並改良的手槍。由於是預設在嚴寒地區使用，因此安全裝置和扳機都追求省力，零件數目也大幅減少。也因為這個緣故，造成黑市價格極為低廉。雖然貫穿力高，但命中率很差，因此適合在極近距離開槍。驗屍報告中說，仙街前胸的槍創是在三公尺以內的距離開槍造成的痕跡，因此算是符合槍枝原本的用法。

仙街遭到射殺時的主要證人，是天生檢察官的專屬事務官宇賀，以及守在辦公室前的兩名警官。警官進入辦公室時，仙街已經遭到射殺，因此宇賀事務官的證詞更形關鍵。

兩名警官的證詞沒有太大的助益。宇賀事務官離開房間，看起來人不舒服，往廁所走去。數秒後，辦公室內傳出槍聲，事務官連忙返回辦公室，警官與她一起開門，發現仙街已經斃命。

「宇賀麻沙美二級檢察事務官啊……」

「她也真是倒楣呢。」

「你認識她？」

「我們在檢察事務官的聯合研習是同一梯。聽說她是清寒生，剛上大學父母就過世了，所以考上國家公務員以前的學費，全都是靠自己賺的。」

「真令人敬佩。」

「不光是這樣，她非常優秀。檢察廳這個地方，基本上依然是男性社會，但我覺得像她這樣的女性增加，應該有助於改變這裡的風氣。」

這也是岬熱切期盼的未來。檢察廳那種與其說是自傲，更接近矯情的意識，還有以百分之九十九．九定罪率為傲的自命不凡，最近他深覺這些全都是惡劣的男性特質的顯露。雖然女性檢察官數目日增，但人數還不足以改革整個組織。

關於定罪率，也有其他令人憂心之處。最近的檢察官裡面，不少人會對案件做出不起訴處分。理由是擔心在審判中落敗，乾脆放棄起訴，這若是成為常態，就等於勝算低於百分之九十九．九的案子，全都被葬送在黑暗當中了。

從報告書來看，天生檢察官似乎是那種即使勝算不大，仍敢於挺身挑戰的類型。雖然也有敗給辯方的案子，但幾乎看不到不起訴處分。即使多少會拉低定罪率，仍會誠實地消化警方移送過來的案子，這樣的態度值得嘉許。

那麼，天生檢察官原本打算起訴仙街案嗎？

據說仙街攻擊幼稚園，緊接著逃走，被抓到的時候，正在施打毒品。加上本人供述平日就有施打毒品的習慣，看得出從一開始就打算主張自己適用刑法第三十九條。

實務上，適用刑法第三十九條的判例幾乎可以說是沒有。但依然罕有被認定為犯行時處於心神喪失狀態的案子，結果起訴的檢察官吞下逆轉無罪的苦果，成為戰犯，淪成定期考核的檢討對象。若是汲汲營營於升遷與獎章的檢察官，就會盡量避開這類案子。英勇的天生檢察官原本打算起訴仙街案嗎？或是覺得極有可能被判無罪，結果自暴自棄了？這一點最好直接問本人吧。

「我想盡快對嫌犯進行第一次偵訊。可以替我轉達埼玉縣警本部嗎？」

2

天生案全權交給岬處理這話似乎是真的，這天傍晚時分，天生立刻就被護送過來了。

一般來說，高等檢察廳負責處理各地方法院、家庭法院、簡易法院審判的上訴案件。像這次這樣，在第一審的案子就進行檢察官訊問，是特例中的特例，案子本身又是現職檢察官犯下的殺人案，同樣是罕見的特例。因此以非正常手法處理非正常案子，可謂是一種正攻法。

說到特例，埼玉縣警本部的應對也是一樣。原本遇到檢察官訊問，會以廂型車一次載運多名嫌犯護送過來，但這次只有天生一個人，而且派了多達十名警官同行監視。

晚上七點三十分，天生在兩名警官陪同下，進入岬和信瀨等待的辦公室。

天生坐到辦公桌前的椅子上。一般檢察官訊問時應該會離開的警官們，這次也在天生兩側左右包夾站立。這是埼玉縣警本部的要求。開槍事件就是讓嫌犯和檢察官單獨留在辦公室而造成的憾事，這個教訓無疑讓他們刻骨銘心。

在全是特例的狀況中，只有天生的態度很普通。他就和眾多的嫌犯一樣，緊張萬分，難掩不安。

岬對天生的第一印象，是一看就是個力求升遷的資深檢察官。愈是追求出人頭地的人，當發現前途破滅時，後座力也更強大。飛得更高，摔得就更重，是一樣的道理。

「我是負責此案的岬。」

岬一報上名字，天生便挺直了背脊。

「我是埼玉地檢刑事部，天生高春一級檢察官。」

在簡單的人別訊問時，天生依然緊張萬分。態度過分親暱固然難搞，但太過緊張，也難保不會對偵訊造成防礙。

「天生檢察官，放輕鬆一點吧。你應該很清楚，檢察官訊問也是嫌犯自清的機會。你緊張成那樣，應該要說的話也說不清楚了。」

「恕我直言，」天生先這麼說，頭低了一下。再次抬起的臉上有著奇妙的懷念神情。

「我到昨天都還是負責問話的一方，狀況實在逆轉得太厲害了，我的腦袋跟不上。」

「這也難怪。但既然你理解訊問的立場，我更希望你能配合。」

「不過真要說起來，包括我自己在內，要在岬次席檢察官面前不緊張，這實在是強人所難。」

「別太抬舉我了，我就只是個老檢察官，現在更只是個單純的承辦檢察官。」

「雖然是私事，但我和次席檢察官也並非無緣。」

「什麼意思？我和你應該是初次見面。」

「我是第六〇期的司法研習生，研習時和令公子岬洋介在同一組。」

突然聽到兒子的名字，岬一陣錯愕。

雖然他早有猜測，但沒想到真的猜中了。

「我們認識不到一年，但他帶給我很大的刺激。」

「他不是那麼了不起的人。」

岬是在謙虛，但天生的反應超乎預期：

「哪裡的話！他非常了不起。我活了三十幾年，從來沒有見識過像他那樣才華洋溢的人，和我是天差地遠。如果沒有認識他，我一定會變成一個更渺小、更夜郎自大的人。」

「才華？什麼才華？」

「做為司法人，他的才華出類拔萃，但音樂的才華更是超凡出世。」

岬在心中咒罵。

兒子受人稱讚，讓他靦腆中感到欣喜，但說到音樂，狀況又不同了。這是他絕對不想聽到兒子被讚揚的部分。

「他是打進蕭邦大賽決賽的天才。雖然為期不長，但是與他一同切磋的經驗，成了我這輩子無可取代的財產。」

可能是注意到岬的眼神，天生連忙轉換話題：

「當然，岬次席檢察官對我們資深檢察官來說，是高不可攀的楷模。我一直希望有機會拜會次席檢察官，只是沒想到會是以這種形式實現……真是太慚愧了。」

「最好不要胡亂吹捧別人。這有可能讓你誤入歧途。」

不知不覺間，旁邊的信瀨停下敲鍵盤的手，興致盎然地看著兩人。岬清了一下喉嚨，重新切換心情：

「我們進入正題吧。九月二十二日下午三點，你把仙街不比等叫到自己的辦公室，進行檢察官訊問。」

「是的。」

「告訴我當時你們兩個的相關位置。」

「就和次席檢察官和我現在的位置一樣。」

「警官不在室內對嗎？」

「是的，只有我、宇賀事務官和仙街三個人而已。」

「進行檢察官訊問時，你在想什麼？」

「關於高砂幼稚園攻擊案，犯行方法和機會都已經證明了，我認為接下來只要揭開本人的動機，就能在法庭上爭取定罪。」

「你訊問嫌犯仙街，想要挖掘動機。」

「還有另一個目的，是釐清仙街在行凶時是否處於心神喪失狀態。這些都是為了起訴必須確認的事項。」

「你原本打算在起訴前對嫌犯進行精神鑑定嗎？」

「是的。我已經有了認為合適的鑑定醫師人選。檢察官訊問，算是起訴前鑑定之前的準備階段。」

雖然說得相當拐彎抹角，但同為檢察官的岬，對於橫亙在背後的複雜狀況瞭若指掌。天生這話的意思是，他已經準備好對檢方有利的鑑定醫師，會診斷仙街具有責任能力，以將他在審判中定罪。當然，開庭之後，辯方應該也會委託其他的醫師進行鑑定，但至少這可以說是將仙街拖上法庭的必要作業。

「你身為承辦檢察官，原本打算將仙街案起訴，或是也考慮不起訴處分？」

「感覺仙街不比等認為自己的學歷與能力沒有得到正當的評價，怨恨社會，把矛頭指向有錢人子女就讀的高砂幼稚園。本人沒有直接這麼說，但他顯然把高砂幼稚園的園童視為欺凌他的人的象徵。攻擊幼稚園的行動，是他扭曲的復仇心態的顯露，不管在社會通念上或倫理上，都是絕對不能原諒——」

天生自覺到自己激動起來，忽然打住了話。

「抱歉，我自顧自說起來了。」

「沒關係，這裡就是讓你直抒胸臆的地方。」

聆聽天生的言談，岬漸漸看出這個人的為人，以及身為檢察官的自尊。看來身為一個人，天生正直不阿，身為檢察官，也忠於職務。

但正直與忠實若是過了頭，也會成為惡德。

「你試著從嫌犯仙街口中問出動機，那你成功了嗎？」

「沒有……我失敗了。」

天生無力地搖了搖頭。

「仙街對我的問題閃爍其詞，完全沒有說出任何他對園童懷有殺意的言詞，就彷彿事先已經背好猜題題庫一樣。不僅如此，他從頭到尾主張他沒有任何行凶時的記憶。」

「是在暗示他犯行時處於心神喪失狀態呢。」

「沒錯。」

「面對如此供述的仙街，你作何想法？」

天生閉口不語了。似乎是在提防接下來的話會掐住自己的脖子。

「我不記得我當時是怎麼想的了。」

這個回答在意料之中。岬沒辦法，向信瀨使了個眼色。

信瀨暫時停止記錄，從網站上搜尋電視節目的影片。

「這段影片中，回答記者問題的是你本人沒錯吧？」

岬要信瀨把電腦螢幕轉向天生。上面顯示的，是走出辦公大樓的天生回答仙街案相關問題時的影像。

『坊間也有說法認為嫌犯仙街的情形適用刑法第三十九條，能夠逃過牢獄之災，這一點檢察官怎麼看？』

『刑法第三十九條的適用，是特例中的特例，不是一般人演演戲，就能混過審判的。』

『關於嫌犯殘忍殺害三名園童及兩名老師的行為，檢察官有何看法？』

『這是喪盡天良、泯滅人心的犯行。』

『檢察官憎恨凶嫌嗎？』

『只要是人生父母養的，都難以對凶手寄予同情吧。』

看到影片，天生的表情尷尬到家。那張臉就像是尿床被抓包的小孩子。

坦白說，岬也不是很舒服。對方也是檢察官，更加深了這種感覺。但今天的自己身負必須起訴天生的使命。為了任務割捨感情，這他已經經歷過無數次了。

「從這段影片來看，比起檢察官的身分，這更是你個人的想法呢。」

「我不否認，但這是在休息時間，我疏於防備的時候，突然被記者堵麥……」

「若是沒有準備，可以用無可奉告擋過去。」

「當時我是想要強調檢方會為民眾伸張心聲。說著說著，不小心有些過了頭……」

「檢察機關不需要為民眾代言。就算是操之過急之下的舉動，你這不會過於思慮不周嗎？」

岬打斷天生的辯解，平穩地曉諭說。他不打算重申對信瀨說過的那番提防民粹主義的言論，但他很好奇為何比自己年輕的世代，都如此在乎輿論？

岬也能猜到，這與社群媒體的興盛不無關係。在現代，個人可以輕易發表言論，伴隨著這樣的變化，一般民眾的意見開始做為實體受到認知。重視面子的組織、關心風評的企業、玻璃心的個人，都對批判過度反應，無時無刻不關注他人對自己的說法。說穿了很簡單，個人可以自由發言，結果反倒讓所有的一切都自我閹割了。

「天生檢察官在訪談影片中，表達了對嫌犯仙街的憎恨。面對在訊問中不肯承認殺意及犯行時責任能力的嫌犯，讓你原有的憎恨更加膨脹了，是不是這樣？」

「……我是覺得他難纏，但並不到憎恨的地步……」

「自己的滔滔雄辯不管用，訊問對象不斷地推托閃躲。檢察官的肩上扛著重責。時間分秒流逝，你愈來愈焦慮，是不是這樣？」

「我是感到焦慮沒錯……」

「這樣下去不是個了局。若是把不充分的檢訊筆錄交給審判檢察官，到時候在法庭上被判無罪，自己會變成戰犯。事務官離席後，房間裡只剩下你和嫌犯仙街兩個人。你焦慮到了極點，終於實行了原本的計畫，是不是？」

那連珠炮般的語氣，完全是對嫌犯的口吻。個人的同情與共鳴先擺一邊，岬身負從天生口中問出自白的任務。

「就在當天，剛好川口市內的超商搶案中使用的托卡列夫手槍和子彈還有偵辦資料一起送過來了。原本核對工作結束後，手槍應該要送交證物保管庫，卻不知為何留在辦公室裡。是你偷藏起來的嗎？」

「我不知道。」

「你的事務官說身體不適，離開辦公室後，房間裡就只剩下你和嫌犯仙街。被逼到絕處的你拿起手槍，逼迫嫌犯仙街自白，對嗎？你是不是威脅他承認對園童懷有殺意，以及行凶時具有正常的判斷能力？」

「不是的。」

「但嫌犯仙街拒絕認罪。你因為恐嚇無效，不慎失手射殺了嫌犯仙街。是不是這樣？」

「不是的，絕對不是。我在訊問的時候，突然睏得不得了，從宇賀事務官說她要離開一下的時候開始，就什麼都不記得了。」

「你自己說著這話，不覺得太剛好了嗎？」

「我一定是被下藥了。」

「但洗胃驗出安眠藥的只有事務官，你只驗了尿而已。」

「如果我也洗胃的話，應該可以驗出安眠藥才對。」

天生拚命傾訴，但這話說得太慢了。以殺人現行犯被逮捕後，天生就被縣警搜查一課拘留了。安眠藥服用之後只要過了幾小時，就會被體內吸收，不會殘留在胃裡。

在天生的要求下進行驗尿，已是他被逮捕後超過四小時的事了。尿液中確實驗出了安眠藥的成分，但無法確定服藥時間。因為也有可能是在開始訊問前，天生自己先服下去的。

「你預先服用安眠藥，等待藥效即將失效時，再開始進行訊問。只要預先在兩人的茶杯裡摻進一樣的安眠藥，假裝自己有喝下去就行了。」

片刻之間，天生滿臉苦澀，但他立下決心似地開口：

「次席檢察官，請准我反駁。」

「請說。」

「照次席檢察官剛才的說法，我從一開始就打算要恐嚇嫌犯仙街，失敗的話，就開槍射殺他。我會給宇賀事務官下安眠藥，是為了不讓她目擊到開槍的瞬間。但實際上她卻是因為身體不適而離開辦公室了，房間裡只剩下我和嫌犯仙街。然後仙街遭到射殺，嫌疑當然會落到我頭上。我為何要做出這種邏輯矛盾的行動？」

「我沒必要替你解釋你的邏輯矛盾。你在實務中也看到許多人在憎恨驅使下，做出各種不合邏輯的行動吧？想成是自己成了自己口中指責的人，就可以理解了。再說，比起這些邏輯矛盾，證物更確鑿地指出就是你開的槍。首先，驗屍揭露了是從極近距離開槍的事實。行凶當時，辦公室是完全的密室。嫌犯仙街前胸留下的槍創，是三公尺以內開槍造成的痕跡。三公尺，剛好就是你我現在的距離。換言之，也就是案發當時你和嫌犯仙街的距離。不只是槍創，最不動如山的證據，就是托卡列夫手槍上驗出了你的指紋，還有你的西裝驗出了火藥殘跡。這兩項物證證明了開槍的人毫無疑問就是你。若要補充，鑑識報告指出室內找到的彈頭和彈殼，也都是從那把托卡列夫發射出來的。關於這幾點事實，你有什麼要反駁的地方，就請說吧。」

天生似乎完全說不出話來。但他並非俯首認罪，態度看起來像是一時想不到能怎麼反駁。

「那段期間我失去意識，真的什麼都不記得。」

「天生檢察官，你理解你在說什麼嗎？你現在的抗辯，就跟你訊問的嫌犯仙街一模一樣。凶槍查到了，從狀況來看，就是你開的槍，然而你卻不停地宣稱你行凶時沒有意識。」

天生的臉一眨眼便染上了絕望與嫌惡的神色。岬說的「自己成了自己口中指責的人」，也包括了這個狀況。

「你還不承認自己的罪行？」

「我真的完全不記得，我無從認罪。」

「物證都這麼確鑿了，你還是不認？」

雖然不認為窮追不捨，對方就會束手就擒，但天生果然抵死不從。

「不管次席檢察官問幾次，我的答案都一樣。」

「這話對你應該是多餘的，但是在檢察官訊問的階段堅持不認罪，在法庭上會造成惡劣的印象。」

「我從就任檢察官的時候，就一直被教導要與不義抗戰。這次我也打算這麼做。」

「我忘了說，審判也是我來負責。」

天生瞠目結舌。

「次席檢察官兼任偵辦檢察官和審查檢察官？這前所未聞。」

「現職檢察官蒙上殺人嫌疑，這才是前所未聞。話都說到這份上了，你也看出來了吧？」

若要講求精確，雖然說是負責審判，但岬只是被交付指揮的任務，是否會實際站上法庭，尚未確定。但在這時候讓天生認為岬想要站上法庭，也是一個招數。

「……檢方鐵了心要把我定罪呢。」

「證據都這麼齊全了，除了起訴以外，還有別的選擇嗎？」

「我現在終於理解由岬次席檢察官承辦此案的理由了。」

「但你還是不打算改口？」

「很抱歉。」

「那我就依據你的發言製作筆錄了。」

信瀨從訊問內容中把應該登載的內容轉錄為文字，製作筆錄，列印出來。朗讀內容，讓天生簽名捺印後，檢訊筆錄就完成了。

檢訊筆錄依照程序完成了。這下天生和檢方將要為此案正面交鋒，對簿公堂。

檢查完簽名捺印後，岬恢復原本的語氣：

「沒想到必須起訴兒子的同窗，令人遺憾。」

「我也很遺憾。」

在檢訊筆錄簽完名、捺完印後，天生的表情頓時變得就像被逼到牆角的小動物一般。岬不禁同情起來，忍不住多嘴了：

「你還沒有選任律師吧？你有想到要請誰嗎？」

「老實說，我腦袋一片空白，沒有餘裕去想到律師。」

「起訴後到開庭，還有一段時間。你可以在審前準備程序之前決定。」

「這個案子充滿特例，您說的還有一段時間，也算不得準呢。」

天生的憂心有一半猜中了。決定審判日期，是法院的專管事項，也因為如此，依法院的意思，審判可以延後，當然也可以提前。此外，雖然是專管事項，但法院和檢察廳之間，還有一條「法庭外辯論」的管道。遇上現職檢察官殺人這樣的大案，法院應該也希望快點把事情解決掉。若高檢要求盡早審理，法院應該也不會不留情面地回絕。

「這話由我來說或許不大對，但律師是你在法庭上唯一的友軍，務必要審慎選擇。你過去交手的律師裡，有沒有特別讓你欣賞的人物？」

天生只是像個迷途孩童般，驚慌狼狽。

「不曉得是該高興還是難過，我從來沒有遇到過那樣的律師。」

岬聽著天生這番苦水，感受極為複雜。定罪率百分之九十九．九的弊害之一，就是這種情形。檢察官在法庭上經手的都是開庭前就已經確定會贏的案子，因此完全沒有機會充分看出對手的實力。

岬自己因為嚐過慘烈的敗績，得到了自我鍛鍊的機會。比起勝戰，敗戰能得到的收穫更多，這個鐵律不是只限於體育領域。

垂頭喪氣的天生在警官陪同下離開了。不知為何，岬感到強烈的疲倦。

「次席檢察官，您看起來很累。」

連旁人都看得出來的話，想必是疲態盡露吧。但這並非肉體上的疲勞。

他必須控告原本將來備受看好的學弟。登坂叫他指揮辦案就好了，但這種令人嫌惡的感受，他一個人經驗就夠了。法庭應該也是由岬親自上陣吧。要在法庭上把天生的主張逐一粉碎，將他定罪。

只要是檢方人員，應該都會想要避開這個角色。登坂清楚這一點，卻選擇了他。因為登坂看透如果是岬的話，不會再把這個重擔拋給其他人，而是情願自己承擔。

信瀨十分敏銳，似乎從岬的臉色察覺了狀況。

「次席檢察官打算親自站上法庭嗎？」

「沒有人想出鋒頭的話，就會是我。」

「只要次席檢察官下令，沒有人會拒絕。」

「這是個髒活。與其丟給別人，自己攬下來，對心理健康比較好。」

「您自己的工作已經堆積如山了啊。」

「領這份優渥的薪水，就是為了這種時候賣命啊。」

岬說，結果信瀨拋來憐憫般的眼神。

「你那是什麼眼神？」

「我現在是二級事務官。」

「我知道。」

「做完三年二級事務官，通過考試，就能升上副檢察官。對我們事務官來說，這也是人人嚮往的途徑。」

「常有的事。」

「但是看到次席檢察官這樣，雖然一方面嚮往更深，但有時候卻也會禁不住卻步，覺得自己可能承擔不起如此嚴苛的職責。」

「你不用效法我啊。」

岬不悅地說。

「我啊，是專門被派去擦屁股善後的檢察官。」

緊接著，埼玉縣警本部送來追加資料了。是仙街不比等的解剖報告書。

執刀的是埼玉醫科牙科大學法醫學教室的真鍋教授。死因如同驗屍官的評估，是射出的子彈造成的穿透性心臟損傷，應是當場死亡。除了前胸以外，找不到其他外傷。從殘留在體內的尿液，驗出毒品陽性反應，同時左臂有多處注射痕跡，顯示出是毒品慣犯。

此外，鑑識也送來仙街的毛髮分析結果，做為補充資料。毛髮能長時間保留體內蓄積的藥物。將毛髮從毛根處每隔一公分切斷，檢驗各部位的藥物含有量，從這份分析結果，可以看出每個月的藥物攝取經歷，但無法判別出仙街在攻擊幼稚園時是否施打了毒品。仙街的情況，確認到他是從半年前開始使用毒品。

以結果來說，仙街在犯行時是否處於心神喪失狀態，已經永遠成謎，但至少科學上證明了他是毒品慣犯這件事是事實。

一旦被認定為毒品慣犯，仙街在犯行時處於心神喪失狀態的主張就更容易被接受。縱然法官們不會立刻考慮適用刑法第三十九條，但可以輕易猜到，審判的走向將會陷入渾沌。因此對於憎恨仙街的人來說，天生的行為完全就是正義的行使。

就在同一天晚上，東京高檢決定起訴天生高春一級檢察官。

兩天後，岬一來到辦公室，信瀨便告訴他有人求見。而且不是法界人士，而是一般民眾。

「是遭到嫌犯仙街殺害的被害者的家屬。」

原本高檢的幹部極少會和一般民眾會面。他們沒那麼閒，有空去一一聆聽對檢方的做法提出疑義的人、抗議特定案件是國家指揮辦案的人，或其他參與可疑政治活動的人的說法。

但若是仙街案的被害者家屬，狀況就不同了。

「家屬帶了許多媒體陪同。」

請辦公大樓的櫃台擋駕並拒絕會面是很簡單，但鏡頭拍到的高檢的態度一定會顯得冷血無情。

岬答應與被害者家屬會面。不過岬的用意不在於牽制媒體，而是直接聆聽被害者家屬的聲音。即使否定民粹主義，也無法拋棄人情，這是岬的弱點。他沒有另外向登坂請求同意他和家屬會面。因為他認為登坂全權委任他的時候，他就沒有義務將這些小事逐一上報了。

請求會面的共有十五人，而檢方只有岬和信瀨兩個人。十七個人進入閒置的小會議室，整個空間就塞滿了。

應該是已經預先決定好了，被害者家屬的代表是幼稚園老師坂間美紀的母親。

草草寒暄之後，坂間的母親立刻進入正題：

「我們看到報紙了。檢調要控告天生檢察官，對嗎？」

「檢察的工作，就是決定是否要起訴案件。」

「就沒有不起訴的選項嗎？」

「即使殺害的是嫌犯，但天生檢察官奪走了一條人命，沒有道理不予起訴。」

「老實說，聽到仙街在地檢被殺的時候，我感到很遺憾。因為為什麼仙街非得那樣殘忍殺害我的女兒和孩子們，我再也沒辦法從他口中聽到理由了。」

在場的家屬全都點頭同意。

「審判開始的話，就可以從仙街的證詞瞭解當時的狀況，也能知道孩子們在最後是什麼樣的狀況。對於被留下來的我們家人來說，知道這些，刻畫在記憶當中，也算是對故人的追悼。可是，現在這些都成了不可能實現的希望。」

母親暫時打住，努力克制湧上心頭的情緒。沉默壓得人喘不過氣。要是她乾脆放聲哭喊，岬反而會覺得輕鬆許多。

「……仙街死了，這教人遺憾、憤恨到了極點。但我聽說如果仙街被認定是毒品慣犯，也有可能被判無罪。」

「是有這個可能性。仙街似乎也試圖主張自己因為心神喪失，不具責任能力。」

「仙街被判有罪的機率有多大？」

「事到如今，不管說什麼都只是猜測。猜測沒有意義。」

母親似乎仍無法接受，不肯罷休地瞪著岬。

「沒有意義？或許是吧。可是既然如此，我們希望至少能聽到仙街的說法。」

「地檢內部發生殺人犯罪，這是史無前例的事。這對各界造成了莫大的震驚與不安，但我們會重新檢討檢察廳內部的安全措施及偵查程序，避免再度發生這樣的憾事。」

天生案剛發生不久，上頭就針對外界的質疑下達了統一口徑的說法。內容巧妙地迴避檢察的責任所在，並表達遺憾之意，是典型的官場文學。從嘴巴裡說出來，絕對不會讓人感到舒服，但是在非常時期，確實需要一套對外官方說法。

但母親的回答卻不領情：

「我們家屬來到這裡，目的並不是要追究檢察廳的責任，而是希望能夠撤銷天生檢察官的公訴。」

內容不出所料。

「沒有明確的理由，不可能撤銷起訴。」

「那，請至少減輕他的刑責吧。」

「意思是要請求減刑嗎？」

「無法聽到仙街的說法，令人遺憾，但依據審判的發展，他也有可能獲判無罪，而天生檢察官挺身為我們制裁了他。他為我們家屬雪恨了。」

這也是預期之中的內容，因此岬並不感到多驚訝。他在意的是，請求讓天生減刑的聲浪規模有多大。

「我們家屬從昨天開始進行連署行動，不過目前只蒐集到三百人左右的連署。」

昨天各家媒體才剛披露檢察廳起訴天生案的消息。短短一天就蒐集到三百人的連署，應該稱得上相當可觀的成果了。

「現在在場的家屬有十五名，但實際上有二十五名。不只是被害者家屬，還有許多朋友都支持讓天生檢察官減刑，現在也站在街頭進行連署活動。」

母親從夾在腋下的皮包取出一疊厚約一公分的紙張，擺在桌上。是看上去約有兩百人份的連署書。

「以後我們會定期送連署書來。」

對方的語氣，完全不顧檢方的意願。

「一般的殺人犯，不可能得到這麼多人的連署。這起案子對家屬來說非常特別。」

在場所有的人幾乎是同時點頭。岬陷入一種彷彿自己遭到他們批鬥的錯覺。

不，這不是錯覺。

對仙街的怨恨轉化為對天生的擁護，矛頭對準了岬。

「天生檢察官為我們懲罰了可能在審判中獲判無罪的十惡不赦殺人魔。要我們支付他多少報酬都不足夠。求求您，請您設法幫幫替我們報仇雪恨的天生檢察官吧！」

家屬們同時低頭行禮。行禮完全只是一種形式，實際上這無異於持刀威脅以岬做為代表的檢察廳。

在眾人圍視之下，岬切膚地體認到他們的怨恨有多深。站在法庭時，他經常感受到旁聽席射來被害者家屬灼熱的視線，但現在這些目光之激烈及切實，完全不是那些能比較的。

「我理解各位的來意了。」

這絕非能夠棄之不顧的意見，但自己的時間有限。

「請求減刑的連署，請寄送到高檢就可以了。各位沒必要特地跑一趟。」

「不，為了表達我們的意志，我們希望面對面好好談。」

「若要表達意志，還有更有效果的方法。」

「什麼方法？」

岬把臉湊近母親，壓低聲音：

「在國會議事堂前進行連署活動。檢察廳是法務省管轄的，向那裡提出訴求，效果要好上許多倍。」

母親瞬間訝異地蹙眉，接著困惑地行了個禮。

目送家屬們離開大樓後，信瀨無法克制地問：

「次席檢察官，為什麼您要那樣說？弄個不好，連署活動會發展成抗議活動的。」

「若有必然性，運動就會擴大，若只是暫時性的，很快就會熄火了。全看他們的熱情有多深了。」

3

獨居房果然好小。

天生坐在獨居房中央，茫茫然地環顧房間內部。

房間的大小是一．五坪。角落擺了一張小桌，窗邊設有洗臉台和廁所。窗戶是霧面玻璃，完全看不到外面。榻榻米過於老舊，完全褪了色，配上米黃色的牆面，整個煞風景到不行。基於職業關係，天生有多次與尚未判刑及判刑定讞的囚犯談話的經驗，但這還是他第一次進入囚房內。

昨天二十四日，由於檢方決定起訴，天生從埼玉縣警本部的拘留場被移送到東京拘留所。移送途中，他多次主張自身清白，但負責護送的警官們對他已不再多看一眼。

抵達拘留所後，第一件事是接受身體檢查。他身為現職檢察官的身分與自尊，在這一刻被徹底粉碎了。他被剝得精光，徹底檢查身上有無刺青、肛門內有沒有藏東西。

不只是自尊，連個性也遭到剝奪。被收容進來的瞬間，就被冠上了編號。天生的編號是九五八六號。不過叫人的時候不是叫編號，而是直呼名字。

被拘留人大半都是住雜居房，但重大案件的關係人，或特別需要監視的人則安排住獨居房。天生被丟進獨居房，證明了仙街命案被視為重大刑案。

以為一個人住就不必在意別人，輕鬆愜意，那就大錯特錯了。一整天見不到任何人，只能沉默，是超乎想像的痛苦。又不是開悟得道的仙人，而且是為了毫無記憶的殺人嫌疑遭到拘留，天生的精神狀態瀕臨極限。房間只有一．五坪大，也沒辦法隨意走來走去，只能以固定姿勢坐著不動。家畜在畜舍裡還能自由走動，比他現在的處境好多了。

短短三天前，他還在寬闊的空間裡，坐在偌大的辦公桌前工作。然而三天後立場卻完全逆轉，這根本是一場噩夢。

腦中浮現的是對仙街進行訊問的情景，以及自己淪為嫌犯、遭到訊問的景象。到底發生了什麼事？他用總算脫離恐慌的腦袋思考，卻是一頭霧水。因為一頭霧水，所以煩躁不堪，又因為煩躁，思緒漫無章法。

被送進拘留所的當天，宇賀前來會面。東京拘留所的話，未判決的被拘留人一天僅能接見一次，而且只有三十分鐘。

隔著壓克力板看著這裡的宇賀，表情扭曲，彷彿隨時都會哭出來。

「不要那種表情，想哭的人是我才對。再說，那表情一點都不適合妳。」

「對不起。」

宇賀道著歉，從帶來的購物袋裡取出更換衣物、牙刷等日用品。

「因為事發突然，我只能準備一些應急的物品。」

「不會，這太好了。我只能全身大汗地睡覺，一直希望至少能換件上衣。」

「其實我一點都不願意去想檢座要長期待在這裡。」

長期待在這裡。如果意思是她期待天生有一天會重返崗位，那就太令人欣慰了，但眼下看不到半點希望。

「我想知道外面的狀況。獨居房只有午飯時間會播放ＮＨＫ新聞，幾乎所有的資訊都被擋下來了，也不會聊到我被逮捕的事情。」

「現職檢察官因殺人嫌疑遭到逮捕，社會大眾和媒體已經完全瘋狂了。」

「怎樣瘋狂？」

「現在支持派與反對派涇渭分明。支持的一派認為企圖濫用刑法第三十九條的不法之徒被殺掉是活該，反對派認為不管任何情況，都無法、也不能允許私刑。」

雖然覺得是簡化到令人傻眼的對立立場，但大眾基本上都是喜歡單純的。不，若不簡化成二元對立，就不會有人想要參加論戰。

「不過也只有網路上分得這麼清楚。」

「報紙和電視怎麼說？」

「檢察官身為法界人士，卻在感情驅使下動用私刑，會導致司法系統信用掃地。」

宇賀停頓了一拍，接著說：

「……應該予以嚴懲。」

「檯面上不管怎麼樣都得這麼說。檢察廳自己就是這樣。自己人犯了錯、誤入歧途，就徹底嚴懲。唯有這麼做，才能強調組織的健全。」

說著說著，天生覺得自己的遭遇彷彿被當成了娛樂任人消費，憤憤不平。但他不想在宇賀面前暴躁失態。

「聽說高砂幼稚園案的被害者家屬展開連署活動，請求讓檢座減刑。」

這件事令人意外，天生相當吃驚，卻無法坦然感到開心。

為他設想的心意令人感謝，但說到底，這仍是以天生確實殺害了仙街為前提。

「妳也在懷疑我嗎？」

急迫的情緒讓天生開口。

「妳認為是我殺了仙街嗎？」

宇賀不知所措，目光游移。

「我想要相信不是檢座。」

不是「相信」，而是「想要相信」。

宇賀的不知所措，天生也能夠理解。仙街是在宇賀離座之後才遭到槍殺的。辦公室裡只有天生和仙街兩個人，而仙街被射殺了，那麼嫌犯就只有天生一個人。這是連三歲小孩都會的減法。

而天生本身毫無記憶，因此即使想要證明自身的清白，也無從據理反駁。因為無法反駁，他變得更情緒化，讓他的理智進一步受到質疑。

「請求減刑的連署活動嗎？好意我是心領了，但完全是反效果。連署活動愈熱烈，世人就愈相信是我殺害了仙街。」

不清楚狀況的人，拜託不要瞎攪和。

在其他案件，他也多次受到「善良民眾」的意見所干擾。不管是批判還是支持，根本之處都是感情用事，結果對當事人來說都只是徒增困擾。天生完全無法理解，那些人為什麼能夠不斷地說出不負責任的言論，沾沾自喜？就算揮舞正義或善意的大纛，揭開來一看，其實只不過是想要湊熱鬧罷了吧？

「可是檢座，請求減刑絕對不是沒有意義的。」

宇賀委婉地說。

「檢座或許會感到困擾，但至少這有助於讓法官和裁判員留下好的印象。尤其裁判員是由一般民眾擔任，應該無法忽視社會大眾的感情。」

「妳的意思是，不管是哪來的阿貓阿狗，支持者愈多愈好嗎？」

法院很少會去附和社會觀感，但裁判員經常被輿論牽著鼻子走。宇賀的說法也有一番道理。

「不幸被仙街殺害的，是兩名女老師和三名四歲園童。不可能有人同情殘忍殺害他們的仙街。」

「對被害者的同情，就是對我的支持。他們的好意令人困擾，卻也不能冷冰冰地拒絕。真教人為難。」

「總之，我認為現在最重要的是盡量蒐集對審判有利的條件。至於清白，在法庭上要怎麼主張都可以。」

「說到法庭，我想拜託妳一些事。」

天生總算進入正題。送日用品、傳達外界的風風雨雨都是次要。

「我想要選任律師，可以請妳替我委託辯護嗎？」

「這是必要的程序……檢座到底想要找誰？」

宇賀的表情有那麼一瞬間顯得奇妙。

「我認為曾經讓檢座遇上硬仗的律師是最適合的，但過去您遇到過這樣的對手嗎？」

「所以我才頭痛。妳來會面之前，我試著回想起以前交手過的律師，卻想不到半個適合的人選。」

「因為都不曾遇到過稱得上強敵的律師呢。」

「妳們事務官都有橫向連繫吧？妳靠口碑幫我找個厲害的律師吧。」

「好的。」

「如果靠事務官的口碑也找不到理想的律師，可以幫我連絡一位叫脇本美波的律師嗎？」

宇賀取出手機，記錄下來。

「脇本美波律師是嗎？為什麼要找這個人？」

「我們在司法研習期間是同一組的。她現在應該還在當律師。她應該知道同業的一些風評。」

天生和脇本美波現在仍會彼此寄送賀年卡。就在天生進入檢察廳的時候，幾乎同一時期，他接到脇本美波通知她被某家律師事務所錄取的消息。脇本美波從研習生的時候就才氣出眾，說話直來直往，不留情面。

「好的。只要有合適的律師，我會立刻交涉。」

「拜託妳了。」

「還有其他事情要交代嗎？」

「或許不太容易，但我想請妳蒐集一下檢方的情報。雖然進入審前準備程序後，就會知道呈堂證據和證人了，但那些只是一小部分。為了在法庭上抗爭，我想知道檢方全部的手牌。」

宇賀的臉色沉了下來。

「怎麼了？」

「岬次席檢察官的事務官信瀨先生，我也不是不認識，但我認為最好不要期待他會洩漏任何情報。」

「他嘴巴很牢嗎？」

「我們在檢察事務官的聯合研習中相處過，他從當時就不露破綻。不過後來我就沒有再見過他，不曉得他是否有什麼改變。」

從研習時就毫無破綻的話，現在或許變成了撬不開的貝殼。就算撇開這點，想想他是那位岬次席檢察官的檢察官輔佐，應該很難期待他會有什麼漏洞吧。

這時，站在天生背後的刑務官出聲了：

「時間到。請結束談話。」

專心談話，三十分鐘一眨眼就過去了。宇賀依依不捨地起身，在走出接見室的前一刻又回頭看了天生一眼。

回到獨居房後，焦躁與氣憤再次席捲了心頭。天生委託了宇賀許多事，但宇賀也是刑事被告的關係人，對她的監視應該相當嚴密。她應該很難任意自由行動或打聽消息。

就在這段期間，岬他們也在蒐集對天生不利的證據，準備絞刑台的繩索。不，就算不到死刑，顯而易見，也絕對會做出民眾和媒體認為過於嚴苛的求刑。然而應該是當事人的自己卻只能在坐墊上動彈不得。沒想到什麼都不做、什麼都不能做，竟是如此痛苦。

門旁有送餐用的小窗。這天的晚餐是煎豆腐咖哩、炸雞五塊，甜點是迷你閃電泡芙。咖哩和炸雞調味都很淡，閃電泡芙則是太甜。就算抱怨味道，可想而知，也只會被看守罵一頓。再說，天生激昂的情緒仍未平復，絲毫沒有享受餐點的餘裕。

吃完後，在洗臉台清洗餐具，放回原本的小窗。

這下就再也無事可做了。

到了晚上七點，房間的照明就被調暗，連書都不能讀了，但就寢時間是固定的，所以也不能直接躺下來。

晚上九點，照明完全熄滅，房間陷入一片漆黑。

幸好現在還是九月。若是冬天，就必須瑟瑟發抖地入睡了。

眼睛漸漸習慣黑暗了。拘留所裡禁止聊天，因此除非看守來巡視，否則聽不見話聲，也沒有腳步聲。

然而片刻之後，房間角落開始傳來沙沙聲響。是枯葉摩擦般的聲音。天生覺得奇怪，朝聲音的方向望去，忍不住差點叫出來。

是蟑螂在爬動。而且還一次三隻。

或許是跑來吃在榻榻米上的晚飯殘渣，牠們竟堂而皇之地穿過躺著的天生旁邊。八成是拘留所沒做什麼除蟲措施，所以牠們也熟悉人類了吧。

要是吵鬧，看守會衝過來罵人。天生用被子從頭蒙住全身，至少別讓牠們直接在身上爬來爬去。

太淒慘了。

慘到不能再慘，因為太不甘心了，這天晚上天生完全無法闔眼，只是在床上承受著痛苦的煎熬。

二十六日上午七點。音箱傳來〈藍色多瑙河〉的音樂聲，是起床的鬧鐘。雖然是蟑螂橫行闊步的房間，但這鬧鐘聲也真優雅──天生為了奇怪的點而感動。

七點十五分，看守前來檢查房間，二十五分發下早餐。

早餐菜色是麥飯、海苔、醃菜還有味噌湯。天生第一次知道，所謂麥飯，是以七成的白米和三成的麥子混合而成。不同於警察署內的拘留場，拘留所和監獄的膳食是受刑人在廚房煮的，因此可以吃到熱飯。吃完後就和晚飯一樣，在洗臉台將餐具清洗乾淨，放回小窗。

早餐後可以做幾分鐘的運動。說是運動，也只是在榻榻米上做做伸展操，但由於超過半天以上都被迫維持相同的姿勢，只能睡在堅硬的榻榻米上，因此依然讓人通體舒暢。

上午九點過後，看守來了。

「天生，有人要接見。是自稱事務官宇賀的小姐。」

一般接見是上午九點開始，因此宇賀應該是早上第一個就來申請了。

宇賀已經坐在接見室了。但見她臉色不佳，天生猜出不是什麼好消息。

「早安。」

聲音有些沙啞，道出了她應該昨天一整天都在處理委託辯護的事。

「看妳的臉色，似乎成果不盡理想呢。」

「很抱歉，我能力不夠。」

「告訴我詳情吧。」

「我先是靠著事務官的人脈，詢問據說很厲害的律師的事務所。開始洽詢之後，我總算瞭解為什麼大家都說那些人厲害了。」

「為什麼？」

「因為他們只接包贏的案子。」

宇賀失望地說。

「他們接的多半是民事案件，而且只接委託時就有把握勝訴的案子。」

天生早就猜到八成如此。

「雖然宣稱也接刑事案件，但有些律師甚至明言不為加害者或被告辯護。」

每個律師有不同的想法和作風，應該也有些律師將保護犯罪被害者視為第一要務。但只因為是加害者或被告就拒絕辯護，也算是值得欽佩的方針，天生忍不住咋舌。

宇賀因為一直都待在檢察單位，所以好像對律師這樣的做法感到意外。她表露出平常不會展現的憤懣。

「剔除不接加害者和被告的委託的律師之後，數量所剩無幾。可是，剩下的律師事務所也沒有成果。我一提到仙街不比等或天生檢察官的名字，他們全都拒絕接受委任了。」

若是被稱為高手的律師，當然也會計較勝訴率。會主動接下看上去毫無勝算的案子的律師，不是真正優秀的律師，就是大怪胎吧。

「我真是人見人嫌呢。」

「他們統統都是孬種。」

天生第一次聽到宇賀說「孬種」這種詞，忍不住輕笑了一下。

「我要是律師，就絕對會接。」

「雖然我不想這麼說，但勝算渺茫，這樣妳還是會接？」

「先不論媒體，輿論幾乎都站在天生檢察官這一邊。只要有輿論的支持，就能影響裁判員的心證，自然也就有勝訴的機會了。」

宇賀這麼說，取出手機操作，隔著壓克力板讓天生看影像。是貌似主婦的女人們在某處街頭努力進行連署活動的景象。

「她們是我昨天告訴檢座的仙街案的被害者家屬。聽說今天早上已經蒐集到四百人的連署了。」

天生不知道兩天四百人算多還是少。但儘管一方面覺得感激，另一方面依然覺得困擾。

「妳問過標榜人權派的律師嗎？他們的話，不是對平反冤案很有熱情嗎？」

「這我也想過了。」

不愧是宇賀，做事周到。但她依舊愁眉不展。

「我連絡過幾位在過去的冤案中贏得逆轉勝的律師，但他們的答案都是ＮＯ。」

「拒絕的理由是什麼？」

「他們不肯明確告訴我，但是為現職檢察官辯護，這件事本身似乎讓他們感到抗拒。」

只要設身處地，這一樣並非無法理解。畢竟讓無辜的委託人蒙上罪嫌的總是檢方。對於想要平反冤案的律師來說，檢察官就像是他們的天敵。若有律師想要去拯救天敵，一樣絕對是個怪胎吧。

救命索變得愈來愈細了。雖然天生早就預期到會有不少律師拒絕辯護，但沒想到會如此徹底。

「妳連絡上脇本美波了嗎？」

「她的連絡方式刊登在日本律師聯盟的網站上。脇本律師現在在外資證券公司擔任企業律師。」

天生覺得這很像脇本美波會選擇的職涯。企業律師顧名思義，是受雇而專屬於企業，負責企業法務的律師。因為是專屬，工作內容單調，但有企業基本薪資保障，因此收入穩定。因為有許多參與經營和商業事務的機會，將來躋身經營陣容，也並非不可能的事。

脇本美波原本是公司的會計人員，因為遭到裁員，立志成為法律專家。成功考到律師資格的她再次投身商界，感覺是很自然的發展。

「她好嗎？」

「是的。我提到天生檢察官的名字，她顯得很懷念。但談到最關鍵的辯護委託，她的口氣變得為難……說她與企業之間有專屬合約，如果接下公司以外的案子，就會違約。」

「我想也是。」

「她說：『而且我一直擔任企業法務，就算現在再來接刑事案件，感覺對天生也不可能有什麼幫助。』」

「直來直往，不拐彎抹角的個性還是老樣子啊。她有介紹妳其他的律師嗎？」

「她用同樣的理由委婉地拒絕了。說她是專職企業法務，訴訟對象也同樣都是企業律師，所以想不到能夠擔任這次這種困難大案的律師。」

「……太老實也不是件好事呢。如果她就在我面前，真想埋怨她一兩句。」

「脇本律師感覺非常抱歉。」

似乎可以想像美波的表情。但現在不是沉浸在懷舊的時候。天生無論如何都必須盡快找到能為自己洗刷冤情的律師才行。

「我會再去找找。」

宇賀似乎很難過。

「可是，如果怎麼樣都找不到願意伸出援手的律師，最後可能得依靠公設律師了。」

「這我希望可以避免。」

天生自己也想過，若是真的走投無路，請公設律師也是逼不得已的選擇，但他還是難以拋開對公設律師的偏見。

「我不認為公設律師只會敷衍了事。費用的話，我可以自己出。但主動接案和被動派案，面對案子的態度也會不同。」

「我明白。所以我才說這是最後的選擇。」

看著宇賀迫切的表情，天生突然對自己感到羞恥。

「抱歉。我明知道妳正在為我四處奔走。」

「不會，都是我力有未逮。」

正當天生想要安慰，刑務官出聲打斷：

「時間到。」

天生目送著宇賀滿懷歉疚地離去的背影，徐徐地沉浸在絕望之中。

宇賀才找了一天而已。再繼續找個兩、三天，還是有可能遇到好的律師——天生試圖說服自己，但從她沙啞的聲音，也看得出她已經使盡了渾身解數在四處奔走。再繼續逼迫她經歷超越昨天的辛苦，到底能期待多少成果？

在焦躁焚身之中，午飯的煎魚和麥飯都食不知味。即使坐著，恐懼也從腳底爬上來，天生好幾次想要吶喊，努力克制衝動。

一天有三十分鐘的散步時間。說是散步，也只是沿著地板上的白線，在收容大樓的走廊來回走動而已。散步途中，天生也覺得彷彿全世界都與他為敵，想要當場抓狂。

吃完晚飯，到了就寢時間，恐懼依然纏繞不去。感覺一旦入睡，就一定會被噩夢攫住，遲遲無法入睡。他詛咒夜晚，詛咒全世界。

就這樣，天生度過了連續第二天無法入眠的夜晚。

隔天九月二十七日，因為完全沒有闔眼，腦袋沉重不已。這時刑務官又來了。

「天生，接見。」

時間是上午九點。真是風雨無阻，今天似乎也是早上第一個來申請接見。

「又是宇賀事務官嗎？」

「今天是另一個人。」

刑務官告訴天生的，是他完全沒有預料到的名字。

天生快步趕往接見室。其實他很想用衝的，但因為有刑務官陪同，只能正常用走的。

怎麼會？

他怎麼會跑來這裡？

感覺一公尺像十公尺、十公尺像一百公尺那麼遙遠。

好不容易走到接見室，他猴急地開門。

壓克力板另一頭，是令人懷念的面容。

「嗨。」

岬洋介舉起一手微笑。

「你怎麼——」

結果洋介一臉意外地說：

「不是你自己說的嗎？萬一哪天你變成被告的時候，叫我要來救你。」

記憶立刻回來了。洋介研習到一半，就要從司法研習所退學的時候，天生半帶玩笑地對他說過這樣的話。

「我來實踐諾言了。」

III

Adagio molto e cantabile - Andante moderato

～很慢且富歌唱性——中庸的行板～

アダージョ モルト エ カンタービレ - アンダンテ モデラート

1

「等、等一下。」

突然的再會，讓天生無法遏制內心的動搖。他可以認知到坐在眼前的是岬洋介本人，但因為太突然了，他的思考無法跟上。

「你什麼時候回來日本的？我記得你不是正在外國辦巡迴演奏會嗎？」

「我剛到成田機場。抱歉我來晚了。因為我昨天才在當地得知你的案子。」

「當地是哪裡？」

「布達佩斯。」

「布達佩斯……從那裡到成田要幾小時？」

「在杜拜轉機，大概十八個小時。」

「十八個小時……」

「我說過，就算我身在地球另一邊，也會立刻趕來。坐個十八小時的飛機不算什麼。」

「那你的工作呢？演奏會可以丟下不管嗎？」

「唔，總有辦法的。」

看著洋介，總讓人覺得這世上沒有什麼好擔憂的。

明明時隔十年不見，洋介的印象卻和初次見面時沒什麼不同。謙虛自牧，卻絕對不是卑躬屈膝。那是相信憎恨與怨懟都可以昇華成其他感情的眼神。是對任何人都抱持敬意、對任何人都不感到絕望的笑容。

不管經過多少年，即使打入世界級鋼琴賽的決賽，這個人依然完全沒有變。不知為何，這讓天生開心到了極點。

「蕭邦大賽後，我好幾次聽到你活躍的事跡。雖然很可惜沒有奪冠，但你變得比冠軍還要出名。我覺得這真的很像你。」

「託你的福。」

「這麼說來，你好像一次都沒有回國呢。」

「比賽結束後，我接到許多主辦單位的邀請。」

洋介列出的地區，多達十二國、四十五個都市。確實，像這樣四處遠征，根本沒有時間回國吧。

「難不成你一個人處理這樣密集的行程？最起碼也雇了一兩個經紀人吧？」

「去美國的時候，我遇到一位很有能力的人，現在是請他擔任我的經紀人。」

「他居然允許你臨時回國。」

「我沒有向他取得同意。」

聽到洋介若無其事地這麼說，天生整個傻眼，但仔細想想，洋介從以前就是這樣的人。

「關於我被捲入的案子，你知道多少？」

「我在飛機上大致掌握狀況了。嫌犯仙街在密室裡遭到槍殺，對吧？」

天生請洋介講述一遍，確保他得到的資訊沒有錯誤。已公開的事實和偵查人員洩漏的資訊，洋介似乎全部網羅了。但只有當事人才知道的事，他當然也沒有聽說。

「對了，你知道起訴我的檢察官是誰嗎？」

「不知道。」

「是你父親。」

即使是洋介，聽到這件事似乎也難掩驚訝。

「高檢的次席檢察官親自站上法庭，這太罕見了。」

「案子本身太過破天荒，高檢自然也得以破天荒的方式處理。再怎麼說，事關檢方的面子。若是不對我求處重刑，會引來包庇自己人的批判。」

「這個組織還是老樣子，僵硬死板。明明不必走極端，照正常方式處理就行了啊。」

「公家機關本來就是這麼硬邦邦啊。別強人所難了。」

「天生，你自己對這個案子有什麼想法？真凶是誰，你應該心裡有數吧？」

「事情發生在我人事不省的狀況下，我只能靠猜的。」

「不過還是能夠推測。從狀況來看，能在兩人的茶杯下藥、對仙街開槍的人，並沒有多少。」

「這我當然想過了。你應該是想說宇賀事務官吧？」

這個猜疑一直存在於腦中一隅，但天生刻意去忽略它。一方面是因為他害怕去研究這個可能性，另一方面則是因為他覺得不合理。

「確實，宇賀事務官有辦法在茶杯裡下藥，也能從證物箱裡偷拿手槍。兩人的茶杯都下了藥，若目的是為了混淆視聽，也不是什麼奇怪的事。但槍擊案發生在她剛離開辦公室的時候，她沒辦法開槍。再說，她根本沒有殺害仙街的動機。」

洋介聽著天生說明，露出深沉的眼神。看著看著，彷彿要被吸進去一樣。

「能對仙街開槍的，還有另一個人。」

「我知道，就是我自己。手槍扳機上有我的指紋，西裝袖口也驗出火藥殘跡。而且我還有殺害仙街的動機。」

「不是出於私怨，更接近義憤，對吧？」

「沒錯。對方是冷血無情地奪走了五條無辜人命的禽獸。站在憎恨犯罪的檢察官立場，當然無法原諒，但身為一個人，我更是無法忍受這種人。不過如果仙街真的是吸毒慣犯，辯方當然會以心神喪失為理由，主張適用刑法第三十九條。仙街這個人愈是調查，就找到愈多他是吸毒慣犯的證據。就算直接起訴審判，辯方也會申請精神鑑定吧。仙街有殺人的方法，也有機會。動機也可以解釋為是想要對菁英階級報復。然而一想到他可能會因為處於心神喪失狀態而逃過刑責，這教人怎麼能不恨？」

「你在意識陷入朦朧的時候，失去自制，在無意識之中開槍射擊了仙街——你是這樣推論呢。」

「被驗出指紋和火藥殘跡，這是致命的證據。不管我怎麼辯解，都無法抵消這些事實。既然事證確鑿，那我也只好懷疑我自己了啊。」

岬次席檢察官不用說，連對宇賀都無法吐露的真心話，面對洋介卻能毫不保留地全盤托出。奇妙的是，這番傾吐甚至讓人感到愉悅。

「一開始我真的相信我不可能做出這種事，但是在訊問的過程中，我愈來愈沒自信了。我也自覺到自己對仙街感到憎恨。然後物證又如此齊全，實在是無從抗辯。」

「這很像你的思路，其中也加入了檢察官立場的見解。你從平常就很重視科學辦案吧。」

「現在跟過去不一樣，自白是證據之王這樣的觀念愈來愈淡薄了，取而代之興起的是科學偵查取得的物證。人會撒謊，但物證不會。」

雖然在現場，自白至上主義依舊盛行，但是隨著冤案一樁樁被揭露，最近的檢察單位對自白筆錄已不再全面信任了。ＤＮＡ鑑定在採用當初，分析能力仍不確實，但現在也日趨精確，在審判中的可信度，感覺甚至已凌駕於自白筆錄之上。

天生認為身為檢察官，重視科學證據是天經地義的態度，但洋介的反應卻不甚認同。

「你看起來很不滿？難道你是那種傳統的偏重自白主義者？」

「檢方不再把自白視為至高無上的證據，這是很好的事，但聽你的說法，感覺只是證據之王從自白轉移到科學偵查罷了。」

「什麼？你是說科學偵查也不可信嗎？」

「這完全是平衡的問題。對某項突出的事物寄予全面的信賴，我覺得這不太健全。」

「會嗎？」

「對你的話，我覺得用和聲來比喻應該可以明白。雖然並非森羅萬象皆是如此，但絕大部分的事物，都有它們固有的和諧。」

「很像演奏家會做的比喻。」

「方法、機會、動機。由此導出的嫌犯以及自白。但如果這一連串的和聲聽起來混濁，就表示其中暗藏著某些不和諧音。」

「聽你的口氣，像是已經發現了那不和諧音？」

洋介搖搖頭：

「現在還只是聽起來刺耳而已，還沒有分析出不和諧音的成分。」

「距離準備程序，時間不多了。如果你願意為我辯護，就快點進行辯論準備吧。」

結果洋介抱歉地低頭說：

「天生，你忘了嗎？我在司法研習途中退學了，我沒有律師資格。」

「可是你不是來救我的嗎？」

「就算不是擔任律師，還是有很多方法可以在一旁協助。聽你這話，應該還沒有選任律師？」

「我找不到適任的律師。」

天生說明經緯，洋介點點頭，彷彿一切都在意料之中。

「我就猜一定會這樣。」

「為什麼？」

「你從司法研習那時候，就是個認真的學生。不管是對分派的課程，還是老師的作業，都認真做到好。你現在一定也對檢察官的職務盡忠職守吧。」

「我不覺得這有什麼不對。」

「過度忠於職務的人，很容易樹敵啊。」

這話像是在指特定的某人，天生感到在意。

「你是在說岬次席檢察官嗎？」

「這只是泛泛之論。」

洋介含糊帶過，但天生的猜測，雖不中亦不遠矣吧。

「我本身沒有律師資格，但應該能找到高明的律師。所以請給我一點時間吧。」

和洋介道別之後，餘熱猶存。雖然連自己的心徹底凍結這件事都沒有發現，但他似乎在不知不覺間被奪走了溫度。但是與洋介的一席話，似乎又讓他找回了體溫。

他**強烈的感受**到自己缺少音樂。

被拘留以前，每當要採取行動之前，天生都會用音樂來為自己暖機。他就像是藉由把旋律和節奏刻畫在體內，來維持精神的平衡。這應該是懂事的時候就親近鋼琴所帶來的影響吧。

自從以現行犯被逮捕後，聽到的音樂，就只有起床時間播放的〈藍色多瑙河〉，其餘的聲音就只有看守的指示、命令，以及蟑螂的遁走曲。這種狀況，原本能保持穩定的也要失常了。

洋介的聲音與樂觀更勝〈藍色多瑙河〉。他感覺直到前一刻都還堆積在心底的污泥減少了一大半。

回顧對話，狀況不斷地惡化，完全沒有好轉的跡象。但只是與洋介交談，就看見了希望的曙光。這也算是洋介的一種才能吧。

天生**內心強烈的感受**到音樂壓倒性的不足。NO MUSIC, NO LIFE。自己果然需要音樂。他需要希望與歡喜之歌，而不是絕望與慟哭。

但不可能有哪個刑事機關會允許被收容人帶隨身聽進去，天生煩惱起來。若無法弄到播放裝置，只好在腦袋裡播放音樂了。

想到這裡，天生突然差點笑出聲來。昨晚之前還飽受噩夢煎熬，自己的心境轉變也未免太大了吧。

回到獨居房後，天生好陣子試著在腦中播放音樂。要是一直在焦慮中打滾，本來贏得了的審判也沒有勝算了。

天生從心愛的貝多芬的鋼琴協奏曲第一樂章開始播放，正當起勁的時候，被刑務官的聲音打斷了。

「天生，檢察官訊問。出來。」

檢察官訊問不一定只有一次。根據案子的樣態，或承辦檢察官的作風，連續兩、三次的情況也所在多有。

天生從坐墊站了起來。

抵達高檢後，天生再次被帶到岬次席檢察官的辦公室。岬目不轉睛地觀察天生的臉，意外地說：

「你氣色不錯。」

看來不該表現出有精神的樣子。這麼說來，天生自己叫來做第二次訊問的嫌犯，不是都比第一次更為憔悴嗎？

「可能是因為拘留所的飲食很健康吧。」

居然有餘裕說笑，天生連自己都嚇了一跳，但岬似乎更驚訝。

「是我太小看你了嗎？」

「小看我？」

「一般被稱為菁英的人，只要被關進牢房裡一晚，都會變得脆弱許多，但你比第一次訊問的時候氣色更好。」

天生不能說出「是你兒子激勵了我」。

不過——他想。

雖然是父子，但岬次席檢察官和洋介，兩人的樣貌可說是天差地遠。也許是因為一個是檢察官，一個是音樂家，職業不同的關係，但次席檢察官感覺老奸巨猾，洋介予人的印象卻是天然呆。

如果說「我剛剛跟你兒子說過話」，岬絕對會嚇一大跳。天生忽然想要惡作劇一下，但還是打消了念頭，對天生來說，洋介是他的救命索。沒道理自己把王牌洩漏給敵人。

「氣色或許不錯吧，但我睡眠不足。我已經兩天沒睡了。」

「無法入睡，是因為心中有愧吧？」

改用這招嗎？

「我是那種會認枕頭的人。」

「抱歉，這類要求無法處理。你只能暫時將就現在的枕頭了。」

閒聊就到此為止，岬換上另一副目光。

「你也知道，有些案子，檢察官不只會訊問嫌犯一次吧？」

「是檢察官認為嫌犯並未全盤招出的情況。」

「沒錯。你還是要主張你當時意識昏迷，不記得自己做了什麼事嗎？」

「我當時沒有意識，這是事實。」

「但槍上確實有你的指紋。一個昏迷的人，有辦法抓起手槍，瞄準對方胸口，扣下扳機，做出這一連串動作嗎？」

岬做出右手握槍的動作。

「托卡列夫的扳機意外地沉重，必須使出相當的勁道，才有辦法扣下去，在意識昏迷的狀態下是不可能開槍的。所以不得不說，你當時是有意識的。」

這是連小孩子都能理解的三段論法，但天生不能同意。

「我沒有意識，這是真的。那個時候應該幫我洗胃的。」

「洗胃沒有太大的意義。就算從你體內驗出安眠藥，犯行當下是否受到藥效影響，也只有本人才知道。」

簡短的對話，也清楚地呈現出岬父子的不同。父親的口氣就是霸道，但兒子總是虛懷若谷。父親設法從對方口中問出想要的話，兒子卻有種讓人想要掏心掏肺的魔力。長相也是，父親下巴開闊，兒子的下巴尖細，要找出相似的地方還比較困難，讓人懷疑他們真的是父子嗎？

岬不知道自己正被拿來和兒子比較，以毫不留情的語氣繼續詰問：

「你差不多可以說出殺害嫌犯仙街的動機了吧？」

「我要重申，我對嫌犯仙街從來不曾懷有殺意。我身為承辦檢察官，一心一意只想從嫌犯口中問到他在犯行時有判斷能力的供述。」

「我聽說你的正義感和職業倫理比別人更要強烈。」

「這是從哪裡聽到的說法？」

「當然是來自埼玉地檢的評語。但是遇上嫌犯一逕閃躲，不肯承認犯行的情形，正義感轉變成義憤，或許也是順理成章之事。我說的不對嗎？」

岬巧妙地想讓天生親口說出他懷有殺意的可能性。這等於是在重複第一次訊問的內容，但每次都提出相同的問題，是檢察官訊問的標準手法。

「不是的。我從頭到尾都很冷靜地訊問，沒有任何一秒陷入個人感情。」

天生連自己都覺得這番回答堅定果決。要對抗老江湖的岬次席檢察官，需要非比尋常的精神力。只要稍微露出一點破綻，對方就會全力進攻。

天生滿懷對洋介的感謝。訊問之前見到他、和他說話，讓他的精神得以穩定下來。眼前的敵人也是，若以「他是洋介的父親」的觀點去看待，緊張也緩和了一些。

似乎是感受到天生的游刃有餘，岬訝異地揚起單眉：

「那麼，你有沒有做出恫嚇嫌犯仙街，或是讓他害怕的訊問方式？」

想讓對方害怕的人是你吧？天生內心吐槽，但當然沒有說出口。

「我和嫌犯仙街的對話，都由宇賀事務官製作成書面了。應該還沒來得及列印出來，但我辦公室裡的電腦應該已經扣押了吧？內容您應該也都看過了吧？」

「是看過了。」

岬表現得平心靜氣，卻掩飾不住其中的不耐。

「『警察也問了我好幾次，但別說買了，我根本不認得這把刀。說起來，我現在的生活模式，根本不需要用到戶外刀啊。我又沒有深入山林探險求生的嗜好』。檢訊筆錄在這裡結束。確實，裡面沒有對嫌犯做出恫嚇言詞的事實，但是在製作筆錄時，一般是不會連發問內容都記錄下來的。因此製作到一半的檢訊筆錄無法做為證據。」

無法做為證據這一點，天生也心知肚明，但已經足以回答岬的質問了。

「次席檢察官的話，單看嫌犯的供述，應該就能推測出發問內容吧？反過來說，假設我成功恫嚇了嫌犯仙街，應該可以問出對檢方更有利的供述才對。」

瞬間岬似乎就要露出苦笑，但連忙又擺出嚴肅的表情。

「你比第一次訊問的時候從容了許多。你說你兩天沒睡，是說笑的吧？」

「不是說笑，我真的完全沒睡。我完全沒闔眼，就聽著蟑螂在半夜開運動會。」

「既然清醒時間這麼長，那你應該也想到更像樣一點的反駁了吧？你否認犯行，但槍上有你的指紋、西裝袖口也驗出火藥殘跡，這些你要怎麼解釋？」

「若是能在檢察官訊問的時候就自清，那是最好的，但我還有機會在準備程序之前準備好說詞，最不濟的情況，還有在法庭上反證的機會。但目前我只能說我真的完全不記得了。」

不同於過往，檢方確實有了重新檢討自白至上主義的傾向，但並不是說就輕視了筆錄的效力。不管再怎麼細微的小事，都必須留意絕不能在筆錄中留下對自己不利的供述。

岬再次訝異地揚起一邊眉毛：

「你堅定不移的態度是令人欽佩，但這也會讓審判程序變得更為繁雜。」

「事關我的人生，很抱歉，我無暇顧及法院的方便。」

「天生檢察官。」

岬從正面盯住天生的臉。

「誰跟你說了什麼？」

「我不明白次席的意思。」

「從你現在的樣子，完全無法想像第一次訊問時的緊張，而且你說你兩天沒睡，卻鬥志高昂。你被關在拘留所裡面，不可能得到外界的資訊。是什麼鼓舞了你？」

岬觀察入微，而且直覺敏銳。看來東京高檢次席檢察官的頭銜不是浪得虛名。天生有股想要說出洋介名字的衝動，但他按捺下來。因為從岬的言行來看，這個父親似乎不知道兒子回國的事。

「隨您自由想像。雖然情非得已，但既然我成了被告，我要徹底利用憲法賦與我的權利，只是這樣而已。」

「我可以把這番話解釋為你不打算接受任何司法交易嗎？」

「當然。我沒做任何虧心事，當然沒必要做什麼交易。」

「嗯。」岬發出佩服般的悶哼。「難不成是律師還是誰教了你什麼小聰明？」

「不，我還沒有選任律師。」

「還沒嗎？」

岬似是安心，也似是失望。

「想不到有誰願意受任嗎？」

「我正在透過事務官找人。」

聽到宇賀為了尋找律師而奔走的經緯，岬想當然耳地點了點頭。

「雖然說來有些感傷，但現實就是這樣吧。律師再怎麼說都是民間人士。雖然其中也有自掏腰包為人辯護、有骨氣的律師，但他們也無法擺脫經濟原理。」

「受制於經濟，這一點我也是一樣的。如果有辦法聘請多名優秀的律師，組成律師團，或許就令人安心了，但不巧的是，我也只是個小公務員。」

「說真的，你打算怎麼做？沒有律師，這案子你打不下去。」

法律規定重大案件沒有律師就無法開庭審理，稱為強制辯護案件。即使本人不想要律師，為了維護被告權利，一般也會依法院職權來選任公設律師。

「宇賀事務官還在為我奮鬥。我相信她一定能為我找到厲害的律師。」

天生的真心話是，出現了一個比宇賀更可靠的人。

『應該能找到高明的律師。所以請給我一點時間吧。』

天生想不到還有誰能像他那樣謙虛，卻又能說出如此鼓舞人心的話。

「我知道了。既然你都這麼說了，我也沒必要多管閒事。」

岬一樣表情有些失望地說。他的兒子是個深不可測、難以捉摸的人，但父親的個性似乎也不單純。

2

「主文。被告處有期徒刑二年四月。判決定讞前羈押日中之八十日計入刑期。」

審判長一宣讀完判決，旁聽席的山崎岳海立刻比出小小的勝利手勢。

不要引人注目！

律師席的御子柴禮司以目光制止，山崎收起了手，但吐了吐舌頭。

冗長的判決文朗讀期間，被告席的釧路因為放下心中一顆大石，表情弛緩。相反地，坐在正面的檢察官表情苦不堪言。這也難怪。釧路突襲火併對象的幫派組長和幹部，讓兩人去掉了半條命。檢方希望來個兩敗俱傷，依傷害罪求處釧路十年徒刑，但判決出來的刑期卻只有四分之一。檢方應該會繼續上訴，但依御子柴的評估，二審應該還是會維持一審的判決。因為他讓刑期減為二年四個月徒刑的論點，就是如此具有說服力。

「閉庭。」

審判長一聲令下，旁聽民眾也都站了起來。被告釧路轉向御子柴，肅穆地行禮之後退庭。

「律師，辛苦了。」

山崎立刻跑了過來。

「好厲害，這樣就三連勝了。」

「這種案子我可沒輸過。」

「求刑十年居然減成二年四個月，半價打個八折再五折呢。這年頭就連激安超市，也沒在這樣跳樓大拍賣的。」

「法院判決怎麼能跟大拍賣混為一談？」

「意思是遇到律師，法院也只好跳樓大拍賣了。」

山崎喜孜孜地說著。他這樣的反應也是理所當然，被起訴的釧路是廣域暴力團宏龍會的下級組織組長。若是吃上長期徒刑，組織維持起來就相當吃力了。二年四個月的判決，對組織的存續可謂是貢獻良多。

「倒是律師發現了嗎？金森會也有好幾個人來旁聽，一直瞪著律師呢。」

「這樣啊。」

御子柴曾經做出人神共憤的犯罪，早就習慣被人從旁聽席用譴責的眼神看待了。別人的惡意若要一一反應，是沒完沒了。

「金森會的成員和二把手都半身不遂，到現在連自己拉屎打手槍都沒辦法，也不曉得什麼時候才能出院。其他幫派也笑他們遜，金森會只剩下自滅一條路，但我們這邊只要蹲個兩年四個月的牢就出來了，真是萬萬歲。」

對方幫派成員死瞪著御子柴，就是這個理由嗎？

唔，算了。就算垮了幾個幫派還是非營利組織，要是每個都放在心上，一樣沒完沒了。

「應該不會有事吧，御子柴律師？」

山崎突然緊張兮兮地東張西望。

「那些小混混有可能跑來報復，要不要我派幾個小弟，暫時保護律師？」

「免了。」

御子柴冷冷地說。

「我因為以前做的壞事曝光，案子數量大不如前。要是再讓凶神惡煞的兄弟跟著，風評只會愈來愈差。」

「……唔，我也難以想像知道律師底細的人，會有那個膽去偷襲你呢。」

御子柴的事務所位在葛飾區小菅二丁目，保健中心附近的住商大樓裡。原本事務所在虎之門，會遷到這裡，是因為接案量大減，付不出高額房租的關係。

電梯震天價響地抵達事務所的樓層。辦事員日下部洋子正忙著檢查審判資料。

「您回來了。我這就去泡咖啡。」

洋子匆匆起身跑進茶水間。看見她桌上堆積如山的一疊疊資料，御子柴想起這個星期還有法庭辯論。

雖然對山崎說工作量大減，但實際的委託件數是微幅成長。會來投靠原本是罪犯的律師的，都是些被逼到走投無路的人，但也因為如此，報酬相當豐厚。因為單價高，即使委託人少了，事務所還是勉強維持得下去。

御子柴啜了一口洋子端來的咖啡。牌子和砂糖量都一如往常，讓他覺得總算活了過來。

「好像贏了呢。」

洋子陰沉地開口。

「妳好像很不滿？爭點只有量刑的案子，報酬卻很優渥，ＣＰ值很高。」

「因為律師幫忙，黑道又能繼續呼風喚雨了。」

「紛爭愈多，律師的生意機會自然也就多囉。」

御子柴一句話帶過，洋子的眼中浮現抗議的神色。

「最近都是些反社會人士的辯護案。」

「錢又沒有顏色之分。不管裝在誰的錢包裡，鈔票就是鈔票。」

「要是只接黑道的委託案，正經的委託人會不敢上門。我認為多些正派的委託人不是壞事。」

「正派的委託人多半都是些窮光蛋。沒錢的正派委託人，跟有錢的黑道委託人，對事務所有幫助的是哪邊？」

洋子不甘心地支吾噤聲了。洋子也負責事務所的會計事務，用錢堵她是最有效的。一開始是因為她看起來似乎擅長算錢，所以把會計工作交給她，但現在這成了抑止她過濾案子的力量。

「……等事務所的經營上了軌道，請律師稍微挑一下案子吧。」

「想挑工作，先有挑工作的資格再說。說話前先想想自己有幾兩重吧。」

洋子再次露出抗議的神情，這時告知訪客上門的門鈴聲了。

「今天有面談的預定嗎？」

「沒有，今天應該沒有任何預定啊？」

洋子前往事務所門口，打開房門。入內的是一名身形清瘦的男子。

最近這裡都只有道上兄弟進出，因此這名突然現身的男子，身上的氣質顯得極為格格不入。御子柴忽然想到「貴公子」這個形容詞。雖然陳腔濫調，但御子柴塞滿了法律詞彙與罵人髒話的字典裡面，找不到其他更適合的形容詞了。

御子柴覺得那張臉似曾相識。是在報紙、電視還是網路上看過的名人嗎？

貴公子大步走到御子柴的辦公桌前：

「您是御子柴律師吧？我叫岬洋介。」

聽到名字的剎那，御子柴差點要站起來。

是那個岬次席檢察官的兒子。不，他更廣為人知的頭銜，是以「五分鐘的奇蹟」享譽全世界的鋼琴家。御子柴忍不住回握對方伸過來的手。這不似日本人的禮儀作風，是因為長居外國的緣故吧。

洋子也一樣吃驚，發現訪客的身分後，她便呆傻地看著兩人握手。

「你什麼時候回日本的？我沒看到你回國的新聞。」

「今天早上剛回來。」

「你過來這裡，有何貴幹……？」

「我是來委託辯護的。我想請律師拯救我陷入困境的朋友。」

「願聞其詳。」

御子柴請岬前往會客區，聆聽說明。結果洋子客氣但難掩好奇地靠了上來：

「請問要喝茶還是咖啡呢？」

對黑道上門也不動如山的女子，在洋介面前卻緊張得聲音發顫。一聽到「茶」，她立刻火速衝到茶水間去了。她現在應該正在翻找難得拿出來的高級茶葉。

洋介立刻進入正題：

「律師知道現職檢察官射殺嫌犯的案子嗎？」

「知道，這幾天報上鬧得沸沸揚揚。」

「我想委託律師為他辯護。」

「如果有什麼媒體沒有揭露的事實，請告訴我。」

從檢察官淪為被告的天生高春一級檢察官。洋介似乎從被囚禁在拘留所的他那裡聽到說明，資訊極為詳盡，十分充足。

「陷入昏睡的期間，嫌犯遭到槍擊啊……。以狀況來說，是糟糕透頂。除了被害者以外只有他一個人，而且現場是密室。加上槍上的指紋和袖口的火藥殘跡。說是遭人陷害，這藉口未免過於方便了。」

「加上原本仙街案就是備受矚目的大案，檢方為了避免引來護短包庇的批評，應該會格外嚴厲地處理天生案——以旁人看了都覺得嚴厲過頭的程度。」

「說得彷彿你親眼看到一樣。」

「因為我知道承辦檢察官是什麼個性。」

「承辦檢察官是誰？」

「東京高檢的岬次席檢察官，我的父親。」

瞬間，御子柴啞然失聲。

「……那是你父親承辦的案子，你身為兒子，為什麼要替嫌犯辯護？」

「天生檢察官是我司法研習生時期的朋友。」

「只因為這樣？」

「其他還需要什麼理由？」

御子柴直盯著洋介的眼睛看，就像在刺探他的真心。洋介的眼睛是深棕色的，不曉得是不是有外國人血統。直盯著那雙眼睛看，彷彿要被吸進去一樣。御子柴並沒有淺薄到會用眼睛的清濁去評斷一個人的為人，但這是他第一次遇到眼神如此清澈的委託人。感覺不到任何邪念或企圖，是純粹相信人的可能性的眼神。

「你今天早上一抵達成田機場，就立刻前往東京拘留所和天生檢察官見面。接見時間是上午九點開始，等於是你一見完他，就立刻趕來這裡。」

「沒錯，我是直接過來的。坦白說，我絲毫沒有考慮過要委託律師以外的人。」

「為什麼？因為我這裡是離小菅最近的律師事務所嗎？」

「能讓岬次席檢察官兩度吃鱉的，也只有您了。」

「你調查過了？」

「我有律師朋友。不過第一個案子，我也有印象。因為被您打得落花流水，我父親才會帶著我，被左遷到岐阜的區檢察廳。」

「現在才要算這筆陳年舊帳？」

「沒有的事。」

洋介婉轉地否定說。

「因為搬去那裡，我得到了寶貴的教訓和朋友，我甚至想感謝律師。」

「你說因為我打敗過岬次席檢察官兩次，所以你才會相中我。如果你是想要報復跟你不和的父親才找上我，那你完全是在找麻煩。我可不想攪和別人家的父子吵架。」

「在我的認知裡，這不是在對抗父親，而是在對抗一名優秀的檢察官。如果只是要報復父親，還有其他更有效的方法。」

御子柴漸漸開始受夠這名委託人了。

「從你說的狀況來看，辯方的處境是壓倒性不利。」

「我聽說律師多次逆轉了壓倒性不利的審判。」

「你說你知道我跟次席檢察官之間的恩怨。你還說在你的認知裡，這不是在對抗父親，但選擇我當辯護律師，只會讓你們的關係變得更糟。」

「這我可以輕易想像，但沒有關係。」

御子柴開始意識到自己正在找理由拒絕。說起來，一想到要和岬次席檢察官第三度交手，就讓他叫苦連天。他不認為自己會在法庭上落敗，但岬的執拗和近乎冥頑不靈的職業倫理總是讓他覺得礙眼得受不了。恐怕是因為這是他與自己為數不多的共通點吧。

說到共通點，這個兒子也是一樣。長相和說話方式沒有半點相似之處，卻只有執著是遺傳自父親吧？

「檢方賭上威信起訴天生檢察官，這我理解了。既然都會找高檢的次席檢察官擔任承辦檢察官了，由此就可以看出檢察廳有多認真。」

「我也這麼認為。」

「不管是要蒐集證據還是尋找證人，都能預期會遇到莫大的困難。」

「所以我才會來委託您。」

「預料將會如此困難重重的案子，你卻只因為是朋友這種稀鬆平常的理由，就跑來管閒事。真正的理由是什麼？」

洋介想了一下，開口道：

「因為他是我朋友，我認為這是最有說服力的理由。幾乎所有的事物，只要靠努力，都可以得到，但不管再怎麼努力，也不一定交得到朋友。因為友情是自然發生的。因為經濟因素或頭銜而主動貼上來的友情，我也不認為是真的。」

御子柴忽然想起了醫療少年院時期的朋友。奇妙的是，面對那個朋友的時候，御子柴可以暢所欲言。因為是在那種地方認識的，彼此都清楚對方的生長環境和過去的罪行。這麼說來，離開醫療少年院以後，終究還是沒能結交到像他那樣的知己。

「我能夠傾吐真心的朋友並不多。」洋介說。

「嗯，這我大概可以理解。」

「所以我無論如何都想救他。這是很單純的道理。」

和洋介交談，果然還是讓御子柴如坐針氈。平常的話，他都會從識破委託人的謊言和隱瞞開始著手，但洋介卻是徹頭徹尾地毫不保留，搞得他章法大亂。

「天生檢察官是我的朋友，也是恩人。」

「哦？我很想聽聽。」

「大概十年前，我的未來只有三個選擇。當法官、檢察官，或是律師。」

「通過司法考試，進入司法研習所的話，這是理所當然啊。」

「但我有了成為音樂家這第四個選擇。為我帶來契機的，就是天生檢察官。」

「噢，原來是椿美談啊。」

「不是什麼美談。單純就是個契機。」

洋介雲淡風輕地說。

「不過，那是個巨大得無法想像的契機。」

人生的轉捩點，總是人與人的邂逅。御子柴也深知這一點，因此無法反駁。

洋介從頭到尾打亂了御子柴的步調。果然是從來沒見過的委託人類型。毫不保留地相信對方，即使遭到背叛，仍鍥而不捨地再去相信別人。這個人一定是一路這樣走過來的。

音樂家是與才華之間的鬥爭，然而再也沒有比才華更虛無飄渺的事物了。才華無形無影，大小也無法估量，不穩定到了極點。

所以音樂家才會不由自主地去相信吧。有働小百合這位鋼琴家也是如此，她帶御子柴認識音樂，讓過去完全就是個怪物的御子柴有了蛻變為人的契機。她也相信著才華以外的什麼，然後崩壞了。

忽然間，御子柴很好奇洋介的琴聲是怎麼樣的。這也是他第一次對委託人的才華、尤其是琴藝感到興趣。

可惡！

步調完全被打亂了。

那麼，就談談最重要的正題，測試洋介有多認真吧。

「你說你是從認識的律師那裡聽到我的事的，那你也聽說我的委任金和報酬開價不低了吧？」

「是的。」

「那麼，委任金一千萬，要是能贏得無罪判決，再付我一億。如何？你付得出來嗎？」

御子柴自以為開出了天價，沒想到出乎意料，洋介面不改色。

「好的。」

聽到那聲乾脆的答應，御子柴諷刺地反問：

「……不是韓元或印尼盾，是日圓喔？」

「不是現金也可以嗎？」

岬從懷裡掏出支票簿。仔細一看，是巨型銀行發行的支票簿，共有五十張。洋介以熟練的動作在金額欄寫下「壹仟萬圓整」，簽名並加上日期，從簿子上撕下來：

「請收下。」

御子柴接過支票，確認上面的事項。出於職業關係，他看多支票了。左上方有限入銀行戶頭的字樣，是如假包換的劃線支票。

「鋼琴家這麼好賺嗎？」

「我也在各地開了不少場演奏會。與其說是賺，感覺更像是辛苦掙來的。」

接過支票後，御子柴才察覺自己有多糊塗。

御子柴提出委任金，洋介開了他說的金額的支票，然後御子柴接下了支票，這形同答應了委託。

洋介肯定也是同樣的想法。

「那麼，請您盡快準備律師委任狀，明天就去見天生檢察官吧。我們明早八點半在那裡會合。啊，謝謝茶水招待，很好喝。」

洋介站起來，行了個禮，接著頭也不回地離開事務所了。去送客的洋子惶恐地再三鞠躬。

片刻後，洋子輕呼：

「糟了！」

「怎麼了？」

「忘記向他要簽名了……」

「簽名這裡有。」

御子柴甩了甩支票，洋子苦著臉回到御子柴的辦公桌。

「還是幫我向銀行確認一下吧。雖然不太可能是假支票，但謹慎一點總是好的。」

然而洋子拿著支票再三端詳，也不曉得到底有沒有聽到他的指示。

「妳還會鑑定支票喔？」

「這是我第三次看到有人若無其事地在支票上填寫一千萬圓的數字。第一次是因為工程偷工減料被告的營造商，第二次是洩漏學生個資的大型補習班。」

「岬洋介在世界各地舉辦演奏會，這我也知道。本人也沒有否認他收入頗豐。」

「歐美有花錢欣賞藝術和創作的文化嘛。光是古典音樂的演奏會，歐美和日本，舉辦的規模和場數也是雲泥之差。」

洋子似乎想到了什麼，突然笑逐顏開：

「而且今天我第一次看到。」

御子柴覺得麻煩，所以沒有追問。

「律師猜我看到什麼？」

「不曉得。」

「我第一次看到御子柴律師招架不住委託人。」

御子柴沒回應，但也不想否定。因為從來沒遇過那麼奇特的委託人，所以御子柴也無法維持本色，只是這樣罷了。

有働小百合也好，岬洋介也罷，看來自己注定就是要受到鋼琴家這種人的擺布。

「話說回來，那個人的氣質好特別喔。」

洋子還不厭倦，對岬洋介念念不忘。

「我在照片和影片裡看過岬洋介，那時候只覺得他這人好纖細，但本人感覺更剛毅多了。質樸剛健……不對呢，精瘦肌肉男……也不是呢……」

「妳看不出來嗎？」

御子柴只想快點結束這個話題。

「那是一種瘋狂信徒，信奉著自己以外的什麼而活。」

隔天上午八點半，御子柴前往東京拘留所的接見申請櫃台時，洋介已經在那裡了。

「早安。」

「也用不著一大早就過來吧？」

「委託狀受理後，律師接見就會被優先。只有今天需要等待而已。」

上午九點，兩人進入接見室。出現在壓克力板另一頭的，就是天生檢察官吧。天生檢察官看到兩人，露出奇妙的表情。

「早，天生檢察官。」洋介說。

「道早就不必了，你旁邊的人到底是誰？」

「我帶你的律師過來了。這位是御子柴禮司律師。」

「什麼！」

天生檢察官頓時臉色大變。

「居然是御子柴禮司……我說你啊，你才剛回國，應該不清楚法界的狀況，可是這名律師——」

「御子柴律師的風評，我都清楚。」

「連他的外號『屍體郵差』也是嗎？」

「上網搜尋，第一個跳出來的就是這個外號。」

「既然知道，你怎麼——」

「因為他兩度擊敗岬次席檢察官。」

洋介以極為天經地義的語氣回道。

「可是，這名律師過去在道德方面有許多爭議——」

「御子柴律師的過去，和為你辯護沒有任何關係。可是你們檢察官似乎全都很厭惡御子柴律師，這是為什麼呢？」

天生檢察官語塞了。

「一部分或許是因為他強勢的辯護手法，但最大的理由，是因為他反將你們一軍的次數比其他律師更多。檢方以百分之九十九．九的定罪率為傲，但剩下的百分之〇．一，幾乎都是御子柴律師一個人獨攬。雖然我已經不是法界居民了，但即使從門外漢的角度來看，御子柴律師也是當今最強的律師。」

聽到洋介在一旁大力讚揚，御子柴總覺得屁股癢了起來。

「他不是最強。至少對我們檢察官來說，他是最惡劣的律師。」

「對檢察官來說最惡劣的話，對被告來說，不就是最優秀嗎？」

「這是強詞奪理。」

「不。」

洋介溫和地擋回抗議。

「天生。」

那肅穆的語氣，讓天生的表情僵住了。

「這次你的敵人是高檢，以及岬次席檢察官。是你從來沒有交手過的對象，而且還沒有站上法庭，你就已經先萎縮了。」

「這有什麼辦法？從我們還在司法研習的時候，你的父親——岬次席檢察官就那麼有名了。」

「和新的敵人交手時，不覺得至今遇過最強的敵人，就是最可靠的友軍嗎？」

天生檢察官再次沉默了。感情與邏輯在他的內心如何衝突，御子柴是瞭若指掌。

就御子柴觀察，天生檢察官是那種承受不了逆境的人。至今為止，他經手的都是對檢方絕對有利的案子，這一定讓他對自己的能力有了過度的自信。這並不是什麼罕見的例子。

「你啊，我當然知道御子柴律師是強敵，但我還是把他從選項中剔除，是有其他理由的。」

「高昂的律師費嗎？」

被搶先說出來，天生檢察官張口結舌。

「這也不用擔心。」

「什麼不用擔心——」

「律師已經收下委任金，一口答應辯護了。」

什麼一口答應？

御子柴狠瞪了洋介一眼，但洋介只是溫和地笑著，絲毫沒有被他嚇住。

「天生，為了洗刷你的嫌疑，只能選任御子柴律師了。請你差不多該面對事實了。」

「讓我問個問題。」

「什麼？」

「你為什麼要幫我這麼多？你說是為了實踐十年前的諾言。這名律師光是委任金，應該就要非同小可的一大筆錢。你說的諾言我自己幾乎都要忘記了，你為什麼要這麼為我兩肋插刀？」

洋介聞言，突然轉為一臉溫柔：

「你完全不明白你對我的意義有多大。」

「這我才是毫無印象。」

「那你就拚命想起來吧。你應該有很多時間可以思考。」

「喂！」

在一旁聆聽的御子柴差不多快忍無可忍了。明明毫不手軟地支付高達一千萬圓的委任金，洋介卻似乎沒有對天生檢察官說出最關鍵的理由。不曉得是故作含蓄還是難為情，總之那是自己無法理解的心理。

「抱歉還沒有自我介紹，我是律師御子柴禮司。」

御子柴主動重新報上名字，天生檢察官尷尬地行禮。

「就像剛才說的，我已經從岬洋介先生那裡收到委任金了。就算你拒絕選任，這筆委任金我也不打算歸還，所以你最好乖乖在委任狀上簽名。」

「看來你這人就如同傳聞，我放心了。」

「不管怎麼樣，由岬次席檢察官承辦這個案子的階段，你就沒有其他選擇了。」

「雖然教人生氣，但看來是這樣。」

「案情概要和你的說法，我已經從岬洋介先生那裡聽說了。你現在還是主張自己是清白的嗎？」

「當然。」

「既然我接下案子，不管你是誰，我都會全力為你辯護。所以你也必須把你所知道的一切毫不保留地告訴我。這是我這邊提出的唯一條件。」

「明白。」

「那麼，契約成立。律師委任狀會透過拘留所交給你。有什麼問題嗎？」

「那，我有個問題。你那近乎傲慢的自信是從哪裡來的？」

「這個問題沒有意義。」

御子柴冷冷地回道，結果天生檢察官立刻道歉了：

「抱歉，忘了我剛才的問題。」

看他意外地順從，御子柴改變心意了。洋介已經動身要離開接見室，彷彿在說事情已經辦完了。

「對我沒有意義，但對你有意義的話，就回答你吧。線索是你的朋友。」

「你說岬嗎？」

「他也充滿了近乎傲慢的自信。就我認為，看起來這樣的人，有一個共通點。」

「什麼共通點？」

「絞盡腦汁想想看吧。反正你應該有很多時間可以思考。」

御子柴也轉身走向出口。背後感覺到天生檢察官的視線，但不關他的事。

自己和岬洋介都是一種瘋狂的信徒。所以即使與全世界為敵，也能夠奮戰到底。

不過信奉的神，各不相同就是了。

3

九月二十八日下午一點，東京高檢。

岬在辦公室心無旁騖地閱讀天生案的偵查資料。天生檢察官似乎仍未選任律師，但最後會由法院依職權選任公設律師。這麼一來，距離審前準備程序就沒有太多時間了。

在岬旁邊，信瀨正忙著製作文件。他正在處理的是預定證明事實記載書，顧名思義，是記載了檢方將要在開庭當天證明的事實。檢方提出此份書面，向法院聲請調查證據。被告或律師則必須開示聲請的證據，並根據對方的要求製作清單。

另一方面，辯方可以針對檢方聲請的證據陳述意見，若預定在開庭當天提出主張，則必須提出預定主張記載書，請求調查證據。

這是雙方展現手牌的程序，除非有重大理由，否則準備程序之後，就不得再提出預定以外的證據，因此在準備程序的階段，就能看出整場審判的大勢了。

這次的情況，證明天生殺害嫌犯仙街的物證都已經齊全了。相對地，辯方的主張只有天生在犯行時沒有記憶這一點。比較雙方的記載書，法官或許會啞然失笑。

冷不防地，信瀨出聲：

「這樣好嗎？次席檢察官。」

「怎麼了？」

「我從剛才就和次席檢察官一起看預定要提出的書面，但恕我僭越，這不是應該由我單獨處理的工作嗎？」

「確實，這只是整理既有的物證，寫成書面而已。交給你的話，無庸置疑可以完美完成。」

「既然如此……」

「可是，就算會被你當成想獨攬工作的無能上司，不親眼看過全部的流程，我難以放心。對天生檢察官也很失禮。」

「為什麼？」

「再怎麼說，這都是要讓現職檢察官站上被告席。天生檢察官應該也百感交集吧。我想要最起碼把為他砍頭的刀磨得鋒利一點。」

岬自己說著，覺得真是偽善到了極點，說完便後悔了。但信瀨似乎另有感慨：

「確實很像次席檢察官會有的想法，但是能效法您的態度的後進應該不多吧。」

看在以副檢察官為目標，有朝一日想要成為特任檢察官的信瀨眼裡，岬這種態度應該就像是上個世代的遺物。說起來，行政作業等各種雜務是檢察事務官的工作，更進一步說，岬被命令的工作是前線指揮，他根本沒必要主動去做檢察官訊問，更沒必要親自站上法庭，只需要從聯合辦公大樓的高樓下指示就夠了。

然而岬卻怎麼樣都無法這麼做。即使對方已淪為被告，他仍絲毫不想與他人分擔這種手足相殘的空虛。

「稱他們為後進太傲慢了，比我年輕的檢察官更有才幹多了。」

「是嗎？」

信瀨表露不滿。他是個自制心很強的人，即使偶爾吐露真心，也只會在岬的面前說，因此岬也刻意不糾正他。

「只要待在廳裡，即使不願意，也會聽到其他檢察官的八卦。唔……畢竟在這個職場，競爭風氣特別強烈。」

雖然是很像信瀨的低調說法，但實際情形，並不是那麼值得驕傲的事。為了爭奪少數幾個位置，彼此牽制，虎視眈眈，一逮到機會就想拉下對方。檢察官都認為自己是高材生，自命不凡，因此更格外執著於地位與頭銜。

「就算禁止人們談論，卓越的檢察官，名聲也會不脛而走。這是天經地義的事，因為卓越，才會成為話題。但自從被高檢錄取以後，我從來沒聽過有人討論次席檢察官以外的檢察官。」

「棒打出頭鳥，聰明人都知道這個道理。」

「但鳥兒飛上天，棒子就打不著了。」

「飛出去就被射下來了。」

就在信瀨還想說什麼的時候，岬的手機響了。來電的是東京拘留所的人。

第二次檢察官訊問時，天生檢察官的答辯明顯地異於先前。如果有什麼為他帶來變化，那一定是接見者。

因此岬決定從東京拘留所的接見窗口蒐集情報。申請接見的時候，必須在窗口提出身分證明，並告知接見目的。立刻就能查到是什麼人為了什麼目的，前來與天生檢察官會面。

「喂，我是岬。」

電話另一頭立刻傳來最新情報。

然而一聽到接見者的名字，岬頓時全身緊繃，宛如遭到雷擊。

怎麼會有這種事？

而且對方說今天來會面的人有兩個，其中一個是律師。

好死不死，居然是他？

兩人的名字和臉龐在腦中盤旋，讓岬一時間無法思考。

「謝謝你的協助。」

道過謝，掛了電話，震驚仍久久無法平息。

「次席檢察官，出了什麼事嗎？」

「糟糕透頂的組合。」

岬憤憤地說。

「今天早上有兩個人去見天生檢察官。一個是那個御子柴律師，天生檢察官選任他擔任律師。」

信瀨難掩驚訝。但岬之所以如此氣結，是因為他聽到了比這更教人憤怒的事實。

「根據接見紀錄，帶御子柴律師過來的是另一名接見者——岬洋介，我的兒子。」

當天晚上九點十五分，岬來到位於都內有樂町的一家知名飯店。他事先去電問過，因此已經掌握到洋介這個時間會在飯店。

他剛走進電梯廳，欲前往洋介住宿的樓層，背後便傳來聲音：

「我就知道你會來。」

不可能忘記的聲音、絕對不會與任何人搞錯的聲音。

回頭一看，洋介就站在那裡。

不知道什麼時候，兒子已經長得比自己還高了。沒有分毫稚氣，原本就端正的五官加上了精悍的神色。

「我問過櫃台，你好像打聽過我什麼時候會在。」

聽到這話，岬恍然：

「你早就料到我會來，刻意向櫃台放消息？」

「我可沒有小看高檢的偵查能力。我在成田完成入境手續後的行動，遲早都會被你掌握。要查到我下榻哪家飯店，也是易如反掌。」

「不必這麼拐彎抹角，來通電話不就得了？」

「我不打算去找你。我們走吧。」

「去哪裡？你不是住十八樓嗎？」

「我已經預約了戶外區的咖啡廳。」

與櫃台相連的戶外咖啡廳是個雅致的地點，但看看滿座的情侶檔，岬為時已晚地發現了洋介的企圖。

被擺了一道。

在如此眾目睽睽之下，就算想吵也吵不起來。

岬點了咖啡，洋介點了礦泉水。

「……好久不見了。」岬開口。

「嗯，十年又六個月不見了。」

「你記得真清楚。」

「即將進入和光的司法研習所之前，爸教過我研習生應有的心態。你已經忘了嗎？」

洋介溫和地酸道，但岬忘記是事實，他無法反駁。

「時隔六年回國，也不連絡一聲？」

「我們不是像這樣見面了嗎？沒有什麼問題吧？」

不對——另一個自己發出警告。

我不是要來說這些的。

應該有什麼稱讚兒子的話好說吧？

然而說出口的卻是抗議。

「你真是多此一舉。」

「爸說的多此一舉，是指去見天生檢察官的事嗎？還是介紹御子柴律師擔任他的律師？」

「兩邊都是。你來礙我的事，是為了跟反對你成為音樂家的父親作對嗎？」

「爸怎麼會這麼想？」

洋介傻眼地說。

「這跟爸沒有關係。我的老朋友遇到困境，伸出援手是天經地義的事。」

「實際上你就站在我的敵人那邊。而且你介紹的律師，是我的不共戴天之敵。」

「這只是單純的勝率問題。過去擊敗過爸兩次的人，就只有御子柴律師。」

「他以前可是『屍體郵差』啊！」

「我知道，可是這又怎麼樣呢？認證御子柴律師的律師資格的是法務省，法務省也是檢察廳的監督單位。」

「少在那裡強詞奪理。」

「在法界裡，道理就是共通語言。這不是爸教導我的事嗎？」

「別在那裡貧嘴了。」

「我想音樂的天分是媽、辯論的口才是爸遺傳給我的。」

「總算等到你回國，居然是來跟父親作對的。」

「我回國是為了救朋友，不是為了跟爸作對。」

不知不覺間，周圍的客人以責怪的眼神瞪著這裡。雖然試圖保持冷靜，但嗓門似乎情不自禁地大了起來。

洋介若無其事地喝著杯中的礦泉水。

愈說只會愈中了洋介的道。但力求冷靜，無法充分傳達自己的感受。若要徹底傳達，就會惹來周遭的責難。洋介從一開始就沒有要跟他談的意思。把他引來這裡，目的一定就只是要讓父親的滿腹牢騷失效。

「洋介，你不要再插手這件事了。」

「礙難同意。」

「御子柴律師擔任選任律師，這件事木已成舟，我也只能全力以赴。但你再繼續跟天生檢察官牽扯下去，又有什麼好處？不管對辯方還是檢方，你都只是個礙事的東西。」

「對檢方礙事的話，對辯方就是有利的。」

「你就不能稍微聽一下父親的話嗎？」

「我聽了爸的話，參加司法考試，進了司法研習所。對當時的我來說，這是最大限度的讓步了。我應該已經盡了兒子的義務了。」

「什麼義務、讓步，你把你父親當什麼了？」

「那爸又把兒子當什麼了？就算一樣姓岬，我們也是完全不同的個體。就像你在法界贏得名聲，我也在音樂界成了獨當一面的鋼琴家。請不要再把孩子當成自己的分身了。」

洋介愈是冷靜，岬的憤怒就愈是沸騰。腦中一隅有聲音在警告這是不好的徵兆，卻無法構成任何遏止力。

「我沒有把你當成分身，但不許你做出讓父親丟臉的事。要是媒體挖出這件事，你等著瞧吧，原本就已經震驚社會的天生檢察官的案子，再加上父子情仇、鋼琴家插手，只會引來更多看好戲的人。」

「爸害怕在法庭上打輸嗎？」

「你說什麼？」

「爸已經輸給御子柴律師兩次了。所以很害怕這次是不是又要輸了。」

「事不過三，我不可能再輸。」

「有二就有三。爸，我做這件事，不是為了面子，或是爭一口氣。我只是想要洗刷天生的冤情而已。」

洋介眼中的神色讓岬勃然大怒。

那是對老人、對弱者的憐憫眼神。

「我把這個月底之後原本預定的所有演奏會都取消回國了。爸明白這意味著什麼嗎？」

就算是對表演活動生疏的岬，也還有這點程度的知識。演奏會的主角單方面拒絕演出的話，應該會有違約金的問題。

「外國的演藝圈對合約很嚴格，日本完全無法比較。現在一定有許多主辦單位都滿懷怨恨地咒罵著我的名字。現在坐在這裡，我都能聽到他們怨聲載道的大合唱。」

「違約金要付多少？」

「不曉得。現在我的經紀人應該在替我和相關人士談判吧。」

「如果你還在乎你鋼琴家的頭銜，就應該回去履約吧？」

「我是鋼琴家，但我更是一個人。看到朋友陷入困境，卻袖手旁觀，自顧自的彈琴，我會一輩子無法原諒我自己。」

礦泉水杯空了。洋介擦拭嘴唇後，徐緩地起身。

「即使會與全世界為敵，我也會保護他。晚安。」

「洋介！」

岬呼喚他的背影，但兒子一次也沒有回頭。

周圍的客人各自談笑，但聽在岬的耳裡，只覺得全是在嘲笑他的聲音。

IV

Presto - Allegro assai

～急板——近似快板～

プレスト - アレグロ アッサイ

1

九月二十九日早晨，古手川來到縣警本部上班時，渡瀨已經坐在刑警辦公室裡了。

今天他比平常更早離開住處，也更早來上班，卻又被渡瀨搶先了。過去他也多次試著一大清早來上班，給渡瀨一個出其不意，但還沒有成功過。這個上司到底是什麼時候睡覺——不，他真的像一般人一樣會睡覺嗎？

「早安。」

「嗯。」

至少正常道聲早安吧？古手川很想嘀咕，但絕對只會招來十倍的謾罵，所以他沒吭聲。

經過旁邊的時候，目光被渡瀨正在看的電腦螢幕吸住了。

是報導天生案進度的網路新聞。

古手川立刻想起案發當天。九月二十二日下午，從埼玉地檢那裡傳來案發消息的時候，渡瀨班的成員正在其他案子的現場。負責處理的是剛好留在辦公室的瀨尾班，但說是處理，瀨尾班進行的也只有相驗和鑑識作業而已，聽說對關係人的問話，還有嫌犯的偵訊，都由地檢負責。發生在自家的事，他們打算自己收拾吧。

這起案子從頭到尾全都是史無前例。被害者是「平成最殘虐的殺人魔」，而嫌犯是此案的承辦檢察官，而且犯行現場是檢察官的辦公室。凶嫌遭到逮捕後，仍備受社會大眾及媒體矚目，也是情有可緣。

古手川與仙街不比等發生打鬥，自己也受了傷，仍將其逮捕歸案，然而仙街竟在短短兩天後被殺害了。聽到消息時，驚愕之餘，他陷入虛脫。

渡瀨總是教誨他，警察的工作只到逮捕嫌犯為止。不管心中的義憤或正義感有多強烈，起訴嫌犯的仍是檢察官，定罪的是法官。

但現在嫌犯未經正規程序就遭到制裁，古手川實在忍不住要抱怨。雖然自己也弄不清楚是要對誰抱怨什麼，但矛頭暫時是指向天生檢察官吧。

從偵訊的階段，就看得出仙街想要適用刑法第三十九條。移送檢調後，可以輕易想見，承辦檢察官辦起案子一定是舉步維艱。民眾和媒體大力疾呼對仙街嚴刑峻罰，若檢察官最後做出不起訴處分，或法院做出無罪判決，肯定會有好幾名相關人士遭到究責。

即使如此，也不構成承辦檢察官動用私刑的理由。每個人似乎都有相同的感受，所以接到仙街被射殺的消息時，搜查一課才會陷入一片低氣壓。

天生檢察官是基於什麼想法射殺仙街的？已經離開偵辦的古手川只能推測。若是能夠，他很想當面向本人問清楚，但不巧對方人在東京拘留所裡面。

最教人扼腕的是，仙街一死，他所引發的凶案詳情，也永遠隨之埋葬了。偵訊的時候，仙街的供述也有許多模糊之處，至於心神喪失云云的說法，更是不足採信。想到原本隨著檢察官訊問、起訴、法院審理，在不同的階段，有一些事實應該可以獲得釐清，他便感到懊恨不已。

「你從剛才就在發什麼呆？」

渡瀨突然出聲。這個上司有時候會讓人措手不及，真的片刻都疏忽不得。

「我在想遇害的仙街。如果天生檢察官更有自制力一點，就應該可以揭露仙街殺害園童的動機，還有背後的關係了。」

「你認為天生檢察官是凶手？」

渡瀨的口氣一如往常，像是在測試他。

「難道班長要說不是嗎？但是那種狀況，除了天生檢察官以外，不可能有其他凶手了吧？我聽到場的瀨尾班說，開槍的時候，辦公室裡只有兩個人。唯一的門口，外面有兩名警官守著。而且手槍上驗出天生檢察官的指紋，西裝上有火藥殘跡。不管從哪個角度來看，都只可能是天生檢察官開的槍。」

「天生檢察官本人供述說在案發當時，他意識昏迷，手槍的指紋和西裝的火藥殘跡他都毫無印象。」

不曉得是從哪裡弄到偵查資訊的，渡瀨似乎老早就掌握案件詳情了。

「意識昏迷，這豈不是跟仙街的藉口一個樣嗎？」

「茶杯驗出安眠藥，但案發當時藥效是否發作，只有本人才知道。這也跟仙街的狀況相同，說來實在諷刺。」

古手川想起仙街在偵訊室裡的表現。儘管一清二楚就是他犯下的罪行，他卻老神在在地誇口自己不具責任能力。這要是以前的自己，即使是在偵訊當中，也一定會氣到揪住對方的衣領。

然而這次如此宣稱的，卻是現職檢察官。負責訊問的檢察官肯定相當不知所措。

「東京高檢的檢察長記者會，我也看到了。他說因為是前所未見的醜聞，會從嚴處置。」古手川說。

「源頭的仙街案本身就是眾所矚目的重大刑案了。這次的天生案會如何處理？這不只是高檢的問題，事關最高檢，甚至是法務省的人事布局。」

「負責訊問天生檢察官的是誰？這關係到檢察的威信，一定是請相當有本事的檢察官承辦吧。」

渡瀨語塞了一下，接著才說：

「是東京高檢的岬次席檢察官。」

就連不諳檢察人事的古手川都聽過這個大名。岬次席檢察官重視實務，會走訪偵查現場，風評極佳。

「我記得班長跟他認識呢。那不是很好嗎？」

「哪裡好了？」

渡瀨的聲音頓時轉為不悅。古手川雖然已經在渡瀨底下做了很久，但這個上司的地雷到底是什麼，他到現在都還沒完全摸透。

「東京高檢的登坂檢察長比起偵查現場，在法務省的資歷更久，是個典型的法務官僚。他會把案子全權委交給實務圈的岬次席檢察官，一方面雖然是因為次席檢察官擅長偵查，但更是打定了主意要是結果不盡理想，就讓次席檢察官去切腹負責。」

「審判都還沒開始，就先準備好切腹的人選了嗎？」

「官僚這種人，要他們動手做什麼，比龜爬還慢，開溜的時候，卻是比光速還快。他們絕不會忘了預先安排脫身的後路。切腹人員也是其中之一。」

渡瀨憤憤地說，但這與其說是對登坂檢察長或法務官僚的反感，解讀為對岬次席檢察官的同情更妥當吧。

雖然慢了許多拍，但古手川這才發現了一件事。

渡瀨會一大清早就到處上網看新聞，理由是因為這案子和岬次席檢察官有關。但渡瀨認為岬次席檢察官是實務圈的檢察官，對他相當賞識。明明信任他，卻又到處看新聞，這豈不是彼此矛盾嗎？

「班長，這個案子，檢方有什麼其他讓人擔心的地方嗎？」

聽到這個問題，渡瀨不悅地瞪向古手川：

「是比刑法第三十九條更麻煩的問題。天生檢察官選任的律師，是御子柴律師。」

這下古手川明白渡瀨為什麼會這麼生氣了。

御子柴禮司這個人對刑警和檢察官來說，就像是天敵。雖然收費高得嚇人，但是在法庭上所向無敵，一定都能贏得無罪或減刑判決。光是這樣也就罷了，他還曾在少年時期殺害女童，在少年法的保護下逃過刑責。可能是原本就資質過人，及長之後他取得了律師資格。這樣的經歷，也觸怒了法界人士的神經吧。

古手川也跟御子柴交手過不只一次。發生在狹山市的記者命案，嫌犯就是御子柴。

要說明御子柴這個人，相當困難。他確實是個無良律師，卻又會接下酬勞微薄的公證律師辯護工作。此外，他也為某個被收監在醫療監獄、對古手川來說難忘的被告擔任保證人。總之是個難以用正邪來評量的複雜男子。

但是就如同前述，御子柴身為律師的本事是一流的。把白的說成黑的，對他是小菜一碟。遇上他的三寸不爛之舌，太陽也要從西邊升起。

如果這次他要為天生檢察官辯護，那麼對檢方來說，應該會是最大的威脅吧。然後渡瀨和岬次席檢察官關係很好，這狀況確實會讓他倍感憂慮。

「話說回來，沒想到天生檢察官居然會選任御子柴擔任律師。御子柴是檢察官最痛恨的律師吧？」

「之所以痛恨他，是因為他優秀。若是他站在自己這邊，再也沒有比他更可靠的律師了。但是我不明白。」

「不明白什麼？」

「你忘了嗎？那傢伙基本上只接高額酬金的案子。天生檢察官雖然是檢察官，也只不過是一級檢察官，實在不可能有數億的身家。而這是檢方傾全力要定罪的案子。不管有沒有勝算，一旦接下，就是和檢察廳及法務省為敵。那傢伙怎麼肯接這種高風險低回報的案子？」

這應該是在自問，但確實也是在問古手川。

古手川正絞盡腦汁，這時桌上的電話響了。打內線進來的電話都沒好事。古手川用一種看討厭食物的眼神拿起話筒。

「喂，搜查一課。」

『辛苦了。』

電話裡的聲音，是一樓櫃台的女署員。

『請問承辦高砂幼稚園攻擊案的刑警在座位嗎？』

「在。渡瀨班長和古手川。」

『有民眾到櫃台說想見承辦人員。』

「是案子的關係人嗎？」

『他說不是。說他姓岬。』

「姓岬？」

古手川忍不住驚呼。真是說曹操，曹操就到，高檢的次席檢察官特地出馬前來嗎？不，等等。如果是高檢的次席檢察官，應該會報上官銜才對吧？

古手川一時間不知該如何回話，渡瀨的手從旁邊伸來：

「我接。」

他強勢地搶過話筒。

「我是渡瀨。對方說他姓岬嗎？」

聽到對方接下來的回答，渡瀨的臉上泛起驚訝的神色。古手川覺得好久沒看到渡瀨驚訝的表情了。

「叫他在會客室等。」

渡瀨一放下話筒，立刻從椅子上站起來。他沒有叫古手川跟上去，但也沒叫他別跟，所以古手川追了上去。

「沒想到高檢的次席檢察官會親自過來。」

「不是次席檢察官。」

渡瀨看也不看古手川地說。

「是他兒子。岬洋介。司法考試榜首，卻改行跑去當鋼琴家的怪胎。」

聽到渡瀨這話，古手川總算想起來了。

因為某個案子，古手川成了古典樂迷。特別觸動他心弦的是鋼琴曲，國內外的鋼琴家，名字他大多認得。岬洋介這名鋼琴家在二〇一〇年舉辦的蕭邦大賽中打入決賽，以現在已成為傳奇的夜曲風靡了全世界。

別說怪胎了，他可是世界級的名人啊！他居然是岬次席檢察官的兒子，這件事固然令人驚奇，但本人來訪縣警本部一事，也教人詫異。

跑進一樓角落的會客室一看，一名清瘦的青年正在那裡等待。

「幸會，我叫岬洋介。」

他的容貌讓人信服難怪有那麼多女粉絲，但古手川首先注意到他的手。岬洋介的手非常大。張到極限，應該有辦法跨八度吧。

渡瀨和對方交換名片後，大刺刺地打量洋介的臉。

「我和你父親共事過幾次。你們長得不太像。」

「我比較像母親。」

仔細一看，他的眼睛是日本人難得一見的褐色。是家族中有較近的世代摻有外國人的血統嗎？

「我怎麼聽說你正在歐洲各國巡迴演奏？」

「我兩天前剛回國。」

「回國的理由，和天生檢察官的案子有關嗎？」

「您很敏銳，這下省事多了。」

「天生檢察官和你都是第六〇期的司法研習生。連這都看不出來的話，就甭當刑警了。」

「我就完全沒想到……」古手川開口。

「你少插嘴，現在是我在說話。」

從口氣就聽得出來，渡瀨難得亂了陣腳。

「我先問你，就算你是世界知名的鋼琴家，這裡也沒有哪個傻子會隨便把偵查狀況告訴你。難不成你只因為是天生檢察官的朋友，就傻傻地跑過來？」

「確實，我是為了天生檢察官的案子前來，但我不是以他朋友，而是以律師代理人的身分前來。」

「喂，難道你——」

「是的，我是御子柴禮司律師的代理人。」

洋介把一張紙放到桌上。是御子柴禮司簽名的委任狀。

「這張紙在法律上沒有任何強制力，但是對於知道御子柴律師是個怎樣的律師的人來說，這張紙具有相應的意義。」

「……原來是你幫忙出律師費的？」

渡瀨以手扶額。這也是渡瀨難得一見的動作。

「連這都看透了，真厲害。」

「御子柴不是公務員的薪水雇得起的律師。可是，為什麼你要來問高砂幼稚園攻擊案？委任的案子是天生檢察官的槍擊案吧？」

「因為起點是幼稚園的案子。渡瀨先生也不認為仙街不比等的案子和天生檢察官的案子完全無關吧？」

「這可是偵查情報。」

「仙街已經死亡，案子應該會以嫌犯死亡的狀況起訴，但由於沒有應該制裁的對象，結果還是只能撤銷公訴。在這個階段，偵查情報就不再是應該受到保護的資訊了。」

「你只是一般民眾。」

「就算是被告選任的律師，也並非擁有偵查權。渡瀨警部有參與天生檢察官的案子偵辦嗎？」

「沒有。」

「被告的律師正在針對嫌犯已經死亡的案子，以及您本身並未參與的案子蒐集資訊。可以請您協助嗎？」

「我的班沒有參與，但同一個辦公室的同仁參了一腳，所以我沒辦法隨便說好。」

「警方當然應該到場了，但搜查一課的工作，應該只到相驗和鑑識而已。這一點從對嫌犯的偵訊由高檢的承辦檢察官負責，也是顯而易見。我認為說參一腳是有些誇大了。」

「你知道高檢那位承辦檢察官是誰，才說這話的嗎？」

「是岬次席檢察官對吧？順帶一提，不只是偵辦，他好像也負責審判。」

「你不可能不知道你父親和御子柴的恩怨。」

「是的，兩度打敗岬次席檢察官的，就只有御子柴律師一個人。我就是依據這項實績選擇了御子柴律師的。」

渡瀨目瞪口呆地看著洋介：

「我聽說你們父子關係不睦，沒想到竟惡劣到這種程度。」

「這不是父子關係的問題。」

洋介依舊笑臉迎人。

「而是洗刷冤情，或袖手旁觀的問題。」

「最好不要隨便說什麼冤情。」

「只要本人否定犯行，不管任何案件，都有可能是不白之冤。」

「你從天生檢察官本人那裡聽到詳情了嗎？」

「是的，兩天前我去見過他。證據是手槍上他的指紋，以及西裝袖口驗出的火藥殘跡。」

「證據這麼齊全，他還要堅稱自己是受冤枉的嗎？」

「我曾經讀過關於冤獄的研究報告。是加州大學爾灣分校的全美冤案登錄計畫所發表的內容，一九八九年以後，超過兩千件以上的冤案當中，有近四分之一是導因於錯誤的科學偵查。而人類不管再怎麼優秀，不論在任何時代，都一定會犯錯。」

不知道是想到了什麼，渡瀨整個人就這麼僵住，露出隨時都要出拳毆打洋介般的凶暴表情。

「抱歉說了許多冒犯的話。」

洋介也沒有被渡瀨的狠勁給嚇到，語氣完全沒有改變。

「痛恨冤案，這一點我想兩位警官也是一樣的。所以請不要把我這個比起具可信度的物證，更重視朋友說詞的人趕回去。」

「我不會把你趕回去。我會聽你的說法，但要不要提供情報，是另一個問題。」

渡瀨展開反擊。

「你的熱忱很讓人佩服。關於冤案的那段話，我個人也可以認同。但反過來說，讓天生檢察官無罪的根據，就只有他一個人的說詞。而且凶案當下，本人甚至失去了意識。即使如此，比起物證，你還是更相信他的說詞嗎？」

「唔，被質問這一點，我也難以反駁呢。應該是因為我相信的根據，和渡瀨先生相信的根據不同吧。」

「你相信的根據，應該就是天生檢察官的個性，但是十年的光陰，能改變太多人的心性。」

「這我不否認。可是不管任何人，都有不會改變的地方。我相信天生檢察官絕不會改變的這部分。」

「那是什麼？」

「說了也沒有幫助。渡瀨先生，您無論如何都不能提供情報給我嗎？」

再次被懇求，渡瀨的表情變得有些陰沉：

「只要不是偵查情報，或涉及個資，告訴你是無所謂。」

「謝謝您。」

「也不是什麼值得道謝的內容。被仙街殺害的，是兩名幼稚園老師和三名園童，他們和仙街沒有親戚關係，不管是出生地點還是就讀學校都不同。但是最教人無法接受的是，沒辦法針對仙街的人際關係進行更進一步的調查。」

「是因為仙街已死，沒必要繼續偵辦下去了呢。」

「搜查一課處於慢性的人手不足，沒辦法無止境地把人力投入一個案子。」

「我能理解。」

「不需要你理解。任何地方都有無能的管理階層，不肯把必要的費用和人力發配給必要的部門。」

「針對仙街不比等的人際關係的調查也是嗎？」

「仙街父母雙亡，舉目無親。不過這邊的調查也在查完戶籍後就中斷了。」

默默在一旁聆聽的古手川覺得有些不太對勁。渡瀨所說的偵辦狀況真實無虛。仙街要是有稱得上家人的親屬，解剖完畢的遺體老早就歸還了。

讓他覺得不對勁的地方，是渡瀨那種故意曝露缺點的說法。這若是其他警察，應該會盡量掩飾組織的缺陷，渡瀨卻毫不猶豫地揭露出來。他平常就會批判組織和無能的上司，但應該不會輕率地向外人說嘴才對。

稍一深思，古手川想到了類似答案的解釋。渡瀨刻意強調偵查中斷，是在暗示對方若是繼續追查下去，就會有某些收穫。

「關於仙街不比等，我能告訴你的就這些了。」

渡瀨說的內容只比新聞報導更詳細了一點而已，實在不可能滿足特地前來縣警本部打聽的人。然而洋介沒有失望，也沒有抗議，依然一臉平靜。

「慘遭殺害的被害者的家屬一定非常悲痛。」

「現在縣警本部依然會接到請願和抗議的電話，說他們無論如何都想知道孩子最後是什麼狀況，要我們想想辦法。」

渡瀨不可能無視家屬的懇求，滿不在乎。那麼，他一定是透過傳達家屬聲音的形式，在揭露自己的真實想法。

「對了，仙街不比等的屍體現在保管在哪裡？」

渡瀨拇指向下：

「在地下的太平間。」

實際上，仙街的屍體成了縣警本部的棘手包袱。無人領取的屍體，規定由死亡地點的市町村長予以火葬或土葬。縣警本部已經向浦和區詢問屍體的處理方式，但到現在都還沒有接到區長的連絡。

「我可以看一下屍體嗎？」

司法解剖報告已經出來，屍體又無人領取。想不到有什麼理由拒絕洋介的要求。

「跟我來。」

三人移動到太平間。

警察署的太平間應該都大同小異，但實在是單調到不行。約小會議室大小的空間裡，用來冷藏屍體的冰櫃一字排開，角落設有聊勝於無的祭壇。

渡瀨打開其中一個冰櫃，拉到洋介前面。即使冷藏保存，也無法完全遏止腐敗。屍體全身變成了赤黑色，可能是體內腐敗的氣體從解剖時割開的部位漏了出來，散發出讓人幾乎要反胃的惡臭。

然而洋介沒有絲毫猶豫，把臉靠近屍體的腹部。

屍體沿著正中線，自咽喉到下腹部一直線切開。是所謂的I字型切口。古手川在熟悉的法醫學教室看慣了Y字型切口，因此感覺有些奇特。

「法醫是哪位？」

「埼玉醫科牙科大學法醫學教室的真鍋教授。」

雖然是I字切口，但切痕略呈蛇行，並非筆直一條線。這是因為人體有凹凸，是沒辦法的事，但若是古手川熟悉的那名老教授，一定會切出宛如用直尺畫出來般的直線。

那名老教授說，I字切口是從喉嚨一口氣切到下腹部，因此視野開闊，更容易檢查體內。但因為會在喉嚨留下傷痕，葬禮的時候，容易讓親屬看了怵目驚心。這是古手川個人的看法，他覺得不會在喉部留下傷痕的Y字切口，對死者和家屬比較尊重。

胸部的槍彈創，形狀就像被錐子或傘頭刺入。從遠離對象的位置開槍的情況，射入口會呈現這種形狀。反之若槍口緊貼皮膚開槍，射入口就會整個破裂，呈星型狀。

「我可以拍照嗎？」

「可以。」

洋介從口袋取出數位相機，開始從各種角度拍攝屍體。面對正在腐敗的屍體，卻全無懼色，那模樣比起鋼琴家，更像個老練的驗屍官。

「勞煩兩位了。」

拍完照後，洋介乾脆地走向出口。

「已經滿意了嗎？」

「是的。」

上樓的途中，洋介向古手川攀談：

「古手川先生經常參與司法解剖嗎？」

「只要有機會，我都會盡量在場。」

「您信任的委託解剖的地方是哪裡呢？」

「浦和醫大的法醫學教室。那裡有個比起活人，更信任死人的偏執解剖醫生、和熱愛屍體更勝過三餐的美國人，還有完全不怕屍臭的熱心助教。」

「好棒的環境。」

回到一樓正面玄關後，洋介行禮致謝：

「不好意思麻煩兩位了。那麼再會。」

他還想要再來？

古手川還沒出聲，洋介已經回身離開辦公大樓了。

渡瀨還是一樣，滿臉不悅。

2

這天中午過後，狀況有了進展。

古手川的手機接到浦和醫大法醫學教室的栂野真琴助教來電。

『縣警本部那裡，保管著嫌犯仙街不比等的屍體對吧？』

「是啊，這怎麼了嗎？」

『光崎教授說要解剖。』

這突如其來的要求，讓古手川一時無法回話。

「怎麼會突然想到？而且那具屍體早就司法解剖完畢了。」

『想解剖的人又不是我。』

真琴抗議地說。

「我一頭霧水，不過這不是我能決定的事耶。」

『教授叫你轉達上司。』

「等等，我整理一下。仙街不比等的屍體，真鍋教授已經解剖完畢了。這你們清楚吧？」

『我手上有解剖報告書。』

古手川先把「妳怎麼有那種東西」的疑問吞下去：

「仙街不比等的屍體無人認領，所以不必考慮家屬。可是解剖費怎麼辦？我得先說，本部應該不會出錢喔。真琴老師也知道縣警的經費有多拮据吧？」

『教授說費用的部分不用擔心，你只要把屍體送過來就好了。』

看來那名偏執的解剖法醫正在真琴背後下指令。

「好，我會問一下班長。」

『……教授叫我轉達：算了，我直接跟渡瀨警部說，你去準備搬屍體。』

古手川差點沒把手機砸到地上。

前往刑警辦公室一看，不出所料，渡瀨臭著一張臉。

「把仙街的屍體送去浦和醫大。」

「這樣好嗎？刑事部長還是誰不會抗議嗎？」

「刑事部長說，要是惹光崎教授不高興，可能會影響往後的相驗委託。還說那是已經交出解剖報告的案子，無所謂。」

幸好，刑事部長是那種信奉瓷器不跟瓦片鬥的人。

「我們無力招架外界壓力呢。」

「少在那裡廢話，快點把屍體送過去。」

古手川抵達浦和醫大，將屍體送到法醫學教室後，又遇到了他。

「剛才多謝關照了。」

洋介就坐在空椅子上。真琴和凱西．潘道頓副教授正圍在他旁邊，眼神狐疑地俯視著他。

「才說再會，幾小時後又見到囉？」古手川說。

「我從您那裡聽到光崎教授的事，立刻把案情告訴他，教授看了我在太平間拍的照片和解剖報告，立刻向渡瀨先生要求進行司法解剖。」

「原來是這樣。司法解剖的費用是你出的嗎？」

「這是必要開銷。」

光崎會決定進行司法解剖，一定是因為從解剖報告書和屍體照片中發現了某些齟齬。而洋介也發現了這個可疑之處吧。

「古手川刑警，請你說明。」

凱西好奇萬分地詢問。

「就我而言，可以不必擔心費用，進行司法解剖，當然非常welcome，但有人說明一下還是比較好。」

這並不是什麼會違反保密義務的事。古手川說明洋介來訪縣警本部之後的經緯。

「So that's it。他想為成了被告的好友洗刷冤情呢。不過我這人孤陋寡聞，所以不清楚，原來鋼琴家這麼有錢嗎？我告訴他司法解剖，一具屍體需要二十五萬圓，他當場付清呢。」

「他可不是一般的鋼琴家，是蕭邦大賽的決賽晉級者，本來正遠赴歐洲巡迴演奏，卻為了朋友緊急回國。順帶說一聲，他的父親是東京高檢的次席檢察官。」

古手川語帶挖苦地說明，洋介頓時露出不悅的表情。相對地，凱西立刻笑逐顏開：

「Wow！岬，你對司法解剖有沒有興趣？如果有的話，你想不想來當法醫學教室的金主？」

放任凱西說下去，感覺會愈講愈歪，因此古手川打斷凱西的邀約：

「比起找金主，請先完成眼前的工作吧。」

「Oh？沒想到我這等人物，居然會被古手川刑警亮黃牌。」

不管怎麼樣，凱西的職業使命感值得信賴，她和真琴一起把屍體送進解剖室。

望著這一幕的洋介完全恢復了笑容。

「『熱愛屍體更勝過三餐的美國人，還有完全不怕屍臭的熱心助教』。就像你說的，這個環境太棒了。」

「如果你是在反酸我，我道歉。我沒有其他意思。」

「專業人士的表現，光是在一旁看著，就讓人覺得痛快淋漓。」

「等等。」

洋介若無其事的話引起古手川注意。

「你該不會要參觀解剖吧？」

「古手川先生有機會都會在場對吧？那麼支付司法解剖費用的我，豈有不參觀的道理呢？」

「……我是刑警，已經習慣解剖現場了，但這可不是世界級鋼琴家需要勉強去看的場面。臭味甚至會滲進頭髮和衣服纖維裡面，也只會讓人**強烈地感受**到人的肉體也只不過是物體這個現實而已。」

「我並不打算安坐在聞不到屍臭的安全地帶做壁上觀。」

「別礙事了。」

打斷兩人對話的，是浦和醫大法醫學教室的老大光崎教授。

「要列席是嗎？那就快點換上解剖服。五分鐘內給我準備好，不許抱怨。」

古手川和洋介連忙更衣，跟著光崎進入解剖室。真琴和凱西已經把仙街的屍體安置在解剖台上，準備好動刀。

外人的古手川和洋介站在解剖台旁邊，在一旁觀察法醫學教室團隊的活動。笑容從洋介的臉上消失，以嚴肅的眼神觀注著他們。

屍體的體表、眼球、屍斑、屍僵程度等等，被鉅細靡遺地檢查了一遍。光崎特別縝密觀察的地方是槍彈創。

光崎慢條斯理地開口：

「那麼，開始解剖。屍體為三十多歲男性，體表有穿透性槍彈創，前胸及背部各一處。此外，先前提交的報告書中，診斷為穿透性心臟損傷。」

光崎細心地逐一除下縫合痕跡上的縫釘。

以縫合方法來說，縫合皮膚用的縫釘十分簡便，不需要特殊技術。但屍身上的縫釘並非一直線，間隔也參差不齊，極不美觀。加上切口歪斜，把縫釘全數清除後，屍身看起來還比較美觀，只能說是諷刺極了。

光崎以雙手打開大體，逐一取出器官。上次解剖時似乎沒有完整放回去，器官輕易就取出來了。

就在取出心臟的時候，光崎的手停住了。古手川也看得出表層有撕裂傷，但因為上次解剖之後接觸到空氣，心臟已經變成了褐色。

在法醫學教室列席解剖，就會被迫直視天經地義的真理。也就是這個冷酷的事實：無論生前是善人，還是仙街這種窮凶惡極的罪犯，一旦死去，每個人得到的都是平等的待遇。

「拍照。」

凱西舉起數位相機，從四方拍攝放在不鏽鋼盤上的心臟。

接著光崎切除前胸的槍彈創部分，一樣放在盤子上。

至於洋介，他也以科學家般冷靜的眼神觀察各部位的狀態。法醫學教室的團隊和自己也就罷了，不可能熟悉屍體的洋介，怎麼能夠如此泰然自若？古手川納悶不已。

剝下頭部的頭皮，從耳後下刀。真鍋教授似乎只有開腹，沒有進行頭部解剖。就算死因一目瞭然，滴水不漏地檢查過全身每一處，才是正規做法吧？

「電鋸。」

電鋸在額頭切割出平滑的線條。很快地，頭蓋骨被切開，取下骨片。

光崎的手術刀宛如精密儀器般將底下露出的腦硬膜切斷。由於刀鋒滑行於腦硬膜下方邊緣，幾乎沒有造成出血。

大腦露出，凱西拍下整體照。

古手川忽然浮想聯翩起來。現階段，不管光崎的技術有多高超、腦科學再怎麼進步，都無法判斷仙街在攻擊幼稚園的時候，大腦是否受到毒品影響。即使露出大腦，仍無法解明當事人是否處於能適用刑法第三十九條的心神喪失及心身耗弱狀態。只能委由鑑定醫師來診斷。

取出全部的器官和大腦後，再歸還原位。開腹的部分，光崎以縫線細心地縫合回去，而不是用縫釘草草了事。雖然生前仙街做出了人神共憤的暴行，但感覺就彷彿透過縫合這個工程，獲得了宥恕。

「這次解剖是你要求的吧？」

光崎冷不防轉向洋介問。

「回頭我會製作解剖報告書，但你現在就想知道結果嗎？」

「麻煩醫師。」

「我就直接說結論。交出上一份解剖報告書的傢伙，是個無可救藥的庸醫。」

和洋介一起聽完結果報告的古手川，受到了非同小可的衝擊。如果相信光崎的說明，那麼真鍋教授確實是個庸醫。

返回縣警本部的運輸車裡只有自己和洋介，因此可以毫不顧忌地交談。

「上一位法醫也有可能是被相驗報告書和現場狀況迷惑了。埼玉地檢也因為自家庭院出了大事，方寸大亂，催著司法解剖報告出爐吧。」洋介說。

「你連這都預測到了？」

洋介聞言搖頭，就像在說「怎麼可能？」。

「沒有的事，我是走一步算一步。」

「要是撲了個空，不僅時間和金錢都白費了，弄個不好，甚至有可能壞了自己的名聲不是嗎？」

「舞台真的很神奇。」

洋介突然換了個話題，古手川納悶他要說什麼。

「當然，充分練習是一定要的，但不管再怎麼努力準備，有時正式上場，還是會失誤連連。相反地，有時因為身體狀況不佳，無法徹底練習，正式上場時卻能端出意料之外的超水準演出。」

「登台的膽量，好像成了你的日常呢。不過沒想到你在縣警本部看過仙街的屍體後，就立刻連絡了浦和醫大。你就沒有半點猶豫嗎？」

「第一線的刑警信任的法醫，我這個門外漢怎麼能不信任？」

若是當時短暫交談的那幾句話，就讓洋介相信了自己，那著實令人欣慰。

「看到光崎教授的刀法，我確信自己的決定是正確的。他本人聽了或許會不高興，但他那算是一種藝術家呢。解剖期間，我的目光完全無法從教授的指尖移開。」

古手川原以為洋介是在冷靜觀察各部位，原來他是在看光崎的刀法嗎？而且不是從科學家的角度，而是以同樣身為藝術家的眼光。

「說他是藝術家，或許確實如此。不過就像你看到的，他嘴巴很刻薄，樹敵不少。」

「敵我多寡那些，無關緊要。尤其是對教授這樣的專業人士來說。」

「那重要的是什麼？」

「我想一門專業，重要的是技術與熱情。徒有優秀的技術，若是缺少前瞻的目光，就只能侷限於一地。就算有熱情，但技術跟不上，就只會空轉。我想任何領域都是一樣的吧？」

這麼說來，確實如此。偏執的光崎對屍體的執著非比尋常，渡瀨也是，追捕嫌犯的熱情媲美杜賓犬。自己尊敬的對象，每一個都是技術與熱情兼備。

坐在旁邊的這名鋼琴家也是一樣吧。以前的案子認識的人曾殷切地訴說要在藝術界裡混口飯吃，是一件多麼艱難的事。

「我瞭解。可是有些人就算有技術又有熱情，也無法成功。以前我辦過的案子裡，有一位姓有働的鋼琴老師——」

「有働小百合嗎？」

古手川差點踩下煞車。

「你認識她？」

「只到高一而已。以前我拜某位鋼琴老師為師，有働小姐也在同一間教室。她說她是自己學琴的，但想要上正規課程，矯正過來。」

古手川聽著，難以克制內心的悸動。他完全沒想到會從洋介口中聽到小百合的過去。

「不過，我倒覺得用自己的方式彈琴也沒什麼不好。有働小姐的琴藝雖然粗獷，卻熱情到令人心醉神迷。尤其是她彈奏的〈悲愴〉和〈熱情〉，教人全身起雞皮疙瘩。話說回來，不曉得她現在在哪裡呢。古手川先生知道嗎？」

回到縣警本部後，古手川把光崎的解剖見解完整地告訴渡瀨。他猜想渡瀨應該多少會有些驚訝的反應，沒想到他只是不悅地低吼了一聲。

「怎麼辦，班長？要告訴瀨尾班嗎？」

瀨尾班只處理了相驗和鑑識作業，司法解剖由埼玉地檢委託真鍋教授進行。即使真鍋教授的解剖報告書有謬誤，也不是該由搜查一課負責的事。

既然事實已經明朗，就不該隱匿。但這張牌可能對洋介他們辯方有利，對檢方卻是重大打擊。與岬次席檢察官過從甚密的渡瀨會如何指示？古手川不安到了極點。

「就算跟瀨尾說，也不能改變什麼。」

渡瀨半帶嘆息地回應。

「瀨尾他們本來就沒有參與司法解剖，就算知道這件事，我想渡瀨的話，也只會說句『這樣喔』。」

「要隱匿下來嗎？」

「哪有什麼隱匿？現在知道的只有解剖報告書有誤。岬二世，你應該也不認為光是這樣，就能翻轉情勢吧？」

「呃，拜託請不要叫我什麼二世。」

古手川旁邊的洋介婉轉地抗議說。

「請叫我洋介就好。」

「自費請浦和醫大法醫學教室解剖的人是你，所以這項情報，在開庭前使用權都在你手上。」

「謝謝您。」

古手川覺得這確實像是渡瀨會採取的做法。

「那，你還要繼續查案吧？」

「就像渡瀨先生說的，只憑這項結果，實在無法在法庭上抗戰。」

「你把消息告訴我們，是為了顧及道義嗎？」

「因為是古手川先生介紹光崎教授給我的。」

「在奇怪的地方講道義，果然是你爸的遺傳吧。」

洋介就要再次抗議，渡瀨抬起一手制止：

「你說你在調查仙街案。因為嫌犯死亡，我們這邊的偵查已經中斷了。你愛怎麼查就去查吧。」

「太感謝了。那麼，我告辭了。」

洋介點頭致意，離開刑警辦公室。古手川正覺得他這人實在很有禮貌，渡瀨用下巴朝洋介的背影努了努，說：

「你不用跟上去嗎？」

「……可以嗎？」

「仙街案就這樣懸而未決，你也覺得不舒服吧？再說，難保岬二世會失控暴衝，跟關係人發生衝突。你就去當保母，順帶偷點情報回來吧。」

渡瀨的指示既拐彎抹角又麻煩，但這也是情非得已的事。若要支持岬次席檢察官，就必須裝作不知道光崎的解剖結果，但協助洋介的話，就等於是在幫忙敵方御子柴。站在渡瀨的立場，要避免成為夾心餅，也只好搬出這樣的名目了。

雖然會暴衝的更可能是自己，而不是洋介。

儘管行動的名目充滿了矛盾，但少了名目，就沒辦法行動，這就是公務員。古手川簡短地回了句「明白」，追上洋介。

走出辦公大樓正面玄關，洋介正站在那裡。

「辛苦了。」

「聽你的口氣，是在等我？」

「是的，我在等您。」

古手川往警車停車場走去，洋介瞭然於心地跟了過來。

「你早就料到我會跟你一起行動嗎？」

「渡瀨先生的話，一定會命令您盯著我，免得對後續偵查造成妨礙。那麼比起另外跟蹤，直接與我同行，更省事多了。」

「一切都在你的掌握中嗎？要是班長知道了，不曉得他是會嘆氣還是暴跳如雷哪。」

「渡瀨先生的話，當然也料到我應該發現了吧。」

「你們兩個是在仙拚仙嗎？」

至少這是自己絕對做不到的事，古手川正自傻眼，洋介已經經過MARK X前面了。

「你要去哪？不是要去拜訪關係人嗎？」

「第一個要訪問的地點是那裡。」

洋介指著大樓旁邊的法務綜合辦公大樓。

向埼玉地檢櫃台告知來意後，很快地，宇賀麻沙美事務官現身了。

「是來進行仙街案的後續調查對嗎？呃，請問這是哪位？雖然岬這個姓氏我聽過……」

洋介一臉厭倦，因此古手川代他回答：

「他是東京高檢岬次席檢察官的公子。」

瞬間，宇賀大驚失色：

「我真是太失禮了。」

「啊，這個人不喜歡那種虛套。總之，我們想請教妳一些問題。」

「請隨我來。」

法務綜合大樓古手川已經來慣了。宇賀準備領他們過去的房間，他以前也去過，完全不緊張。

然而宇賀剛邁出步伐，洋介就提出要求：

「不好意思，既然要換地方談，可以帶我們去天生檢察官的辦公室嗎？」

瞬間，宇賀似乎不知所措，但隨即答應了。

一進辦公室，洋介便環顧室內說：

「啊，辦公桌的位置果然和當時一樣。好懷念。」

「懷念……？您來過這裡？」

「司法研習的時候，第一次實務研習的地點就是這裡。沒想到十年後會再次踏進這裡，真是世事難料。」

「這麼說來，天生檢察官也說過類似的話。您和天生檢察官是同期呢。」

「宇賀小姐。」

洋介正面迎視著宇賀說。

「我是替天生檢察官辯護那一方的人。宇賀小姐相信他是清白的嗎？」

「……我很想相信他。」

「您很誠實，令人欣賞。請務必協助洗刷他所蒙上的嫌疑。」

洋介說著，極為自然地握住宇賀的雙手，結果宇賀頓時雙頰飛紅。即使本人沒這個意思，但洋介這個人似乎是個天生的調情高手。

「請先告訴我案發當時各人的位置。」

宇賀自己坐到辦公桌前，指出當時天生檢察官和仙街所在的位置。

「古手川先生，可以請您坐在仙街的位置上嗎？」

洋介坐到天生檢察官的位置，古手川隔著辦公桌，與洋介面對面坐下。兩張椅子的高度幾乎相同，因此與洋介的頭部呈水平。

「宇賀小姐坐在天生檢察官旁邊，記錄聽到的內容對吧？桌上只有電腦和ＩＣ錄音機嗎？」

「我們桌上還有茶杯。」

「天生檢察官的手邊有辦案書類的檔案。除此之外呢？」

「沒有了。您應該也知道，為了在嫌犯突然動粗時，避免造成太大的傷害，檢察官訊問時，現場不能有任何可以拿來當成武器的物品。」

「然而現場卻有托卡列夫手槍。是在整箱送去證物保管庫的途中，被什麼人偷拿出來了吧。能夠做到這件事的有哪些人？」

「知道川口超商搶案的證物哪一天要送交檢方的職員，每一個都有機會。因為只要是職員，就能用ＩＣ晶片員工證進入保管庫。」

「但是能把槍帶進這間辦公室的，就只有天生檢察官和您兩個人而已。」

「還有另一個可能性。」

「請說。」

「那天因為下午要對仙街進行訊問，天生檢察官在午休時間外出了。他平常都是叫外送，但那天說想要養精蓄銳，所以出去吃飯。那段時間，辦公室裡應該沒有人。」

「辦公室平常不會上鎖嗎？」

「您來做過實務研習，應該也知道，檢察官訊問的時候，門上的燈會亮起。燈亮的時候，其他職員不會進入房間，所以並沒有規定一定要鎖門。」

「當時您身體不適，離開房間，緊接著槍聲響起，您立刻和兩名警官衝進房間，那時候有什麼東西被移動了嗎？」

「我的辦公桌都維持原狀。」

「電腦和ＩＣ錄音機也是嗎？」

「為了避免先前的紀錄被刪除，我立刻把電腦存檔了，錄音機也確定先前的內容都錄音了，再按下停止鍵。當然，這些都是在警察在場的情況下進行的。」

洋介將目光從宇賀身上移開，開始檢視眼前的辦公桌。

然後他看著古手川，徐緩地起身：

「我明白了。」

3

隔天三十日，洋介和古手川約在縣政府第二辦公大樓前碰面，這次他坐上停車場的MARK X了。

「好，第一站去哪裡？」

「我想去見仙街案的被害者家屬。大家都還住在埼玉市內吧？」

「園童們當然是，但有一位老師，老家在東所澤。」

「那，東所澤最後再去吧。」

「你要開嗎？很久沒在日本開車了吧？」

「我有駕照，但不太敢上路。以前有一次車子開到人行道上，還繼續開下去。」

「還是我開好了。」

古手川踩下油門，MARK X的輪胎發出刺耳的聲響，開出縣政府的土地。

「請安全駕駛。」

「不敢上路的人少插嘴。」

「我說了什麼觸怒您的話嗎？」

「沒想到我居然會有站在御子柴那邊的一天。噢，不要說什麼昨天的敵人就是今天的朋友。跟他？我一天都不想當朋友。」

「這種時候有個方便的成語。」

「說來聽聽。」

「吳越同舟。」

被害園童之一高畑真一，住家位在高砂一處幽靜的住宅區。根據資料，其他園童的家應該也在同一個地區。

高畑家中瀰漫著線香味。丈夫高畑正仁是厚生勞動省的公務員，妻子早苗是家庭主婦。真一是家中獨子。

「您為天生檢察官辯護嗎？」

早苗得知兩人的立場後，立刻深深行禮。

「請一定要救救天生檢察官。他替我們家屬伸張正義了。」

兩人已經預先說好由洋介發問。

「您先生去上班嗎？」

「是的。喪假結束，當天就去上班了。」

「公務員很辛苦呢。」

「我倒是很羨慕他。」

早苗幽怨地說。

「外子也很寵兒子，所以看到真一的屍體時，幾乎要瘋了……我跟他結縭十年了，從來沒看過他那麼崩潰的樣子。他喪假一結束就回去上班，也是想要用工作忘了真一。外子還有地方可以逃避，我真是羨慕。」

家庭主婦的話，只能一整天枯坐在家裡，面對和已逝骨肉的回憶。可以輕易想像，那會是多麼煎熬的一件事。

早苗請兩人為兒子上炷香，三人前往佛壇。佛壇上擺著真一的遺照，照片周圍擺了滿滿的巧克力。甜膩的香味和線香味混合在一起，讓古手川忽然感到一陣椎心刺骨的痛。

「那是他最愛吃的零食。」

古手川和洋介在佛壇前並排合掌。

看著遺照，古手川更加痛心難耐了。即使承辦過再殘忍的案子，唯獨有孩童犧牲的案子，他怎麼樣都無法習慣。因為不只是生命被剝奪，還讓人感覺連光輝的未來、照亮明天的希望都被連根刨掉的緣故吧。

「您以前認識凶手仙街不比等嗎？」

「不認識。他住在南區的別所對吧？在住家附近的超商上班。他跟我們家沒有任何關係。我也問過外子了，他說仙街這個名字，他沒看過也沒聽過。」

仙街這個姓氏確實奇特，不比等這個名字更是罕見，只要看過一次，應該就很難忘記。

「我真的恨死那個人了。我活到這輩子，第一次想要殺人。」

早苗的聲音就像是從丹田深處擠出來一樣。

「我本來就是不容易懷孕的體質，積極備孕了四年，才總算懷上了真一。我做了不孕治療，做了很多檢查，吃了一堆藥，計算時間，想方設法。花了四年，好不容易……好不容易才懷上這孩子。然而卻被那個殺人魔、平白無故……」

早苗綿綿不斷地傾吐恨意，說了二十分鐘之久，這段期間，洋介徹底安靜地聆聽。

第二名被害園童能美日向就住在附近，和高畑家一樣，是獨棟透天，玄關門貼著「忌中」的告示。

「這次換我來問。」

在高畑家，洋介奉陪了母親很久。即使不是當事人，也感到如坐針氈。洋介似乎默默承受著，但古手川不打算再把苦差事全推到他一個人頭上。

父親能美孝太郎是鮮魚批發公司的負責人，據說員工多達八十五名，在中小企業裡面，也算是規模相當大的。

「辛苦了。」

兩人說明來意，被請入客廳，男主人能美對他們深深行禮。

「這麼邋裡邋遢地出來見客，真是不好意思。」

頭髮沒有梳理，臉上的鬍碴很醒目。他應該不想接待臨時上門的客人，但對方是警察，也不能假裝不在。

「日向的葬禮結束了，但家裡還沒有回到正軌。公司那裡，專務董事他們幫忙分擔我的工作，所以我暫時先仰賴他們的好意。」

「家裡還有太太和其他孩子吧？」

「日向有個大她兩歲的姊姊，可是那件事以後，她的心就生病了……她媽媽現在陪她去看身心科。」

所以父親才會一個人看家嗎？

「我知道愈是這種時候，留下來的家人愈必須彼此扶持，可是這件事讓我們都崩潰了，自顧不暇，實在無力去照顧別人。我覺得這創傷可能要很久很久才有可能撫平了。」

一把年紀的大人憔悴不堪的模樣令人同情。

這讓古手川忍不住脫口說：

「逮捕的時候，我惡狠狠地踹了仙街的手。雖然只是點小事，但他被我踢到的地方腫了很久。」

「原來是刑警先生逮捕他的嗎？謝謝您，真的太謝謝您了。」

能美深深鞠躬。

等等，我說這些不是想要被感謝，只是希望多少讓你覺得出一口惡氣啊。

古手川連忙換了個問題：

「關於仙街不比等本人，或是他的名字，您有印象嗎？」

能美緩慢地搖頭：

「案發後，我也想過這個可能性，把離職員工名單和應徵面試名單挖出來，查了過去十年左右的紀錄。因為我懷疑或許是對我們公司懷恨在心的人所做的報復。但結果……」

「沒有符合的人，是嗎？」

「名單總共有四百多人，沒有任何一個人姓仙街。發現沒有這個人的時候，我頓時整個人洩了氣。說來丟臉，我真的當場軟在地上。」

能美自嘲地笑道。

「如果仙街的動機是報復我還是我的公司，我還比較能接受。可是連這都不是，我女兒就只是倒楣遇到毒蟲隨機殺人，這真的教人欲哭無淚。」

能美的想法也不是不能理解。他想要一個愛女注定要遇害的理由——即使原因出在自己身上也一樣。

「其實原本我們在討論要不要組成被害者家屬會，由風咲美結的爸爸擔任發起人，向檢方和法院施壓，嚴懲仙街。可是還沒談到具體事項，天生檢察官就代替我們懲治他了。」

「如果讓仙街接受司法制裁，或許就能揭開他的動機，即使如此，您還是支持天生檢察官的行為嗎？」

「知道仙街為什麼犯案當然很重要，但比起瞭解他的動機，我更想宰了他。如果可能，我想用這雙手宰了他。但就是做不到，所以只好寄望檢方和法院。可是卻有人說仙街在攻擊幼稚園的時候，如果是處於心神喪失狀態，法律就沒辦法制裁他。開什麼玩笑？奪走五條人命的畜牲憑什麼能無罪脫身？要是法院真的做出這種判決，這個國家的法律根本是瘋了。我正焦急萬分，天生檢察官就為我們一槍斃了他。對我們家屬來說，他就是正義使者。」

能美上半身往這裡傾斜，彷彿要膜拜一般。

「兩位是為了替天生檢察官辯護，才在拜訪各家的家屬呢。求求您們，無論如何都要在審判中打贏，讓天生檢察官無罪或是減刑。只要能做到，我們家屬都會不遺餘力地幫忙。」

能美把頭低到都露出後腦了，古手川如今才後悔攬下發問的職責。

辭別能美家的時候，古手川疲倦地嘆氣說：

「你說你在司法實習的時候受過實務研習，那當時你有機會像這樣和被害者家屬見面嗎？」

「沒有呢。如果課程裡面有的話，應該會有幾成的人承受不了吧。」

「我們班長老是說，即使可以承接家屬的遺憾，也絕不能感情用事。要保持冷靜，燃燒熱情。」

「感覺很像渡瀨先生會說的話。」

「咱們班長的要求老是這麼嚴格。」

「只有能夠克服的人，才會得到試練。」

古手川目不轉睛地看著洋介的側臉。洋介應該比他小個兩、三歲，卻比古手川要老成太多。像這樣與他交談，有時他甚至會錯覺對方比他還要大。

第三家一樣走路就到了。這一帶在住宅區當中似乎也是豪宅區，每一戶占地都很遼闊，建築物也很雅致。

其中風咲家也格外氣派，氣勢壓倒周圍的人家。住在其中的家人應該沾沾自喜，但鄰近居民做何感想，古手川也不得而知。

但不管住在怎樣的房子裡，失去孩子的父母，感受都是相同的。遇害的美結的父親，同樣憔悴得不成人形。

「公務辛苦了。」

風咲兼弘任職於大銀行的總行，負責業務系統的開發，說他的業務形態讓他可以在家辦公。

「內子回娘家去了……招待不周，真不好意思。」

「我們才是，抱歉在這時候來打擾。」

進入客廳後，從室內凌亂的狀況，和沙發上的積塵，看出他說家人都不在是真的。連訪客都看出來了，住的人不可能沒有自知之明。風咲羞愧地請兩人坐下。

「美結過世以後，內子的精神狀況就很不好。原本我以為是暫時性的，讓她回娘家一陣子就好了。因為美結是我們的第一個孩子，待在這個家，就會被美結的回憶壓垮，有時候我也會覺得喘不過氣來。」

「我聽能美先生說，家屬原本打算組織被害者家屬自助會？」

「是的。我無論如何都想為孩子還有老師們雪恨。但緊接著仙街就死了，所以計畫也就無疾而終了。」

風咲暫時打住，看似正拚命壓抑湧上心頭的情緒。

「計畫暫時是取消了，但現在我考慮再次召集家屬。」

「為什麼？」

「仙街已經遭到天譴了，接下來我們必須拯救天生檢察官。現在已經由坂間老師的母親主導，展開連署活動，但還沒有形成一個組織的形態。我們以後也有可能對高砂幼稚園的管理模式提出民事訴訟，所以也必須組成律師團。如果不組織一個正式的被害者家屬自助會，然後天生檢察官的連署活動無法引起媒體的關注的話，所有的一切都會變得虎頭蛇尾。」

風咲的語氣平談，但內容十分堅定。沒有流於情緒，甚至把追究幼稚園的管理責任納入視野，這是在高畑和能美那裡沒有聽到的想法。

「到時候風咲先生會是代表人嗎？」

風咲聞言，突然含糊其詞起來：

「不……我可以列名發起人，但希望由其他人擔任代表。」

「銀行員成為集體訴訟的代表，果然還是不太方便嗎？」

「不是這樣的。」

雖然古手川的問題有些挑釁，但風咲客氣地否定。

「把我的名字擺在前面，或許會為其他家屬帶來不必要的困擾。這類家屬自助會或連絡會，非常禁不起外界壓力。說得難聽一點，只要牽涉到錢和名聲，馬上就會有人反目，很容易內部分裂。只有這個組織，絕對不能步上這樣的後塵。這是為了替過世的五人和家屬雪恨，並維護關係人的名聲。」

「為什麼風咲先生的名字會引來困擾？」

「嚴密地說，很多人會對風咲這個姓氏起反應，而不是我本人。風咲這個姓氏滿少見的，記憶力好一點的人，馬上就會想到了。」

「不好意思，我記憶力很差，可以請您說得更詳細一點嗎？」

風咲皺起了眉頭，彷彿舊傷被人碰觸。

「就是東京大田區的吊車衝撞事故。」

刑警的天性，讓古手川一聽到事件名稱，記憶立刻就回來了。

「我想起來了。轎車的駕駛好像就是這個姓氏。」

「那是我父親。他現在退休在老家，樂得逍遙，但事故當時真的很慘。不曉得是從哪裡查到的，連我上班的地方都接到惡質的電話。老家受到的謾罵中傷，更是可想而知。當時我正巧外派不在國內，所以沒受到什麼騷擾。」

「如果民眾從姓氏想到那起事故，確實會對活動造成影響呢。」

「是的，所以我最好退居幕後。我能為美結做的，也只有這樣了。」

離開風咲家後，洋介詢問：

「大田區的吊車撞衝事故是怎麼回事？」

「什麼？你的記憶力也跟我半斤八兩嗎？那是很久以前的車禍了，大田區的一處工地，吊車正在搬運鋼筋的時候，一輛自用轎車從旁邊衝過來。吊車失去平衡往前衝，不巧對向車道的觀光巴士從正面和鋼筋撞成了一團，死了好幾名乘客。開車的是一名姓風咲的經濟產業省官員。」

「那是什麼時候的事？」

「記得是東日本大地震的前年，所以是二〇一〇年十月左右的事故。」

「噢。」洋介瞭然地點了點頭。「難怪，那時候我正在參加蕭邦大賽。」

那麼一路打進決賽，後來在歐洲四處表演的洋介，當然不可能知道了。這個人或許聰慧過人，但是與日本之間有著六年的空白。

洋介沉默了半晌，忽然回頭看他：

「古手川先生，可以回去縣警本部嗎？」

「怎麼突然要回去？」

「警方的資料庫裡，應該有鋼筋掉落事故的詳情吧？」

「當時為了釐清轎車司機的刑事責任，鬧得滿城風雨，因為那場事故害死了那麼多人嘛。資料庫裡絕對還留著資料吧。」

「我想知道事故經過、死者清單，還有負責偵辦的承辦人姓名。」

「還有兩位教師的家沒去。」

「這邊必須優先。」

回到縣警本部以後，古手川立刻打開分發給自己的電腦，連上案件資料庫。

『二〇一〇年十月四日，在東京都大田區大森西的工地現場搬運H型鋼筋的吊車遭到後方轎車追撞，失去平衡，失控蛇行，擦撞對向車道的觀光巴士（限乘六十名）時，掉落H型鋼筋。

觀光巴士的兩名乘務員及五十六名乘客當中，有十五人死亡、二十九人輕重傷。此外，駕駛吊車的作業員野村久義（三十二歲）也在車禍中喪生。

觀光巴士由旅行社「新帝都旅遊」承租，乘客為參加三天兩夜箱根溫泉廉價旅程的團客。

自用轎車駕駛為風咲平藏（七十二歲），為前經濟產業省產業技術環境局退休官員。警視廳搜查一課以涉嫌過失駕駛致死傷罪將風咲移送東京地檢，最後以不起訴結案。』

其中也記載著承辦此案的偵查人員姓名，裡面也有古手川認識的人，他吃了一驚。

「這內容根本搔不到癢處呢。」

洋介的語氣似乎有些亢奮。

「我想親自和這位刑警先生談談。」

當面談談，這一點古手川也完全同意。

因為他在承辦偵查人員當中看到「犬養隼人」這個名字。

隔天十月一日，洋介和古手川前往警視廳搜查一課。

「嘿，你看起來不錯嘛。」

犬養以熟不拘禮的態度迎接兩人。他還是一樣男子氣概十足，但好像仍是離過兩次婚的單身漢。

以前警視廳和埼玉縣警進行聯合偵查時，古手川和犬養搭檔過。那是俗稱的「平成的開膛手傑克事件」，古手川認為此案最後能偵破，犬養的貢獻可謂不小。

「那，你旁邊這位帥哥又是誰？」

古手川介紹洋介，同時說明來意，犬養頓時露出苦澀的表情：

「天生檢察官的案子我當然知道，但沒想到他會找來御子柴擔任律師，而且岬次席檢察官的公子還加入那一邊。這狀況實在太混亂了，我都不曉得該從哪裡吐槽才好了。」

犬養有些困惑地瞪著兩人說。

「你也是，居然在幫御子柴查案。就算幫那個律師，也沒什麼好處啊。」

「我們是吳越同舟。」

古手川答道，坐在旁邊的洋介對他笑了一下。

「咱們班長的看法是，就算嫌犯死亡，仙街案依然尚未結束。」

「你叫洋介是嗎？你也是，什麼事情不好幹，居然拿御子柴去整你老爸。你跟你爸是有什麼深仇大恨啊？」

「我認為要營救天生檢察官，這是最好的做法，並沒有其他考量。」

「既然你們選任了御子柴，絕對不會有人這麼想。我也跟御子柴交手過一次，那傢伙真是難纏到了極點。」

「這樣的人只要拉攏到自己這一邊，就非常可靠。」

「有理。自己擁有核武，總比看別人擁有要來得安心。好啦，咱們都不是閒人，差不多進入正題吧。你們要問大田區的吊車衝撞事故是吧？」

「請告訴我警方公開的內容以外的事實。」

「我剛分派到搜查一課沒多久，就發生了那起案子，所以印象深刻。現在雖然都說那是一起事故，但剛開始的階段，我們是稱它為刑案的。因為警方認為駕駛風咲平藏就是引發一連串悲劇的罪魁禍首。」

「紀錄中提到風咲因涉嫌過失駕駛致死傷罪被移送檢調。」

「案發當時風咲七十二歲，雖然沒有特殊疾病，但經過現場勘驗，結論認為是駕駛年歲已高，判斷能力及反射神經衰退，導致方向盤操作錯誤。因為方向盤操作錯誤，更加驚慌，明明把車停下來就好了，卻橫衝直撞，撞到正在搬運鋼筋的吊車。問題是接下來。」

犬養的表情變得凝重。

「駕駛吊車的作業員野村剛取得執照不久。被風咲的車一撞，他一樣陷入恐慌，闖進馬路，往前開了約三十公尺。就在對向車道出現那輛觀光巴士時，野村駕駛的吊車超越車線，導致正在搬運的鋼筋正面直擊巴士，吊車也側翻了。巴士駕駛和野村都當場死亡，巴士乘客有四十三人死傷，慘絕人寰。吊車和巴士的駕駛都死了，只剩下轎車駕駛風咲還活著，那，可以叫風咲一個人負起這起慘劇的全部責任嗎？搜查本部頭大極了。因為風咲的過失只到衝撞吊車為止，接下來的發展，是吊車駕駛野村的責任。」

犬養以手指在桌上比畫，示意各別車輛的相關位置。洋介的眼睛一瞬間都沒有從他的手指離開。

「各別來看，就是單純的車禍，但這事沒辦法這樣輕易落幕。因為死傷實在太慘重了，不能當成單純的車禍來處理。加之警方一開始對風咲的處理方式引發了抨擊。風咲年事已高，也無逃亡之虞，因此警方未將他以現行犯逮捕，這引發了民眾和媒體的怒火。而且風咲的頭銜帶來了反效果。他以前是經濟產業省產業技術環境局的次局長，與當時的官房長交情深厚。一些口不擇言的傢伙指控警方因為顧忌執政黨，才沒有逮捕風咲。」

「真的是這樣嗎？」

「至少在偵辦階段沒這種事。但是就像我說的，死傷過於慘重，無法當成單純的車禍來處理，所以搜查本部最後認定是風咲的駕駛失誤，引發吊車衝撞觀光巴士的事故，將他以涉嫌過失駕駛致死傷罪移送檢方。」

「這個罪名滿牽強的呢。」

洋介反駁，犬養舉起一手制止：

「警方完全清楚太勉強。但是不這麼做，民眾和媒體不會善罷甘休。承辦的東京地檢負責人一定相當為難吧。就算起訴，法院也實在不可能同意過失駕駛致死傷罪。要是最後落得無罪判決，到時候出大糗的就是東京地檢，一樣會招來民眾抨擊。說穿了很簡單，只是讓抨擊的矛頭從搜查本部轉向地檢而已。若要把地檢的損傷控制到最小，除了做出不起訴處分以外，沒有其他辦法。而決定做出不起訴處分的承辦檢察官，就是入廳第四年的天生高春檢察官。」

V

O Freunde, nicht diese Töne!

合唱
～「噢！朋友們，不是這樣的曲調！」～

「おお友よ、このような音ではない」

1

十月十四日上午十一點，埼玉地檢。

御子柴在法院一室與兩名男子對峙。一人是降矢稔司法官，另一人則是東京高檢的岬次席檢察官。

天生案的第一場審前準備程序，打一開始便氣氛詭譎。因為還沒有人開口發言，岬就狠瞪著御子柴不放。

這算是御子柴和岬第三度在法庭上交手了，但前兩回在第一次碰面時，岬並沒有顯露出如此強烈的敵意。在法庭上雖然也有表露感情的時刻，但基本上御子柴對岬的認知是一名能嚴以律己的檢察官。

然而這次狀況似乎不同，在聆聽降矢說明期間，岬也不斷地對御子柴釋放出死纏爛打的視線。

「那麼律師，你已經看過檢方的請求證據書面了嗎？」

「看過了。預定證明事實記載書、逮捕程序書、相驗報告書、解剖報告書、鑑識結果報告書、嫌犯供述筆錄，偵辦過程中蒐集及製作之資料，共七份。」

「對辯方來說，這些就足夠了嗎？」

「足夠了。」

「那麼，辯方預定要提出證據嗎？」

「辯方也要提出解剖報告書。」

降矢蹙眉：

「有兩份解剖報告書？」

「檢方提出的是由埼玉醫科牙科大學法醫學教室的真鍋教授製作的解剖報告書，辯方提出的則是浦和醫大法醫學教室的光崎藤次郎教授製作的解剖報告書。」

「兩份報告書內容不同嗎？」

「我想在法庭上揭示。」

「還有別的嗎？」

「目前沒有。」

「御子柴律師。」

降矢的眼神露骨地責怪：

「還有岬檢察官也請聽好，本案是現職檢察官殺人這種極端罕見的重大刑案。社會關注度固然極高，但也不容否認，本案激發了民眾對司法制度的不安。雖然並非刻意顧及民眾感情，但最好能避免審判拖沓延宕。如果能夠，我希望準備程序也只需要這一次就夠了。」

聽著這話，御子柴看見降矢背後法務省的影子。現職檢察官犯罪這件事本身，有可能動搖司法制度的基礎，令人憂心。法務省身為監督機關，一定會希望這件事盡快落幕。

「請御子柴律師務必避免像過去那樣追加證據。」

「我理解法官的意思，但律師為了被告的權益，必須全力以赴。只要是法院法規定範圍內的提出證據聲請，都請法官同意。」

可能是自覺到自己的要求原本就違反法院法，降矢苦著臉瞪著御子柴：

「第一次開庭時間是十月二十一日。兩位請多指教。」

三方會面結束時，已近正午時分。下午御子柴要去個地方。他不想浪費時間，因此直接前往位於縣府地下室的第一職員餐廳。雖然充滿昭和氣息，但味道對得起價格，因此趕時間時他都會來這裡吃飯。

才剛點好義大利麵套餐，一道人影便擋到前面來。

不出所料，是岬。

「方便借點時間嗎？」

「如果我拒絕，你會放過我嗎？」

岬不待御子柴同意，逕自在桌子對面坐了下來。

「上一回我們也像這樣面對面呢。有什麼話，怎麼不在法官面前說？」

「甲證十二、十三及二十，你確實收到了嗎？」

「哦，確實收到了。」

這次的案子全是特例，檢方的應對方式也相當破格。在審前準備程序之前，御子柴雖然預期會遭到拒絕，但還是委託法院出借證物。在檢方提交之前，辯方是無法對證物進行鑑定的。一般來說，他的要求應該會遇到重重阻礙，這次卻輕易通過了。

「既然法院都同意了，我也不該再質疑什麼，不過明理成這樣，實在詭異。難道其中有什麼文章？」

「法院會採用的幾乎都是檢方提出的鑑定書。最近也有人據此質疑過於偏重檢方。我這麼做，是想要實驗看看這個做法，你沒必要為此謝我。」

「我同意。」

檢察官大部分都很不會撒謊——御子柴再次湧出這個感想。一定是百分之九十九．九的高定罪率奪走了他們撒謊的必要性。

不會撒謊，這一點岬也不例外。會同意出借證物，是不是因為岬自己也有些懷疑這真的是天生檢察官的犯行嗎？他是否想要送交檢警以外的單位鑑定，相互比對？

「你是沒必要謝我，不過回答我一個問題吧。」

「什麼問題？」

「洋介教唆了你什麼？」

這個問題倒是意料之外。

「不是我教唆大少爺什麼，而是他教唆我嗎？」

「只要拿得出錢，就算是白的，你也能說成黑的。那個米蟲要你做什麼？」

看到岬的態度，御子柴總算恍然大悟。

在審前準備程序場上，岬對御子柴投射的視線，並非憎恨。

那是嫉妒。

是太久得不到兒子關心的父親，對於和兒子廝混在一起的男人的嫉妒。

御子柴頓時覺得荒謬起來，不客氣地吃起送上桌的義大利麵套餐。

「我趕時間，恕我邊吃邊說。首先，我沒有接到令公子任何指示。第二，我的委託人是天生檢察官，不是令公子，所以我沒必要聽從他的指示。第三，我的辯護方法不會受到第三者指示的影響。第四——」

「還沒完？」

「那位大少爺比你以為的更要真誠，而且老奸巨猾。真誠或狡猾的檢察官，我見過許多，但兩者兼具的傢伙倒是難得一見。你為什麼要放過那樣一個出色的人才？」

岬的神情一眨眼轉為險惡。

很好，愈氣急敗壞愈好。

「一開始我以為他的目的是要跟父親過不去，但似乎是我太武斷了。這不是父子衝突。是令公子單方面放棄了你和法界，對吧？」

「他不懂事物的價值。」

「這一點我就同意好了。只為了幫助司法研習生時期的朋友，不惜賠償鉅額違約金，火速歸國。這是我壓根不會去考慮的選擇。但也有些愚人尊崇這樣的選擇。」

「什麼意思？」

「改變世界的總是愚人。愚人們似乎會聚集在你兒子身邊。別小看這些人的力量了。當心哪天會被他擺一道。」

御子柴不理會對方，吃著義大利麵。

岬低吼了一聲，揚長而去。

御子柴深覺做父親真是麻煩。

迅速解決午飯後，御子柴直接前往都內文京區的湯島一丁目。他拜訪的地點是「氏家鑑定中心」。

走進時尚的商業大樓二樓。電梯門一開，眼前就是中心的研究室。

即使御子柴進入室內，聚集在中央辦公桌的研究員們依然專注於各自的分析工作，完全沒分神理他。他繼續等著，中心負責人終於從裡面的房間走出來了。

「嗨，律師，歡迎歡迎。」

氏家京太郎。過去曾是科搜研的明日之星，卻在升遷前夕離職，自己在民間開了家鑑定中心。

檢方提出的證據，只要透過法院委託科搜研鑑定，就能得到與檢方相同的資訊。但御子柴刻意選擇了向氏家委託鑑定。

「鑑定已經完成了。現在就要看分析結果嗎？」

「麻煩了。」

「那麼，這邊請。」

御子柴在氏家帶領下，前往另一個房間。房間相當狹小，三面都被專業書籍和分析儀器包圍。氏家把裝入塑膠袋密封的西裝外套和襯衫放到不鏽鋼桌面。兩者都是案發當時天生檢察官身上的衣物。

甲證十二及十三，就是指這件西裝外套和襯衫。特別是西裝外套袖口驗出火藥殘跡，成了天生是凶手的最有力證據之一。

「第一次鑑定是埼玉縣警的科搜研做的呢。」

「沒錯。」

「他們是不是被催著分析出結果？」

「我是沒聽說任何詳情，但自己人因殺人現行犯遭到逮捕，可以想像檢察廳會有多慌亂。」

「各縣警的科搜研從過去到現在，都飽受預算及人手不足所困擾。看來埼玉縣警也不例外呢。」

「分析結果很潦草嗎？」

「與其說是潦草，更應該說是不夠完整。比方說雖然做了分析，卻沒有進行實證實驗。」

「還需要實證實驗嗎？」

「在嫌犯否認犯案的情況尤其如此，我認為實證實驗做為補充分析結果的材料，非常有價值。對於缺乏經驗值的裁判員，說服力會大不相同。」

不難想像，這史無前例的醜聞，讓埼玉縣警宛如無頭蒼蠅。因為被催著進行分析作業，科搜研也無暇去做實證實驗吧。

「光是火藥殘跡，分析就很半吊子。只要花點時間，應該就能得到更細緻的結果，卻只停留在確認有火藥殘跡就結束了。這種做法，科學搜查反而有可能變成製造冤案的溫床。這是很嚴重的問題。」

氏家語氣平和，卻毫不掩飾對科搜研的批判。他不是離職以後才這樣，而是從身為科搜研一員的時候就是這種態度，想必相當遭到上級的排斥。

「氏家所長，那麼甲證二十呢？」

氏家聞言，翻閱檔案，打開符合的部分。上面是附著在手槍握柄及扳機、滑套上的指紋照片，上面附有編號「甲證二十」。

「恕我重申，這邊的分析也不充分。只是驗出與嫌犯相同的指紋就滿足了，一樣沒有更進一步進行實證實驗。只要進行實證，當然就有了考察的餘地。」

「在法庭上，有辦法進行實證實驗嗎？」

「只要法官同意的話。」

雖然剛剛才被降矢警告，但為了讓氏家出庭，應該申請追加證人吧。雖然可以想像降矢厭煩的表情，但不關他的事。

御子柴忽然湧出興趣：

「氏家所長，您為什麼會離開科搜研？據我聽說，您是在升遷前夕辭職的。」

「當時同時發生了很多事，但追根究柢，是科搜研的氛圍不適合我了吧。」

「只是因為這樣嗎？」

「對我來說，這是最重要的因素。」

御子柴道謝之後，離開鑑識中心。

哈，這兒也有個愚人。

2

十月二十一日，天生案第一次開庭。

這天，為了搶奪僅有十八席的旁聽權，地院的玄關前面大排長龍。御子柴以眼角餘光瞥著這些人，進入法院，隊伍實在太長了，他連數都懶得數。

媒體人數也很多。埼玉地院的玄關本來就不大，現在又有抓著麥克風、扛著攝影機的媒體小組們蜂擁而入，更是被擠得水洩不通。

「各位觀眾，記者現在在埼玉地院前面。請看，第一次開庭的法庭，旁聽席只有少少的十八席，但現場居然有超過五百名民眾在排隊等著拿號碼牌。由此可見，本案有多麼受到大眾關注。」

「這裡是現場，埼玉地院。距離開庭還有約三十分鐘，但地院前已是人山人海。被告，也就是現職檢察官天生高春，他在針對『平成最殘虐的殺人魔』仙街不比等進行偵訊的期間，開槍殺死了嫌犯。現在他的第一場審判即將開始了。」

「我是記者宮里！現在我來到埼玉地院的正門口。請看看這驚人的隊伍！現職檢察官殺害嫌犯這史無前例的案子，即將展開第一場審判，檢方的求刑是眾所矚目的焦點。一般認為被告天生為了阻止『平成最殘虐的殺人魔』利用刑法第三十九條逃過刑責，將其槍斃行刑，如果就如同傳聞所說，那麼重點就在於法律將如何制裁這位現代的行刑人。」

走進律師休息室，洋介就坐在L型的室內。

「早安。」

「你怎麼進來的？」

「我向櫃台提出御子柴律師的委任狀。」

「那樣一份委任狀，就放人進來？這櫃台真是漏洞百出。」

「抱歉，開庭前我沒有地方可以去。」

現在才想到？御子柴有些傻眼。洋介好歹也是在世界各地巡演演出的音樂家，要是在地院正門閒晃，絕對會有人認出他，引發騷動。

「不想引人注目，別來法院就好了。」

「也不能這樣啊。」

洋介抱歉地取出旁聽證。不是一般旁聽席，而是發給案件關係人的旁聽證之一。

「我有義務參與這場審判。」

「不管你在不在場，審理都會照常進行，做出判決。」

「您說的沒錯，但是在觀眾裡面看到認識的人，有時候非常鼓舞人心。」

「你把被告當成鋼琴家啦？」

「鋼琴家由聽眾評價，但被告是由法官評價。法界人士或許會覺得這話很傲慢，但我覺得很類似。」

「……你真的很傲慢。」

上午九點五十五分，A棟四〇四號法庭。

御子柴一入庭，便引發旁聽席些許譁然。斜眼一瞄，洋介就坐在旁聽席後方。

岬次席檢察官已經就位了。御子柴入庭的時候，岬朝他看了一眼，但隨即轉開。轉開的視線不出所料，落在洋介身上。

這間狹小的法庭裡，不只是檢方與辯方的交鋒，還上演了父子對立的戲碼。御子柴覺得這實在是既奇妙又荒誕。

接著入庭的是天生。上了手銬，被腰繩拘束的模樣，對本人應該是無比的屈辱。但天生一看到旁聽席上的洋介，僵硬的表情瞬間緩和下來了。洋介說觀眾裡面有認識的面孔，很鼓舞人心，就是這個意思嗎？

十點二分，書記官現身。

「法官入庭，請起立。」

法官席後方的門打開，由降矢領頭，三名法官及六名裁判員進來了。裁判員由三男三女構成，每一個都毫不例外，神情緊張，一看到御子柴，更是增添了怯意。在準備階段時，應該就已經向裁判員介紹過御子柴的背景了，他們會感到害怕，反而是理所當然。

「開庭。平成二十八年公訴案第二〇四五號案，現在開始審理。被告請到前面來。」

降矢宣告，天生走上前去。

「被告，你的姓名、出生年月日、本籍、住址和職業？」

「天生高春，三十六歲。昭和五十五年六月十二日出生，本籍地為栃木縣足利市本城三丁目〇—〇，住址為埼玉縣埼玉市浦和區高砂三丁目浦和一號宿舍。職業是檢察官。」

被告自述的職業是檢察官，這樣的場面難得一見。這奇妙的感覺，似乎也讓法官席上的眾人坐立不安。

「檢察官，請說出起訴書上的公訴事實。」

岬徐緩地起身。再次細看，岬體型渾圓，幾乎找不到與兒子的共通之處。

「本年九月二十二日，被告天生高春於埼玉地檢的辦公室內，因另案偵訊嫌犯仙街不比等的期間，以藏匿的手槍射殺對方。仙街為毒品慣犯，即便起訴，也極有可能因適用刑法第三十九條而被判無罪，因此被告出於焦慮及義憤，決心執行私刑，此為殺害動機。被告所為，係犯刑法第一九九條之殺人罪。」

「辯護人，檢察官所說的公訴事實，有需要解釋的地方嗎？」

「沒有。」

「那麼，接下來進入罪狀認否程序。被告，你接下來在法庭上所做的發言，將全部成為證據。對於你認為不利於己的事實，你有權保持沉默，明白嗎？」

「明白。」

天生的聲音有些沙啞。至今為止，他在檢察官席不知道聽過多少遍這些提醒，現在卻在被告席被告知。這一定也是難以忍受的屈辱。

「那麼被告，檢察官剛才朗讀的起訴書內容是事實嗎？」

「不是。我沒有殺害嫌犯仙街，我是無辜的。」

天生正面對著岬，略為垂目低視。看上去就像雖然主張清白，卻對身在被告席深感羞恥。

「辯護人，你有什麼意見嗎？」

「辯護人認為如同被告所主張，本案為一起錯誤的逮捕，並將證明此事。」

「好，被告請回座。」

法庭內瀰漫的氛圍，揉雜著控方與被告都是現職檢察官的尷尬與新奇。

「那麼檢察官，請進行開庭陳述。」

「被告天生高春於平成十九年進入檢察廳，首先任職於東京地檢，接著調至東京高檢轄內，於平成二十五年起任職於埼玉地檢。參考檢察官定期考核紀錄，被告執勤態度認真，與同期入廳的檢察官相比，做出不起訴處分的件數更少，備受肯定。此外，被告本人對此也有自覺，平素便對同僚大肆公言無罪判決和不起訴處分是檢方的污點。換言之，對嫌犯而言，無罪判決與不起訴處分，是絕對必須避免的結果。」

天生的臉頰抽動了一下。他對檢察廳的忠誠，竟然在受到讚揚之後被挑毛病，這肯定讓他很意外。

另一方面，岬所闡述的邏輯翻轉儘管老套，卻是十分管用的辯論策略，值得評價。因為過度追求定罪率，把自己逼到死胡同，這樣的邏輯，是檢察官才有的思維。岬向裁判員訴說被告由於過度忠於職務，反而偏離了社會倫理的心理。

「本年九月二十日，浦和區內的高砂幼稚園發生了一起慘痛的事件，仙街不比等攻擊該幼稚園，持刀殺害了兩名幼稚園老師及三名園童。仙街不比等在逃亡後，遭到警方逮捕。案發第三天的二十二日，仙街不比等被移送至埼玉地檢，同日下午三點，於上開地檢內的辦公室進行檢察官訊問。同時這兩天之間，針對仙街不比等慘無人道的殘虐犯行，國內各地都湧出要求嚴罰的聲浪。雖然檢察單位不會附和民眾的要求，但社會大眾極為關注檢方的處理方式及審判的走向，亦是事實。」

這是御子柴第三次聆聽岬的辯論，他巧妙融合事實與非事實，誤導聽眾的手法還是老樣子。把社會大眾的關注這種模糊的資訊，和仙街的犯行這個具體事例放在一起，讓人聽起來宛如事實。

「仙街不比等在遭到逮捕前一刻，也注射了毒品，向外界強調他是毒品慣犯的認知。雖然尚未對仙街實施起訴前鑑定，但若是同意辯方的精神鑑定要求，仙街極有可能被診斷為心神喪失。這一點對照檢察官訊問遭到中斷前的仙街本人的供述，也一清二楚。仙街不比等利用自己是毒品慣犯的事實，意圖適用刑法第三十九條。被告一向宣稱無罪判決與不起訴處分是檢方的污點，現在卻承受民眾要求處以重刑的聲浪壓力，站在他的立場，無論如何都不能讓仙街不比等的企圖得逞。」

天生緊咬下唇。岬所陳述的內容是否正中紅心，只有當事人知道，但從他的臉色也可以猜出，此番內容絕非全然的虛構。

「就在同一天，發生在川口市內的超商搶案的證物送到被告的辦公室，其中也包括了搶案中使用的托卡列夫手槍和子彈。裝有證物的紙箱在這天上午一直放在被告的辦公室裡，被告隨時有機會取走手槍和子彈藏起來。換句話說，在對仙街不比等進行訊問前，被告就準備好手槍了。同時被告也沒有忘記準備安眠藥。檢察官訊問時，辦公室裡只有承辦檢察官、嫌犯及事務官三人。若要行凶，事務官不能在場，因此需要剝奪她的行動能力。安眠藥就是達到這個目的的手段。被告在自己和事務官的茶杯裡摻進安眠藥，意圖讓事務官陷入昏迷，同時偽裝成自己也失去意識。在訊問仙街不比等的過程中，被告判斷仙街最後不是得到無罪判決，就是只能做出不起訴處分，遂利用事務官因身體不適離席的機會，以出於義憤及焦慮藏起來的托卡列夫手槍射殺了仙街不比等。」

這段陳述亦是事實與想像摻半。尤其是後半，幾乎是檢方的創作，卻由於前半提出的事實，變得宛如真實發生的事。

「如同上述，本案為被告意圖私刑懲治欲濫用刑法第三十九條的殺人犯而犯下的謀殺案。檢方已提出乙證一至十八、甲證一至三十四，證明此一事實。」

岬陳述結束，輕嘆了一口氣。岬身為高檢的次席檢察官，應該很久沒有站上法庭了，但相較於過往，辯論的表現毫不遜色。因為他是個沙場老將，徹頭徹尾的實務派。

「辯護人，檢方剛才的開庭陳述，你同意以檢方提出的乙證、甲證為證據嗎？」

「辯護人不同意甲證十二、二十以及二十四。甲證十二為案發當時被告穿著的西裝外套，甲證二十為托卡列夫手槍上的被告指紋，兩邊都被當成證明被告涉嫌殺害仙街不比等的證據，但辯護人認為這些物證全為欺罔。此外，甲證二十四為仙街不比等的解剖報告書，關於其內容，辯方主張有錯誤的可能性。」

西裝的火藥殘跡及手槍的指紋會是爭點，這就如同在審前準備程序中預告的。岬把視線定在坐在正面的御子柴身上，片刻都沒有移開。

「辯護人，請說明兩項證據有誤的根據。」

「辯護人預定在審判中說明。」

「辯護人請在下次開庭前做好辯護準備。」

反駁的材料，氏家已經準備好了。問題是反證的時機。要將檢方的主張摧毀到體無完膚，必須抓準最有效的那一刻。

「請檢察官論告。」

「檢方建請量處被告十六年徒刑。」

旁聽席傳出驚訝的呼聲。殺害一個人，十六年徒刑的量刑算是相當嚴厲的，尤其死者是仙街這種隨機殺人犯，觀感上更是感覺過重。但考量這樣的求刑，是為了警惕出於個人情感的私刑行為，以及對司法制度的堅持，就可以理解。簡而言之，就是殺一儆百。

「請辯護人陳述意見。」

「辯護人主張被告無罪。」

「現在就要詢問被告嗎？」

「不。」

「請在下次開庭前準備好。下次開庭日為十月二十二日。閉庭。」

待法官們離開後，眾旁聽人陸續起身。一般旁聽人裡面，似乎有幾個是媒體，他們如脫兔般朝出口發足狂奔。

天生戀戀不捨地看了岬之後，被帶回來時的路。

洋介確定他的背影從法庭消失後，慢慢地起身。接著向父親點了一下頭，離開了。

最後留下的岬狠瞪了御子柴一眼：

「你好像有話想說？御子柴律師。」

「其實連我自己都很驚訝。」

「少在那裡賣關子了，到底是怎麼了？」

「我實在很同情你。」

辦公大樓玄關處，大批媒體嚴陣以待。

「御子柴律師，第一次開庭情況如何？」

「您果然主張無罪嗎？」

「您有勝訴的把握嗎？」

「有人說天生檢察官是現代的行刑人，您有什麼看法？」

「請說說您的感想！」

前進方向被層層阻擋，寸步難行。御子柴目射凶光地一瞪，伸過來的麥克風和ＩＣ錄音機後退了一下。過去做的壞事曝光以後，雖然顧客減少了，卻也不全是壞事。這種時候的嚇唬變得特別有效。

「讓開。」

御子柴沉聲一喝，前方的人潮一分為二，讓出路來。感覺就像變成了摩西。不過自己幾乎把十戒全犯遍了，算得上遵守的，大概就只有不妄稱神的名和不可姦淫而已。

就在前方看到停車場的那一刻——

「御子柴——！」

車子後方突然跳出一個人影。

發現對方伸來的手中握著槍時，已經太遲了。

砰！

一道比開香檳還要低調的聲音後，下一秒御子柴胸口一陣劇痛。中槍了。

力量從疼痛的部分開始流失。看看摀住胸口的手，滿是鮮血。

御子柴再也站不住，跪倒在地。

「是槍聲！」

「御子柴中槍了！」

「叫警察！」

「叫救護車！」

視野模糊，群眾的聲音逐漸遠離。

可惡。

很快地，御子柴失去了意識。

清醒過來時，御子柴人躺在醫院病床上。

「真是太抱歉了！」

山崎整個人折成超過九十度，頭低到都露出後腦勺了。洋介站在山崎旁邊。

「就算律師拒絕，我還是該派幾個年輕人保護律師的。完全是我判斷錯誤了。」

由於槍擊地點就在埼玉縣警本部的咫尺之處，攻擊御子柴的歹徒才剛逃走就被逮捕了。歹徒是金森會的準成員，為了上個月的判決宣告，欲報復讓宏龍會的釧路減刑的御子柴。

幸好子彈沒有打中要害，但部分內臟受損，失血也不少。儘管無性命之虞，但醫師交代幾個星期內都不能下床走動。

「攻擊律師的槍手被抓了，但下令的傢伙還在根據地逍遙。這樣下去會讓人瞧扁了，走著瞧吧，我們一定會替律師報這個仇！」

「你想做什麼？」

「我們要為律師報仇血恨，以慰律師在天之靈！」

「我還沒死。你們要鬧是你們家的事，但至少等我出院了再說吧。」

「這又是為什麼？」

「有人鬧事，我等著撈錢啊。」

山崎繼續低著頭，就這樣退出病房，留下洋介一個人。

「沒有大礙，真是太好了。」

「這叫好人不長命，禍害遺千年。我遇過不少生死關頭，命硬得很。」

「一定是因為還有人需要律師。」

「你也知道吧？我以前殺過人。」

「應該是老天爺要律師連那個人的份一起活下去吧。」

御子柴啞然無語。洋介明明比自己小了一輪，怎麼能雲淡風輕地說出這種話？簡直就跟那個冥頑不靈的指導教官一樣。

「可是，醫生交代御子柴律師必須靜養，這下損失大了。只能請求明天以後的開庭延期，尋找其他律師，但我實在想不到有哪個律師能代替御子柴律師。」

「要代替我的話，我有個人選。」

「是哪位？」

御子柴的手指著洋介。

洋介的反應令人叫絕。御子柴料定一點小事驚嚇不了他，但唯獨這時，洋介彷彿被殺個措手不及，驚慌失措。

「你替我上法庭辯護。」

「請別開玩笑了。律師也知道，我雖然參加過司法研習，但是在複試前一刻退所了。我並沒有律師資格。」

「你是司法考試榜首的秀才，別再假謙虛啦。可別說你不知道，在地方法院層級，只要法院同意，即使沒有律師資格，也可以被選任為特別辯護人。」

刑事訴訟法第三十一條第一項為「辯護人原則上應選任律師充之」，但接下來的第二項又補充「特殊情況，得選任非律師為辯護人」。

洋介似乎想起了法律條文，顯得左右為難。

「你怕了嗎？」

「我不只一次蔑視司法。不光是兩度放棄考試，明知道某人犯了罪，卻甚至不願去舉發。」

「無聊。」

御子柴斬釘截鐵地說。

「就是過去犯了錯，才有今天的我們。你剛才的話，不就是這個意思嗎？」

「可是……」

「不惜支付鉅額違約金，也要為了朋友從大海另一頭飛回日本。能夠拯救你如此重視的朋友的人，就只剩下你而已了。即使如此，你還是要逃避嗎？」

洋介沉默了。

御子柴看得一清二楚，那是為了立下決心的沉默。

3

原本預定的第二次開庭，結果改為在十月二十四日舉行。因為律師御子柴禮司缺席，必須另外選任特別辯護人，花了整整一天的時間。

聽到御子柴遭到凶彈攻擊，緊急住院，岬大驚失色。他為了夙敵擔憂，明明不信這套，卻甚至祈求上蒼，別讓御子柴贏了就跑。但得知代替御子柴被選任的特別辯護人人選時，他的祈禱變成了詛咒。

岬洋介——他的兒子要站上法庭了。

這完全就是晴天霹靂。聽到法院的決定時，他怒火中燒，渾身顫抖。過去這個兒子也一再違抗父親的意思，這次更是欺人太甚。除了報復父親以外，他想不到還有什麼理由了。

岬運用自己的情報網，打聽到法院選任洋介擔任特別辯護人，最大的理由似乎是考量他在司法研習時期成績優秀。這一點勉強是說得過去，但岬依然怒火難消。

不過法院已經做出決定，無可奈何。

十月二十四日，在埼玉地院，天生案第二次開庭。和第一次一樣，上午十點於四〇四號法庭舉行。

岬瞪著坐在律師席上的洋介。洋介本人態度平靜，面無表情，被告席的天生儼然得到意外驚喜禮物的小孩般，至於降矢等眾法官們，則似乎不曉得該擺出什麼樣的表情才好。

不光是這樣而已，旁聽席上，還坐著埼玉縣警本部搜查一課的渡瀨警部，以及他的部下古手川刑警。

「開庭。進入審理前，先說明選任特別辯護人的經緯。」

降矢說明御子柴缺席的理由，以及洋介被選任為特別辯護人的來龍去脈。昨天一天就搞定這件事，反過來說，意味著這件事並不構成什麼問題。

「那麼，進入審理。上次辯護人主張不同意檢方提出的甲證十二、二十及二十四號證物，請說明根據。」

洋介倏地起身。可能是因為熟悉登台之故，抬頭挺胸的站姿顯得英姿煥發。

岬在內心咒罵。

你該站的位置不是那裡。

為什麼你就是不肯站在這裡？

「首先是甲證十二的西裝外套。如同開庭陳述所說明，案發當時，被告穿著這件西裝外套。由於袖口驗出火藥殘跡，導致被告蒙上嫌疑，但辯護人現在將進行一項簡單的實證實驗，來證明這項證據不可信。」

洋介從帶來的皮包裡取出西裝外套和襯衫。

「庭上，甲證十二及十三，是被告的西裝外套和襯衫，我帶來這裡的，是和證物相同品牌、相同尺寸的衣物。我想請被告穿上這些衣物，可以嗎？」

「穿上相同的衣物，有什麼意義？」

「可以證明檢方的主張有誤。」

「同意。」

「感謝庭上。那麼被告，請配合。」

在眾目睽睽之下，天生脫下身上的襯衫，上身赤裸後，穿上洋介遞給他的襯衫和西裝外套。

「被告，穿起來感覺和平常穿的衣物一樣嗎？」洋介問。

「一樣。」

「那麼，請伸出一隻手，做出舉槍的動作。」

天生依言把右手往前伸。

整隻手伸直後，便可以看出西裝外套袖子有些不夠長。襯衫袖子從西裝外套袖口露出了近五公分。

「被告知道自己的西裝外套尺寸嗎？」

「我穿M號。」

「沒錯。可是實際穿上去，袖子卻不夠長。被告知道理由嗎？」

「我的手比別人更長一些。我的父親也是這樣，或許是遺傳吧。」

「沒錯。被告的雙手長度比一般人更長。所以穿上市售的M號西裝外套，不管怎麼樣都會露出裡面的襯衫袖子。可是，為什麼襯衫袖子就夠長呢？」

「襯衫的話，我知道一家訂做價格不貴的店，我都去那裡訂做。訂做西裝是沒辦法，但襯衫的話，我的薪水還負擔得起。」

「襯衫和西裝外套尺寸不一樣，被告不會覺得穿起來不舒服嗎？」

「這個季節，會穿西裝外套的機會就只有偵訊或上法庭的時候而已，所以我不怎麼在意。」

「庭上。」

岬忍無可忍地舉手。

「辯護人從剛才就一直在談論西裝尺寸，我認為這沒有意義，只是徒然拖延審理時間而已。」

「這件事關係重大。」

洋介眉毛連動也不動一下。

「正如各位所見，被告只要把手伸直，就一定會露出西裝外套底下的襯衫袖子。以這個狀態開槍，西裝外套袖口不用說，襯衫袖口也應該要驗出火藥殘跡才對。然而實際驗出火藥殘跡的就只有西裝外套袖口，這豈不矛盾嗎？」

岬語塞了。法官們似乎也相當疑惑。

「庭上。辯護人預先申請了證人，以釐清這項矛盾。請同意我詢問證人。」

「同意。」

洋介打了個手勢，一名長髮束在腦後的男子入庭了。

「證人請上證人席。」

在降矢命令下，證人前往證人席簽名蓋章並朗讀宣誓書。

「證人，請說出姓名及職業。」

「氏家京太郎，三十三歲。我在湯島經營一家民間的研究所『氏家鑑定中心』。」

「你在本案鑑定了什麼嗎？」

「我針對甲證十二的西裝外套，以及甲證十三的襯衫進行了火藥殘跡鑑定。」

「請說出鑑定結果。」

「首先是襯衫，襯衫這邊完全沒有驗出任何火藥殘跡。」

「那西裝外套呢？」

「西裝外套袖口確實驗出了火藥殘跡，但也驗出了ＧＳＲ以外的物質。」

陌生的名詞讓幾名裁判員露出不解的樣子。

「證人，請說明何謂ＧＳＲ。」

教人咬牙的是，洋介對周圍的氛圍十分敏感。這或許是在舞台上培養出來的能力，但是在法庭上肯定也十分有助益。

「子彈發射出去，雷管的成分就會受熱噴散。這些微粒子成分就叫做ＧＳＲ，Gunshot residue，也就是射擊殘跡。微粒子成分一般是放入溶液來進行有機分析，但是在我的鑑定中心，除此之外還會加上利用紅外線的顯微分析。結果驗出了埼玉縣警的科搜研所提交的報告書中所沒有的成分。」

「請說明成分內容。」

「是被告的唾液。」

「西裝外套使用者的唾液沾附在袖口，這感覺是日常生活會發生的事。」

「確實是日常生活中會發生的事，但附著狀態有疑問。唾液是附著在ＧＳＲ的外側。白話一點說，這代表西裝外套沾上ＧＳＲ以後，穿著這件西裝外套的人又說了很久的話，而且是用比平常更大的音量在說話。」

「根據檢方提出的資料，被告在遭到逮捕後，就立刻被脫下了西裝外套。根據前述的襯衫尺寸及這個事實，證人會如何解釋從西裝外套驗出的火藥殘跡？」

「GSR噴到西裝外套，是發生在被告進行會話更早以前的事，而且很有可能不是被告開的槍。」

「抗議！」

「檢察官請說。」

「辯護人在讓證人說出他的臆測。」

「這不是臆測，而是邏輯推理。這是專家經過科學分析所導出的結論，我認為應當予以尊重。」

「抗議駁回。辯護人請繼續。」

作勢起身的岬又坐了回去。

這是科搜研的分析不完整，以及埼玉地檢的管理體制所招致的糗態。是只要花更多的時間進行縝密的分析，然後地檢細查報告內容，就可以防止的出糗。

「接下來我想針對甲證二十，亦即凶槍上的指紋進行反證。」

洋介從手邊的檔案取出甲證二十的資料。法官席的螢幕上應該也出現了一樣的資料畫面。

「證人，看到這張照片，您有什麼發現嗎？」

「有的，但我想直接展示實物，比較容易理解。」

「證人帶了實物過來嗎？」

「有一把槍口封住，無法發射的手槍。」

「庭上，為了實證需要，可以同意證人在法庭上展示帶來的手槍，而不是申請證據嗎？」

「抗議。拿預定證明事實記載書中沒有的物品來反證，有違審前準備程序之主旨。」

「這不是要證明，而是反證。向各位說明之後，從紀錄上刪除也沒關係。」

「檢察官，如果是說明所必要的物品，應該無妨吧？辯護人及證人，同意。」

這是詭辯！岬在心中呻吟。即使從紀錄上刪除，還不是已經影響法官的判斷了？

忽然間，岬有種既視感。他以前也經歷過這種焦慮與迫切感。

想起來了。這與和御子柴交手時感覺到的恐懼太相似了。

『那位大少爺比你以為的更要真誠，而且老奸巨猾。』

御子柴的話在腦海中復甦。他的意思是，兒子比他還要狡猾嗎？

證人台上，氏家從皮包裡取出托卡列夫手槍，向法官席展示。

「托卡列夫手槍是舊蘇聯陸軍在一九三三年正式採用的軍用手槍。因為以量產為目標，因此致力於追求減少零件數量和組裝工程，最大的特徵，就是連安全裝置都沒有。此外，這種槍的滑套很沉重，握把是直線形狀，非常難握。此外——」

可能是愈說愈來勁，氏家喜孜孜地指著扳機。

「考慮到是要供應身形壯碩的蘇聯兵使用，扳機護弓做得相當大。因為拿掉了安全裝置，取而代之，扳機變得很沉。」

「謝謝您的說明。那麼，證人發現了什麼事？」

「從附在槍上的指紋來看，指紋的主人實在不可能拉動滑套，扣下扳機。」

氏家的話，引發法官席一陣輕微的譁然。

「你能證明嗎？」

「我剛好帶來了採指紋用的簡易工具組。」

「被告，請到這裡來配合實驗。」

洋介把天生叫過來，讓他握住托卡列夫手槍。

「請拉動滑套，接著扣下扳機。」

天生聽從洋介的指示，操作手槍。

喀啪！

一道擊錘撞擊的沉響。

「好，可以了。」

氏家接過托卡列夫手槍，將粉末塗抹在槍身上。輕吹一口氣後，上面浮現出完美的指紋。

一目瞭然。槍身上浮現的指紋每一枚面積都很大，完全不是甲證二十上的指紋能比較的。

「就像我剛才說明的，托卡列夫手槍的握柄很難握，滑套和扳機都很沉重。若要確實開槍射擊，一定會像這樣留下明確的大面積指紋。甲證二十的指紋所顯示的握法，應該只能勉強扶住槍身而已。」

岬原想反駁應該有個人差異，但還是罷休了。在實證實驗中扣扳機的是被告本人，是最適合做比較的對象，個人差異的反駁說詞，實在是過於蒼白無力。

「那麼證人，從甲證二十附著在槍上的指紋，您聯想到什麼？」

「那是被別人抓著手去握槍造成的。以前我在偽裝成開槍自殺的案子裡看過相同的指紋形狀。」

「抗議。證人所說的完全只是印象。」

「抗議成立。剛才的證詞請從紀錄中刪除。」

岬覺得真是場鬧劇。洋介明知道檢方會提出抗議，而讓氏家滔滔不絕地說明。

「檢察官要反詰問嗎？」

岬語塞了。他已經對證詞中不滿的部分提出抗議了，沒什麼要補充的事項。

「沒有。」

待氏家和天生走下證人席後，洋介繼續辯論：

「根據以上的說明，我要反證ＧＳＲ噴射到被告的西裝外套袖口上，是發生在被告說話之前更早的事，而且極有可能不是被告開的槍。為了鞏固這項反證，我要申請案發當時離被告最近的人做為證人。」

「請。」

宇賀現身證人台。眼鏡底下的眼睛因疲憊而變得混濁。

「我叫宇賀麻沙美，二級檢察事務官，任職於埼玉地檢。」

「您是什麼時候被錄取的？」

「兩年前。」

「您是被告的檢察官輔佐，對嗎？」

「是的。」

「您從什麼時候開始輔佐被告？」

「剛錄取的時候就是了。我在研習期間聽到天生檢察官的名聲，主動申請成為天生檢察官的事務官。」

「上班時間，您經常和被告在一起嗎？」

「我們午休時間錯開，所以會分開行動，但除此之外的時間，幾乎都在一起。」

「您還記得案發當時被告穿著西裝外套的時間嗎？」

「我記得當時白天很熱，所以檢察官幾乎都只穿襯衫。不過在對仙街不比等進行訊問時，穿上了西裝外套。」

「在訊問嫌犯時，被告說了很多話嗎？」

「因為是訊問，印象中差不多就是訊問該有的說話量。」

「我問完了，謝謝。」

「檢察官，需要反詰問嗎？」

「不用。」

宇賀走下證人台，洋介重新轉向降矢：

「庭上，接著辯護人想要反證甲證二十四的解剖報告書，在那之前，要先提出律證一。律證一同樣是仙街不比等的解剖報告書，我想請證人來說明內容。」

「請。」

接著現身的是一名滿頭白髮往後梳攏的老人。他的步伐徐緩，但目光炯炯，氣勢非凡。

老人也在證人台上簽名蓋章後，朗讀宣誓書。

「證人請說出姓名和職業。」

「光崎藤次郎，浦和醫大的解剖醫師。」

「編號律證一的解剖報告書，是教授製作的嗎？」

「沒錯。」

「裁判員是一般民眾，請淺白地說明這份報告與先前提出的甲證二十四之間有何不同。」

「還不同哩。」

光崎語帶不屑地說。

「那個開刀的真鍋是個庸醫。那傢伙寫的報告書，可信度只有八卦雜誌的水準。」

光崎缺德的發言，讓一名裁判員笑出聲音。

「請具體說明您不認同的部分。」

「真鍋的看法是，子彈是從三公尺的位置發射的，但這首先就錯了。托卡列夫的貫穿力強大，但要貫穿人體，還是有條件的，那就是必須緊貼著人體開槍。你們看前胸的槍彈創。」

螢幕上出現照片。應該是在光崎的法醫學教室拍攝並經過整理的資料照片。照片各別附上標題，因此可以對光崎的指示立即做出回應。

「看得出來嗎？射入口幾乎呈圓形。」

「是的。」

「外圍周邊有噴散的碳粒。這叫近射，從極近的距離開槍時，就會呈現這樣的碳粒和火藥顆粒的附著現象。」

「您說極近的距離，具體來說，是幾公尺以內呢？」

「並沒有具體規定幾公尺以內。因為不同的槍枝，性能有差異。不過有個標準，上肢以內，也就是從肩膀到指尖的距離以內，就可以算是近射。」

「約八十公分左右呢。」

「就算是托卡列夫這種貫穿力優越的手槍，三公尺的距離也不可能造成這樣的射入口。此外，從前胸射入的子彈擊碎了肋骨，貫穿心臟，抵達背部。你們看背部的槍彈創。」

殘留在背部的槍彈創呈線狀，就像一道刺傷。

「粉碎的小骨片噴出，導致射出口有時會呈切創狀，比射入口還要大。這麼強大的貫穿力，還是有極高的機率是近射。」

眾裁判員點著頭，貌似信服。如果這是在一開始要求淺白說明而帶來的結果，表示這一切都照著洋介的計畫走。

「我說上一個醫師是庸醫，還有另一個理由。」

「請說。」

「是射入角的問題。真鍋認為是在雙方坐著的狀態下開的槍。那樣的話，相對於身體，子彈必須是以幾乎九〇度的角度射入才對。然而分析子彈從射入口到射出口的軌跡，顯示開槍者是從俯視坐著的對象的角度開槍的。」

「有可能是隔著深一公尺的辦公桌，以幾乎水平的角度開槍的嗎？」

「絕對不可能。」

「辯護人沒有問題了。謝謝證人。」

「檢察官，要反詰問嗎？」

「要。」

「請。」

岬站了起來，與光崎對峙。

「證人剛才說，說是近射，也並非具體規定是幾公尺以內。」

「沒錯。」

「沒有具體規定，卻又說有標準，這不是彼此矛盾嗎？」

光崎聞言，表情突然垮了下來：

「我是老東西嗎？」

「……咦？」

「我是在問你，我看起來像個老東西嗎？」

「在發問的應該是我。」

「別管那麼多，你坦白說說你的看法。」

「證人滿頭白髮，臉上的皺紋也很明顯，恕我直言，證人應該屬於老人的年紀。」

「哼。那麼，依據檢察廳的規定，老人是指幾歲以上的人？當然，是完全不管健康狀態還有外觀的強健程度，單純用實際年齡和生日做區別的規定。」

「沒有這種規定。」

「就跟這是一樣的。沒有具體規定，但還是有個標準，不是嗎？檢察廳自己都做不到的事，你卻要求法醫界要做到嗎？」

旁聽席有人笑出聲來。

岬差點漲紅了臉。

「關於射入口，證人說你分析了子彈從射入口到射出口的軌跡。有沒有可能是射入的子彈打到肋骨，導致彈道改變？」

光崎沉默，盯了岬半晌。

「證人？」

「對證詞雞蛋挑骨頭的問題沒有意義。聽清楚了，肋骨每一根都相當細小，禁不起衝擊，是人體最容易骨折的部位之一。你真心認為打到這麼脆弱的骨頭就會改變彈道的威力，有辦法貫穿人體嗎？」

岬連一聲都吭不出來。

「……我問完了。」

作證結束的光崎威風凜凜地循原路回去了。岬連自己都覺得難看到家，但洋介似乎絲毫沒放在心上。

「庭上，關於仙街不比等犯下的幼稚園攻擊案，辯護人想請證人作證。」

降矢露出詫異的表情：

「這跟本案有關嗎？」

「是的。辯護人打算證明這兩起案子互有關聯，以及最根本的問題：為何被告會蒙上殺人嫌疑？」

「好吧，請。」

「請申請的證人上台。」

申請證人的內容，岬也已經掌握了。最後一名證人是個身形魁梧，看上去卻有些邋遢的四十多歲男子。

「證人，請說明您的姓名和職業。」

「犬養隼人，警視廳刑事部搜查一課的警察官。」

「您是幾年入廳的？」

「二〇〇七年。」

「從一開始就派到警視廳嗎？」

「是的。不過是隔年才編入搜查一課的。」

「那麼，您記得二〇一〇年十月四日發生的大田區吊車衝撞事故嗎？」

「我記得當初是當成刑案偵辦，而非意外事故。因為我也是承辦人之一。」

「麻煩證人大略說明一下那是怎樣一起案子。」

犬養清了一下喉嚨，娓娓道來。

說到六年前，已經是相當久以前的往事了。這也顯示了當今社會變動有多麼快速，但就連岬都對這起案子的梗概有印象。高齡長者開車衝撞工地吊車，失去平衡的吊車衝出馬路，在懸吊著鋼筋的狀態下與對向車道的觀光巴士撞成一團。包括巴士及吊車駕駛在內，有十六人喪命，是一起大慘劇。儘管如此，身為前官員的始作俑者高齡轎車駕駛最後卻獲得不起訴處分，負責此案的東京地檢飽受抨擊。

「……以上就是這起案子的概略。儘管釀成十六人死亡、二十九人輕重傷的大慘劇，高齡駕駛風咲平藏以涉嫌過失駕駛致死傷罪被移送檢方，最後卻得到不起訴處分。是一起結果讓人難以接受的案子。」

「證人，謝謝您的說明。請問證人還記得在車禍中不幸喪命的犧牲者嗎？」

「警方蒐集了案發當時的眾人證詞，因此我記得幾乎每一個人的姓名。」

「過世的十六人當中，有沒有印象令您格外深刻的人？」

「觀光巴士的旅遊行程，是三天兩夜的箱根溫泉廉價旅程，因此有不少乘客是夫妻檔，其中有兩對夫妻不幸雙亡。在這起悲慘的事故中，這又顯得格外悲慘，因此我印象特別深刻。」

「可以請您說出這兩對夫妻的姓氏嗎？」

「其中一對夫妻姓仙街。」

犬養此話一出，眾裁判員顯而易見地大受動搖。

岬也一樣震驚不已。沒想到兩起事件居然在這裡連上了？

「庭上，辯護人要提出編號律證二的證物，請各位觀看手邊的螢幕。」

岬也連忙搜尋洋介所說的證物。律證二是一張照片。照片上，一名慈祥老人滿臉融化的笑，和一名身穿嶄新制服的女童依偎在一起。

「這張照片是今年四月，在高砂幼稚園的入園典禮拍的。女童是在不久前的攻擊案中不幸身亡的風咲美結小妹妹，老人則是風咲平藏先生，也就是導致吊車衝撞事故的轎車駕駛。平藏先生有ＩＧ帳號，這是在帳號上公開的照片之一。這張照片，辯護人是在仙街不比等的手機裡面取得的。我們將已刪除的照片復原回來。也就是說，仙街不比等會看風咲平藏先生的ＩＧ，有辦法得知他的孫女進入高砂幼稚園就讀。」

法庭上一片鴉雀無聲。

降矢打破了沉默：

「辯護人，你的意思是，仙街不比等攻擊高砂幼稚園的動機，是為了殺害風咲平藏的孫女？」

「仙街不比等已經死亡，要證明他的動機，是近乎不可能的事。但當時在現場的園童，有人作證說：『壞人刺了兩個老師，然後走向我們。他一邊走，一邊刺了真一跟日向，還刺了美結。然後其他班的老師跑來了，所以壞人從窗戶跑走了』。換句話說，也可以解讀為仙街的目標從一開始就是風咲美結，兩名老師和兩名園童都是無辜被捲入。

從ＩＧ的照片，可以輕易想像風咲平藏先生非常寵愛孫女。儘管引發了吊車衝撞事故，平藏先生卻得到不起訴處分，逃過刑責，但也因為這樣，當時社會輿論對他極不諒解。對於飽受世人唾罵，今年七十八歲的平藏先生來說，孫女美結小妹妹是怎樣的存在？如果孫女被人以殘酷的方法奪走，平藏先生會有何感受？這些都不難想像。人到了某個年齡，有些事情是比自己被殺更要痛苦難耐的。」

感覺法庭完全成了洋介的獨奏會。但父親岬卻還是抓不到打斷的時機。

「可是辯護人，現在我們知道仙街不比等攻擊高砂幼稚園的可能動機了，但這件事與本案有什麼關係？」

「要證明兩者的關聯，必須請證人繼續作證。證人，剛才說到夫妻雙亡的例子，如果警方曾經蒐集案發當時的證詞，應該也有機會和家屬談話吧？」

「有的，我也和另一對夫妻的家屬說過話。」

「那名家屬現在也在法庭裡面嗎？如果有的話，請您指出那個人。」

犬養的手指水平移動，毫不猶豫地指向某人的臉。

那個人就是宇賀麻沙美事務官。

「另一對夫妻姓遠山，女兒當時十八歲，我和她談了很久。我自己也有個女兒，因此特別感同身受。」

「我要再次請教證人吊車衝撞事故的始末。轎車駕駛風咲平藏最後獲得不起訴處分，請問做出這個處分的承辦檢察官是誰？」

「是天生檢察官。」

看看天生，他看著宇賀，整個人彷彿凍結了。

「根據宇賀事務官的戶籍資料，她在父母雙亡後，立刻被母親那邊的宇賀家收養。因為當時她才剛上大學，宇賀家似乎認為父母雙亡的狀態，可能會對她的將來造成影響，才決定這麼做。就這樣，遠山麻沙美變成了宇賀麻沙美，因此承辦吊車衝撞事故案的被告對她毫無印象也是當然的。另一方面，可以想像，宇賀事務官當然知道被告是誰。請回想一下她剛才的證詞：『我在研習期間聽到天生檢察官的名聲，主動申請成為天生檢察官的事務官』。她的父母因為一場毫無道理的事故而喪生，檢察官卻對罪魁禍首的駕駛做出不起訴處分，那名檢察官就是天生高春。知道這件事之後再回頭來看，感覺她會親近被告，絕對不是被被告良好的名聲所吸引，反而是為了復仇，這樣想應該比較自然。」

宇賀的臉僵住了。原本靜觀其變的警官們步步近逼，縮短和她的距離。

「案發當天，被告把西裝外套留在辦公室，出去午休。知道這段期間辦公室裡沒有人的，除了被告以外，就只有宇賀事務官。有機會在茶杯裡摻進安眠藥、有辦法讓昏睡的被告握住托卡列夫手槍、以及有機會從證物箱裡偷走托卡列夫手槍的人，都只有宇賀事務官一個人而已。」

「抗議。」

岬覺得自己好久沒出聲了。口中一片乾渴。

「辯護人理解案發當時的狀況嗎？宇賀事務官感覺身體不適，離開辦公室，緊接著室內才傳出槍聲。她沒有機會射殺仙街不比等。」

「如果實際上的槍擊時間，比槍聲更早的話呢？」

「什麼？」

「開庭之前，我曾經問過宇賀事務官案發之後如何應對。她是這樣回答的：『為了避免先前的紀錄被刪除，我立刻把電腦存檔了，錄音機也確定先前的內容都錄音了，再按下停止鍵。當然，這些都是在警察在場的情況下進行的』。接下來是不是這樣呢？宇賀事務官接近被告，一直在尋找復仇的機會，這時剛好收到了川口超商搶案的證物。宇賀事務官事先就知道證物有哪些東西，認為終於等到誣陷被告的機會了。她穿上被告丟在辦公室的西裝外套，用偷走的托卡列夫手槍開了一槍。GSR飛散，火藥殘跡留在被告的袖口。當然，她在這時候把托卡列夫的槍聲錄進IC錄音機裡了。現在的錄音機性能極佳，播放出來的聲音臨場感十足。」

洋介從口袋裡取出IC錄音機。

「這台錄音機和宇賀事務官所使用的是同一廠牌、同一機型。」

下一秒，IC錄音機傳出鋼琴彈奏的一個音。

裁判員席傳出驚嘆聲。錄音應該是洋介自己彈奏的琴音，那道琴音傳遍了法庭的每一個角落。

「摻進茶杯裡的安眠藥發揮藥效，被告陷入昏睡，確定這一點後，宇賀事務官繞到仙街面前，將其射殺。站在被告與辦公桌前面的話，與目標之間的距離不到兩公尺。從俯視坐著的仙街的位置開槍，證跡便會與律證一的解剖報告內容一樣。托卡列夫手槍雖然並未裝上滅音器，但只要用厚毛巾包裹住槍身，便能充分滅音。把毛巾包裹到手腕處，也能避免ＧＳＲ噴濺到衣物。前面說明也提到，托卡列夫手槍的握柄對日本人的手來說太大，滑套和扳機也都很沉重。但如果用毛巾包起來，反而更容易操作。最重要的是，不會留下指紋。宇賀事務官射殺仙街後，取下毛巾，抓住昏迷的被告的手，讓他握住手槍。如此一來，便可以解釋為何托卡列夫手槍的握柄、扳機和滑套上會沾到被告的指紋。」

宇賀的表情變得愈來愈猙獰。然而洋介滔滔不絕，彷彿要斷了她的退路。

「因為是預先錄音，播放槍聲的時機也可以輕易調整。宇賀事務官喝下摻入安眠藥的茶水，按下錄音機播放鍵，離開辦公室，緊接著槍聲響起，她和守在門口的兩名警官一起回到房間，如此便完成了密室開槍事件。宇賀事務官在確認ＩＣ錄音機內容時，是使用耳機。這樣就能假裝確認紀錄內容，將槍聲錄音刪除，而難以被人察覺。」

洋介暫時打住，降矢催促地問：

「辯護人認為仙街和宇賀事務官是共謀犯案嗎？」

「被告被任命為仙街不比等的承辦檢察官，完全是巧合。仙街有可能是在檢察官訊問的時候，從天生這個姓氏，想到對方與自己的冤仇。另一方面，宇賀事務官一直想要復仇，但應該是在得知川口的超商搶案證物會送到地檢的時候立下決心的。此外，如果兩人是共謀犯案，犯罪情節應該會更加單純。庭上，本案當中，唯一的一個巧合，就只有被告被選派為幼稚園攻擊案的承辦檢察官。仙街不比等和宇賀事務官同樣都在事故中父母雙亡，但仙街的復仇目標是風咲平藏，宇賀事務官的復仇目標則是被告。兩人的目標不同，但由於被告被任命為仙街的承辦檢察官，導致各行其是的兩人計畫交會在一起了。本案就是這樣一起事件。」

洋介一說明結束，宇賀便迫不及待地展開反擊：

「我聽完您的長篇大論了。我是吊車衝撞事故的遺孤，這一點是事實，但您指控我殺害仙街不比等，證據在哪裡？」

「宇賀小姐，您的眼鏡很漂亮呢。」

洋介這番突兀的稱讚，讓宇賀事務官似乎被殺個猝不及防。

「您的眼鏡只有那一副嗎？」

「對，沒錯，上下班我都只戴這副眼鏡。」

「剛才證人針對火藥殘跡做過說明，不過ＧＳＲ噴散的範圍其實相當廣。手和袖口只要用毛巾包起來，或許可以防止噴濺，但眼鏡就沒辦法了。而且聽說只是用水沖洗，也洗不掉ＧＳＲ，會附著在物體上好一段時間。剛好鑑定專家就在這裡，請他分析一下您的眼鏡如何？」

宇賀事務官反射性地就要摘下眼鏡，卻被靠近的警官架住了手。

「放開我！放開我！」

看著宇賀事務官不死心地反抗，岬感到肩膀垮了下來。

一敗塗地。

「辯護人反證完畢。」

「檢察官，要反詰問嗎？」

再多說什麼，也沒有意義。

「沒有。」

「有沒有其他異議？」

「沒有。」

降矢輕嘆了一口氣，重新環顧法庭：

「雖然這是第二次開庭，但我認為審理已經十分充足了。接下來將在十一月七日進行最終辯論。閉庭。」

降矢等人從法官席後方的門退庭，許多旁聽人也一臉震驚地離去。渡瀨還是一樣臭著一張臉，古手川則是一副開心到要比讚的表情。

被請來擔任證人的氏家和光崎教授踩著有些疲倦的步伐離開。犬養一副神清氣爽的模樣，穿過兩人旁邊趕往大門。

洋介規規矩矩地向每一個人行禮。和岬對上眼時，洋介一樣向他行了個禮。

岬的心中充斥著羞恥與憤怒。他甚至想要直接衝向兒子，惡狠狠地賞他一拳。

然而他卻也有股奇妙的爽快感。

被自己的兒子擊敗，或許是一件痛快的事，他想。

他以禮還禮。

岬向兒子行了個禮，步出法庭。

～終曲～

エピローグ

「辛苦了。」

天生走出東京拘留所的正面玄關，洋介正在外面等他。

「也沒被關那麼久，有辛苦到什麼。這都多虧了你。」

「是御子柴律師幫忙整理辯論內容的。你應該向他道謝才對。」

「我考慮。」

結果，東京高檢撤銷了對天生的起訴，將宇賀麻沙美視為新的嫌疑人展開調查。

據前來會面的岬次席檢察官說，宇賀已經承認了大部分的罪嫌。讓天生昏迷的安眠藥，似乎是她以前因為失眠請醫師開的藥物。

宇賀使用的ＩＣ錄音機在科搜研的努力下，成功修復了被刪除的資料。如同洋介的推理，刪除的檔案裡面有槍聲的錄音。

但是讓宇賀全面自白的契機，還是因為從她的眼鏡驗出了火藥殘跡。

『檢察官訊問到一半，仙街好像就發現我是那起事故的遺孤了。我不知道他對我有什麼樣的觀感，但是當我拿槍對準他的時候，他露出彷彿瞭然於心的笑。只有那瞬間，我和他是共犯。』

據說風咲平藏得知孫女和她的老師、同學是因為自己過去肇事的車禍而慘遭殺害，當場瘋狂哭喊起來。如果目睹他的反應，或許仙街不比等和宇賀麻沙美也能多少感到痛快一些。

「我真的不知道要怎麼謝你。」

天生抓住洋介的手，原本就要用力握緊，卻在前一刻鬆手：

「抱歉，你是鋼琴家，這雙手價值連城。」

「謝謝你這麼貼心。」

「要謝的人是我。」

可是天生說不下去了。因為他知道這位朋友為了將他救出困境，揹上了多麼龐大的債務。

今年預定的演奏會全部中止，或是延期了。雖然明確的數字還沒有出來，但違約金少說也會破億吧。這不是一介公務員的天生還得起的數字。即使還得起，他覺得洋介也絕對不會收。

「最起碼我的案子的律師費，我想要自己付。多少錢？」

「他說不用了。」

天生不禁懷疑自己聽錯了：

「那個守財奴居然不收律師費？」

「他說半途放手的案子不收錢，這是他的方針。」

天生覺得看見了無良律師意外的一面。

「對了，你會跟你父親和好嗎？」

「我不會改變。倒不如說，我沒法改變吧。這一點他應該也是一樣的。」

「你們兩個都一樣頑固。」

「我們是父子嘛。」

洋介與天生相視苦笑。

「你馬上又要飛去海外了嗎？」

「我在等經紀人連絡。在那之前，應該會暫時留在日本。」

「搞不好又會被捲進什麼事件喔？」

「是啊。好像有點烏鴉嘴，但我也覺得有這個可能呢。」

〈解說〉

出道十週年紀念長篇
眾星雲集的夢幻競演

大森望

- 翻譯家 · 書評家 -

開頭就談私事，實在不好意思，但其實我和本書作者中山七里一樣，都是一九六一年出生，在今年（二〇二一年）步入花甲。中山先生（至少從他過去的日記來看）惜睡如金，整天豪邁暢飲三牌混合而成的能量飲料，每個月馬不停蹄地揮灑出超過六百頁的稿子，任何時候見到他，都是氣宇軒昂，一打開話匣子就停不下來，活力充沛，儼然二十四小時戰鬥狀態的昭和上班族。相對地，敝人這幾年已經完全禁不起半點勉強了。我從去年底便飽受嚴重的肩痛折磨，別說工作了，連閱讀都無法隨心所欲，我深覺這樣下去不行，立下決心，抬起素日名符其實、沉重無比的屁股，前往附近的伸展操教室求助。負責接待的年輕女教練A小姐問我職業，我說：「我做些小說翻譯，或寫些書評。幾乎足不出戶，整天對著電腦工作。」

結果A小姐說：

「真的嗎？我也很喜歡看書，尤其是推理小說。」

「是喔？妳都看哪些作品？」

「什麼都讀，不過最喜歡的作家是中山七里。那是叫大逆轉嗎？會出現一連串讓人跌破眼鏡的發展，好奇到底會怎樣，忍不住不小心熬夜讀完。」

聽到這話，我吃了一驚。噢，多巧啊！剛好可以當做這篇解說的段子——我在腦中筆記下來，但仔細想想，會覺得吃驚，是我認識太淺，因為中山七里老早就是一名廣受閱讀的知名作家了。

重新回顧，中山七里以榮獲第八屆「這本推理小說真厲害！」大獎的得獎作《再見，德布西》出道文壇，是二〇一〇年的事。這部第一部長篇作品立刻引爆口碑話題，二〇一三年翻拍成電影，由橋本愛及清塚信也主演，並在二〇一六年改編為電視劇（由東出昌大及黑島結菜主演）。

筆者在擔任「這本推理小說真厲害！」評審委員，讀到《再見，德布西》時，完全想像不到這部小說會有續集，但緊接著就在二〇一〇年十月，作者以配角（偵探）鋼琴家岬洋介為主軸，推出了第二部作品《晚安，拉赫曼尼諾夫》。「岬洋介」系列於焉誕生，接下來陸續推出《永遠的蕭邦》、《邂逅貝多芬》等，現在已成為銷售累計突破一百五十二萬冊的大人氣系列了。

除了這部系列以外，中山作品有超過十部作品改編成電視劇。二〇二〇年，「刑警犬養隼人」系列的《死亡醫生的遺產》拍成電影，由綾野剛主演。二〇二一年，「宮城縣警」系列的《那些得不到保護的人》預定上映（佐藤健、阿部寬主演）。中山七里在影視界也是各方競相合作的寵兒。

出道後約十一年多的時間裡，中山七里已經出版了近六十本作品。平均起來，以每年五本的速度持續推出新作，而且沒有任何一本作品令人失望，是令人驚異的娛樂作家。

相當於出道十週年的二〇二〇年，中山七里達成了連續十二個月，月月推出新刊的偉業，神乎其技（若加上七本文庫化的作品，等於是出版了十九本！）。在這值得紀念的一年的重頭戲，由出道的出版社寶島社於三月推出的，就是這本《合唱　岬洋介的歸還》（呼，總算把話題帶到本書了）。

從副標題就可以看出，這是「岬洋介」系列的最新長篇，但不光是這樣而已。翻開這篇解說一開始稍微提到的作者的日記（幻冬舍文庫《中山七顛八倒》（中山七転八倒））），開頭二〇一六年一月六日的日記中，提到作者與寶島社責編K洽談的場面。作者寫道：

『K編說「差不多就快迎接中山老師出道十週年了，我正在思考一些企畫」，所以我提議在二〇二〇年的出版計畫中，推出包括岬洋介在內（中略），在其他出版社的系列中擔綱主角的角色總主演的故事如何？但是提議之後我就後悔了：到底要讓誰當主角才好？』

這是寶島社的企畫，當然是由岬洋介當主角啦！我不知道K編有沒有這麼說，但這個計畫穩健地進行，四年後，以岬洋介為中心，中山七里作品的眾星齊聲「合唱」的本書誕生了。主題曲當然是《第九號》，也就是貝多芬第九號交響曲《合唱》。

如此這般，本書一開場，是中山迷所熟悉的埼玉縣警搜查一課的古手川和也與他的上司渡瀨這對搭檔率先登場（橫跨《連續殺人鬼青蛙男》、《魔女復甦》、《開膛手傑克的告白》、《泰米斯之劍》、《贖罪奏鳴曲》、《希波克拉底的誓言》等系列登場）——沒想到下一秒，嫌犯已經落網。劇情發展之迅速、節奏之明快，十足中山七里風格。

接著登場的是相當於本書準主角的埼玉地方檢察廳刑事部一級檢察官天生高春。

「岬洋介」系列的前作《再會貝多芬》的主角再次登場——倒不如說，描寫岬洋介的司法研習生時代的該作品，應該就是做為《合唱　岬洋介的歸還》的前傳，或是為本書鋪陳而寫的。證據就是，《再會貝多芬》的最後，研習生同窗的天生高春對著拋棄司法之路，選擇成為鋼琴家的岬洋介說：

「難保以後我可能會陰錯陽差而變成被告。到時候，你要來當我的辯護人。」

岬是這麼回答的：「就算是從地球背面，我也一定會趕來幫你。」

後來十年過去——

本書的天生高春成為埼玉地方檢察廳刑事部一級檢察官，承辦闖入幼稚園大開殺戒的「平成最殘虐的殺人魔」仙街不比等的案子。然而在偵訊嫌犯期間，天生高春突然失去意識，當他醒過來時，眼前是遭人槍殺的仙街的屍體……。被當場逮捕的天生高春淪為殺人命案的被告，等著接受司法制裁。到底發生了什麼事？天生高春主張自己的清白，然而他的處境壓倒性地不利，沒有人願意擔任他的委任律師，為他辯護。

另一方面，岬洋介已成為世界級的鋼琴家，但當他在世界巡迴演奏會途中，一得知老友遭到逮捕的消息，便立刻取消所有的演出預定，從匈牙利的布達佩斯趕回日本，實踐十年前的約定——這便是副標的「岬洋介的歸還」。即使是先讀到本書的讀者，也請務必拿起《再會貝多芬》，瞭解兩人在年輕歲月曾經擦出過什麼樣的火花。

岬洋介雖然回國了，但他並沒有律師資格。因此他選擇了「無良律師」御子柴禮司擔任天生高春的辯護人。這名不擇手段贏得勝利的律師，在中山所有的角色當中，應該也是極具個性的一位。御子柴在講談社的「御子柴律師」系列（《贖罪奏鳴曲》、《追憶夜想曲》、《恩仇鎮魂曲》、《惡德輪舞曲》、《復仇協奏曲》）中擔綱主角，改編的電視劇，WOWOW電視台「連續劇W」的「贖罪奏鳴曲」是由三上博史、東海電視台「大人的週六連續劇」的『惡魔律師　御子柴禮司「贖罪奏鳴曲」』則是由要潤飾演御子柴一角。

光是御子柴與岬洋介組團負責辯護，就足夠讓書迷們垂涎三尺了，而且代表檢方指揮偵辦與審判的，竟是岬洋介的父親岬恭平（曾在「岬洋介」系列及「御子柴律師」系列登場）。這三人唇槍舌劍、你來我往的法庭場面，應是本書的最高潮。當然，御子柴事務所的辦事員日下部洋子也登場了（在電視劇「惡魔律師　御子柴禮司」中由Becky飾演）。

不過在本書現身的明星不只這些而已。祥傳社的「希波克拉底」系列（《希波克拉底的誓言》、《希波克拉底的憂鬱》、《希波克拉底的試練》），有浦和醫大法醫學教室的老大光崎藤次郎教授、栂野真琴助教（WOWOW「連續劇W」的「希波克拉底的誓言」中，各別由柴田恭兵及北川景子飾演）以及凱西．潘道頓副教授登場。光崎教授快刀斬亂麻的刀法及一針見血的毒舌，在本書中也大放異彩。

此外，「刑警犬養隼人」系列（《開膛手傑克的告白》、《七色之毒》、《哈梅爾吹笛人的誘拐》、《死亡醫生的遺產》、《該隱的傲慢》〔暫譯，カインの傲慢〕）中，警視廳刑事部搜查一課的一匹狼刑警犬養隼人也來參了一腳。在朝日電視台的電視劇版中，是澤村一樹飾演此一角色。

光從飾演各角色的演員大名，就可以知道卡司有多華麗。完全當得起十週年紀念，是名符其實的全明星陣容。雖然常說過強的個性會彼此衝撞，全是明星的隊伍反而無法發揮實力，但這就是中山七里的本領所在，即使將個性突出的角色集中在一本作品，也顯得水乳交融，天衣無縫。而且做為單獨作品也完全成立，即使是完全沒讀過其他中山作品的讀者，也能沉浸其中。若是跟著本書登場的各個角色，延伸閱讀本系列的其他作品或系列，大概好幾個月都不愁無書可讀。當然，對於像我一開始介紹的A小姐這樣的中山迷來說，是最棒的禮物。請各位盡情沉醉在這場夢幻競演中吧！

中山七里作品

出場角色全記錄

中山作品的登場人物及時代彼此複雜相關。

這裡網羅了作者出道後第十一年共五十六冊作品（※1）的登場人物。

※1　收錄 2010 年 1 月～ 2019 年 3 月出版的作品

※2　相關圖中的□裡的數字，為此系列以外本角色有出現的相關作品。

1 《再見，德布西》(さよならドビュッシー)

(寶島社)單行本2010.1／文庫2011.1／(野人)2014.7

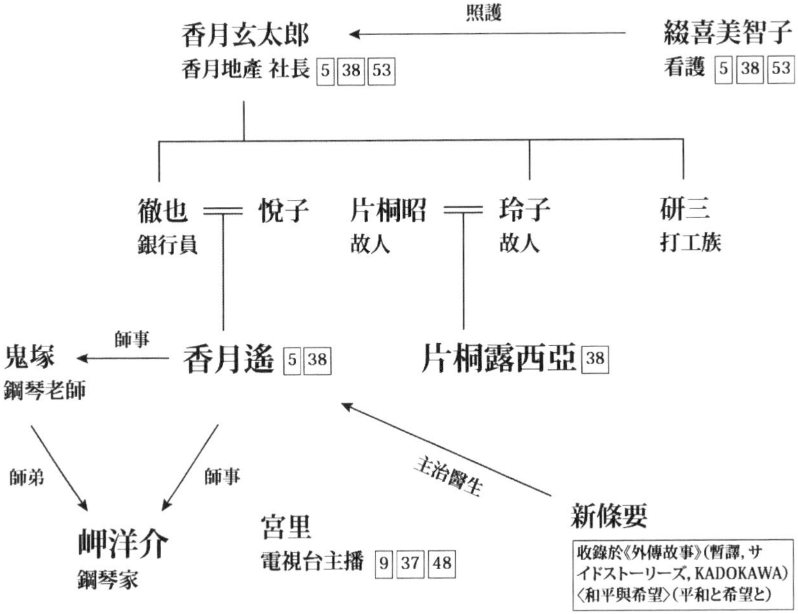

劇情簡介

十六歲的少女香月遙立志成為一名鋼琴家。某天父母外出不在，遙和祖父、表姊妹被捲入夜間大火，雖然獨自倖存，全身卻遭到嚴重的燒燙傷。但她仍發誓要成為鋼琴家，歷經嚴酷的復健，為比賽投入魔鬼訓練，然而身邊卻陸續發生不祥的變故，甚至發生了凶殺案——。值得紀念的《再見，德布西》系列第一作！第八屆《這本推理小說真厲害！》大獎得獎作。

2 《晚安，拉赫曼尼諾夫》（おやすみラフマニノフ）

（寶島社）單行本2010.10／文庫2011.9／（野人）2014.9

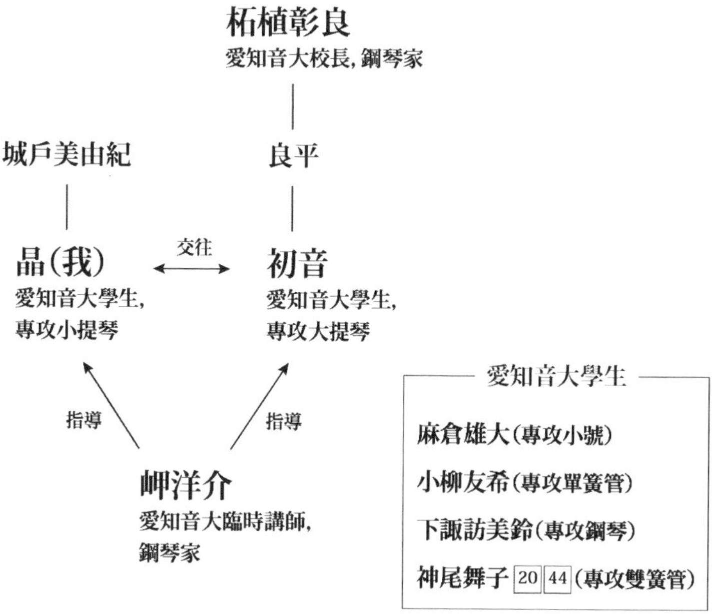

劇情簡介

音大生城戶晶即將在被譽為稀世拉赫曼尼諾夫琴手的校長親自登台的定期演奏會上擔綱樂團首席，為此拚命練習。然而預定在演奏會上使用的時價二億圓的史特拉第瓦里大提琴竟從密室狀態的保管庫中不翼而飛。演奏會迫在眉睫，卻又接連發生許多無法理解的怪事。融合優美的音樂描寫與縝密的詭計，人氣音樂推理系列第二集！

3 《連續殺人鬼青蛙男》(連続殺人鬼カエル男)

(寶島社)文庫2011.2／(瑞昇)2015.5

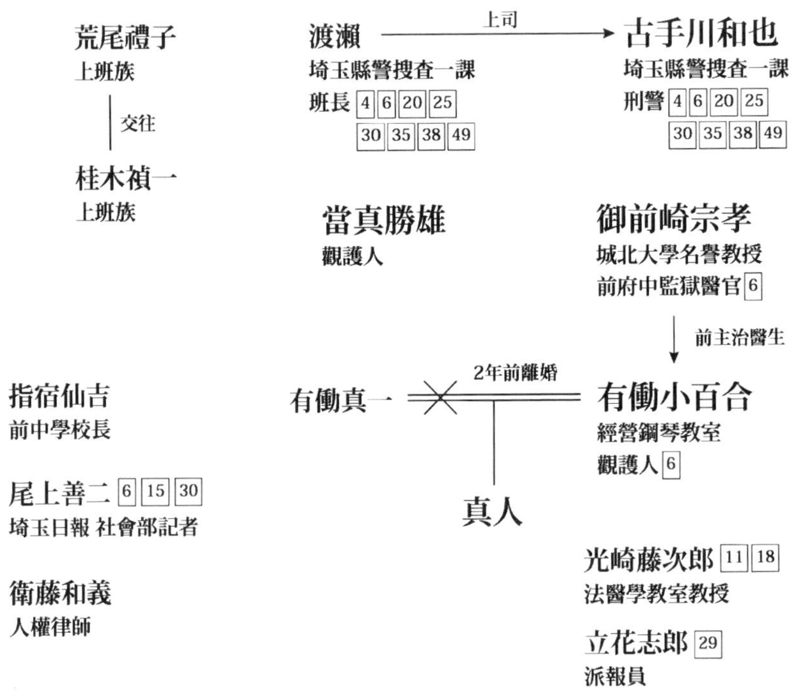

劇情簡介

派報員發現了一具懸掛在公寓十三樓的全裸女屍，一旁放置著筆跡稚拙的犯罪聲明。這就是殺人鬼「青蛙男」讓民眾陷入恐懼與混亂漩渦的第一起犯案！警方的偵查遲無進展，卻又陸續發生第二及第三起命案，全市陷入恐慌……亂無章法地持續犯下獵奇命案的青蛙男，他的目的究竟是什麼？警方有辦法查出凶手的身分，阻止他繼續行凶嗎？

4 《魔女復甦》(魔女は甦る)

(幻冬舍)單行本2011.5／文庫2013.8／(瑞昇)2020.2

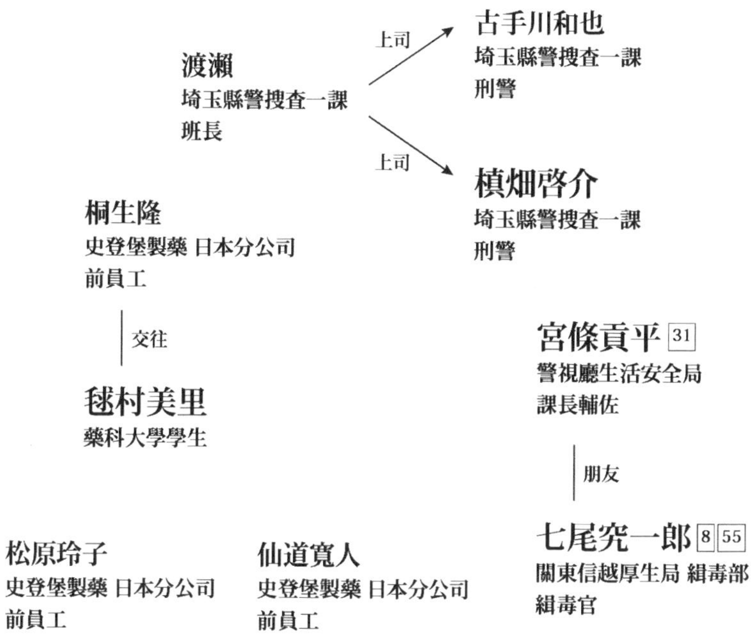

劇情簡介

原本任職於藥廠的研究員在上班地點附近，被人發現化成一團骨肉，埼玉縣警槙畑刑警展開調查。然而公司兩個月前便已經關閉，員工也行蹤不明。同一時刻，附近發生嬰兒綁架案，鬧區發生持日本刀隨機殺人案，都立高中發生校園槍擊案。一名老實的研究人員，怎麼會死得如此面目全非？各起案件彼此間的關聯逐漸浮現，勢不可擋地迎向充滿恐懼與驚愕的結局……

5 《五張面具的微笑》（さよならドビュッシー前奏曲）要介護探偵の事件簿

（寶島社）單行本2011.10／文庫2012.5／（瑞昇）2014.12

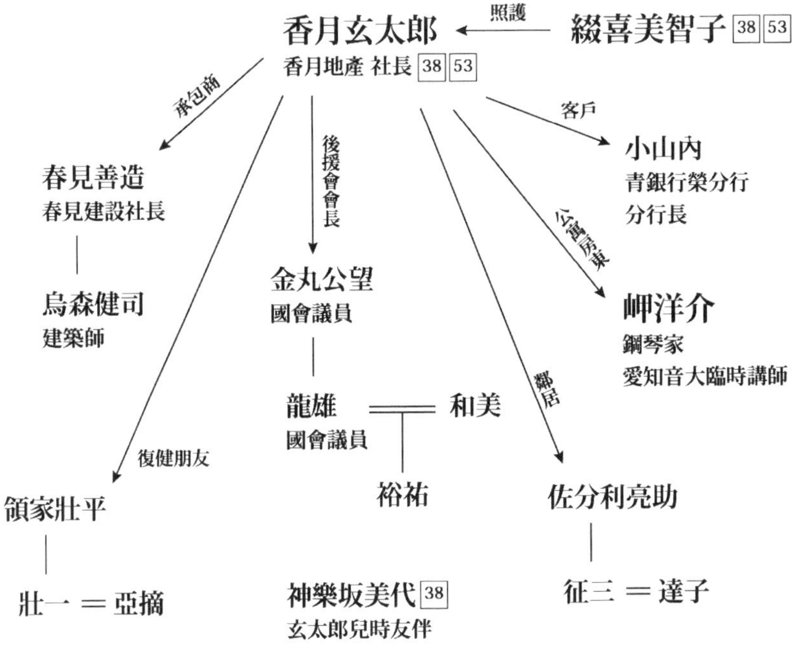

劇情簡介

《再見，德布西》裡登場的玄太郎爺爺大顯身手！即使因腦中風而半身不遂，坐上輪椅，玄太郎依舊精力十足地經營公司。某天他經手的房產中居然發現了一具屍體，而且還是一起完全的密室殺人案。玄太郎直呼警方不可靠，把看護美智子牽扯進來，挺身揪出凶手……。收錄了〈冒險〉（要介護探偵の冒險）等玄太郎挑戰身邊發生的五起困難事件的連作短篇推理作。

6 《贖罪奏鳴曲》（贖罪の奏鳴曲）

（講談社）單行本2011.12／文庫2013.11／（獨步）2015.8

御子柴禮司
律師 13 27 35

↓ 老闆

日下部洋子
御子柴法律事務所
辦事員

渡瀨 ——上司→ **古手川和也**

渡瀨：埼玉縣警搜查一課 班長

古手川和也：埼玉縣警搜查一課 刑警

稻見武雄
關東醫療少年院
前教官 22 34

東條彰一 ＝ **美津子**
經營製材廠。
故人

（子）**幹也**

加賀谷龍次
記者

尾上善二
埼玉日報社會部
記者 3 15 30 54

寶來兼人
律師 9 13 17 26 54

島津小百合 3

御前崎宗孝 3

劇情簡介

律師御子柴禮司總是向被告獅子大開口，因此惡名昭彰。他曾在十四歲時犯下女童分屍案，被送進少年院，後來改名換姓成為律師。這次御子柴接下了一起三億圓保險金殺人案的辯護工作，卻被記者挖出他的過往。然而這名記者竟離奇身亡，御子柴蒙上了殺人嫌疑，但他擁有牢不可破的不在場證明：同一時刻，他正在東京地院出庭辯護！

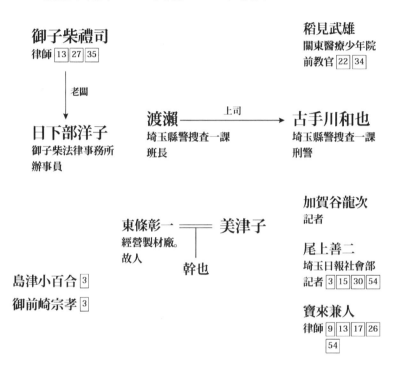

7 《包在靜奶奶身上》(靜おばあちゃんにおまかせ)

(文藝春秋)單行本2012.7／文庫2014.11

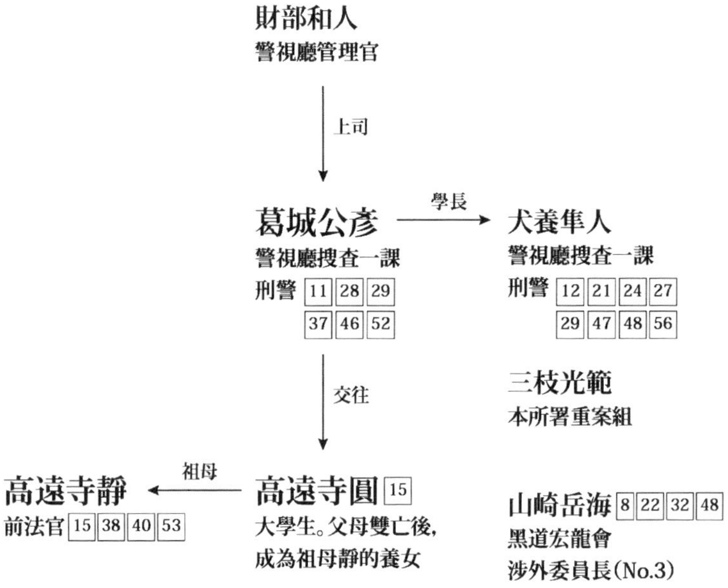

劇情簡介

警視廳一課刑警葛城公彥，唯一的優點就是老好人的個性。雖然他與聰明伶俐沾不上邊，但是在女友高遠寺圓的協助下，今天也挺身破解困難案件。立志成為法律人士的圓，其實有曾任法官的靜奶奶擔任她的智囊。靜奶奶以孫女轉述的案情概要為線索，逐一破解密室殺人、新興宗教的教主神祕失蹤等事件。可是這位安樂椅偵探自己其實隱藏著一個巨大的祕密！

8 《HEAT UP》（暫譯，ヒートアップ）

（幻冬舍）單行本2012.0／文庫2014.8

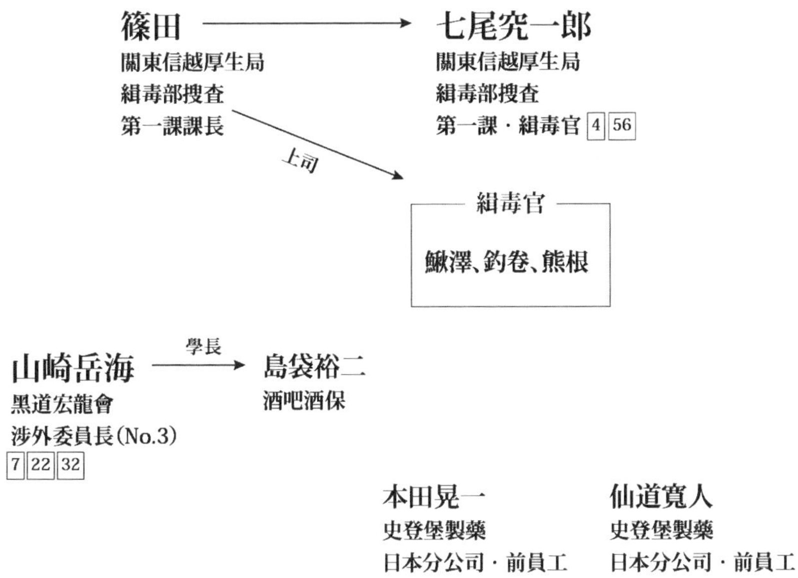

劇情簡介

《魔女復甦》一案經過兩個月，藥廠為士兵開發的毒品「HEAT」仍無法徹底掃蕩，引發多起淒慘的黑道火併事件。黑道幹部山崎向追查藥頭的緝毒官七尾究一郎提議合作。為了將藥頭逮捕歸案，七尾在無奈之下與山崎搭檔，命案凶器的鐵棒上面卻驗出了他的指紋，讓他淪為嫌犯……。七尾有辦法脫離困境，洗刷殺人嫌疑嗎？

9 《Start!》(スタート!)

(光文社)單行本2012.11/文庫2015.2/(瑞昇)2015.7

大森宗俊 ═══ **真澄**
傳說級電影導演

五社和夫 ═══ **五月**
電影製作人 電影製作人

小森千壽
攝影師

吉崎徹
助導

宮藤映一
助導
│兄弟
宮藤賢次
警視廳搜查一課
刑警 26 28 37 46 52

六車圭輔
劇作家

竹脇裕也
出身偶像的演員

曾根雅人 24
帝都電視台製作人

山下真紀
女星
│姊妹
山下麻衣
真紀的經紀人

宮里 1 37
電視台記者

寶來兼人
律師 6 9 3 17 26 54

劇情簡介

傳說級的電影導演大森宗俊即將開拍新電影《災厄的季節》。各方好手集結於巨匠身邊,卻面臨重重挑戰。金主製作人不斷干涉,外圍團體亦頻頻挑剔劇本,搞得負責統整現場工作人員的副導宮藤映一一個頭兩個大,這時攝影棚發生了意外事故!在這烏雲籠罩的狀況中,電影真的有辦法殺青嗎?對電影的熱情炸裂,讓人不忍釋卷的推理作品!

10 《永遠的蕭邦》（いつまでもショパン）

（寶島社）單行本2013.1／文庫2014.1／（瑞昇）2015.2

威托爾德・史蒂芬斯 —兒子→ **楊**

華沙音樂學院教授　　蕭邦大賽參賽者

↕ 前同事

亞當・康明斯基

華沙音樂學院校長

安東尼・溫伯格

波蘭國家警察 主任警部

↓ 前同事

亞當・康明斯基

波蘭國家警察 刑警

蕭邦大賽參賽者

岬洋介（鋼琴家）

榊場隆平（失明的日本鋼琴家）

艾德華・歐爾森（美國鋼琴家）

艾蓮・莫羅（法國鋼琴家）

劇情簡介

波蘭的國際級比賽蕭邦鋼琴大賽即將開幕。然而比賽會場竟發現雙手十指被切斷的刑警屍體，會場周邊恐怖活動頻傳。代號「鋼琴家」的世界級恐怖分子似乎正潛伏在華沙。前來參加大賽的岬洋介，身不由己地被捲入這場混亂……。岬洋介發揮敏銳洞察力的人氣音樂推理系列作！

11 《開膛手傑克的告白》(切り裂きジャックの告白)

(KADOKAWA)單行本2013.4／文庫2014.12／(瑞昇)2014.7

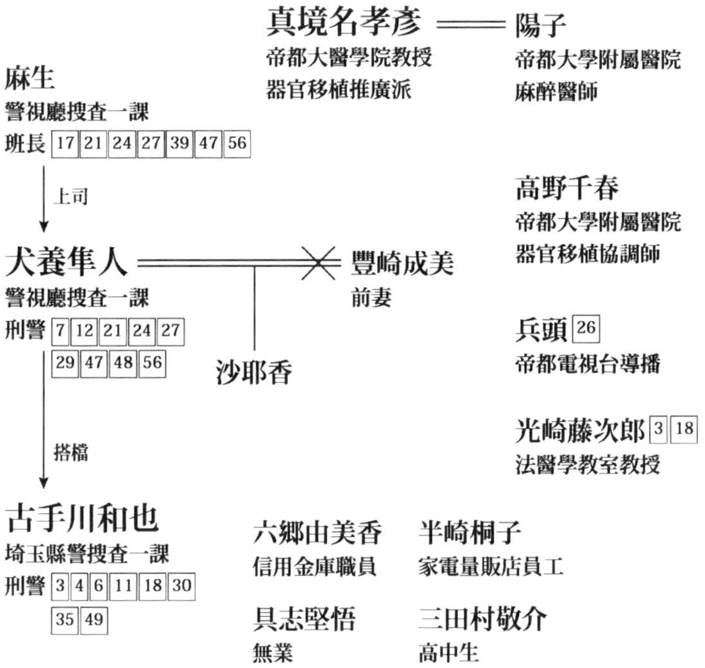

劇情簡介

一具內臟全被掏空的年輕女屍在公園被人發現。自稱「傑克」的凶手寄送犯罪聲明到電視台，緊接著川越有一名粉領族遭到相同的手法殺害。兩名被害者之間找不到任何關聯。是仇殺？還是隨機殺人？警視廳搜查一課的王牌刑警犬養在查案過程中，發現了與兩名被害者有關的某人姓名。傑克與警方令人屏息的激烈攻防戰在此上演！

12《七色之毒》(七色の毒)

(KADOKAWA)單行本2013.7／文庫2015.1／(瑞昇)2014.10

高瀨昭文
客運公司的
調度管理人員

小平真治
巴士駕駛

多多良淳造
巴士乘客

犬養隼人 ═ ✕ **豐崎成美**
警視廳搜查一課
刑警
前妻

沙耶香

帆村亮
釣具行老闆
｜交往
本橋惠美

篠島拓 ═ **香澄**
前搖滾歌手
作家

嵐馬周戶
新人獎投稿者

佐田啓造 ═ **祥子**
運動場附近
的居民

日澤中學2年A班學生
東良春樹、保富雅也、影山健斗

桑島翔
有女裝癖的小學生

樫山有希
巴士車禍的被害者

小栗拓真
小學生
足球隊

黑澤公人
遊民

劇情簡介

高速巴士的自撞車禍，釀成一人死亡、八人輕重傷的慘劇，巴士駕駛遭到逮捕。原以為是打瞌睡肇事，但警視廳搜查一課的犬養刑警對此萌生疑心……〈紅色之水〉。遭到霸凌的國中男生跳樓自殺的意外真相〈黑色之鴿〉。殺死新人獎得獎作家的到底是誰？〈白色原稿〉自在刻畫人心惡意，宛如七彩標題般，在最後令人驚嘆叫絕的推理連作集！

13 《追憶夜想曲》(追憶の夜想曲)

(講談社)單行本2013.11／文庫2016.3／(獨步)2015.12

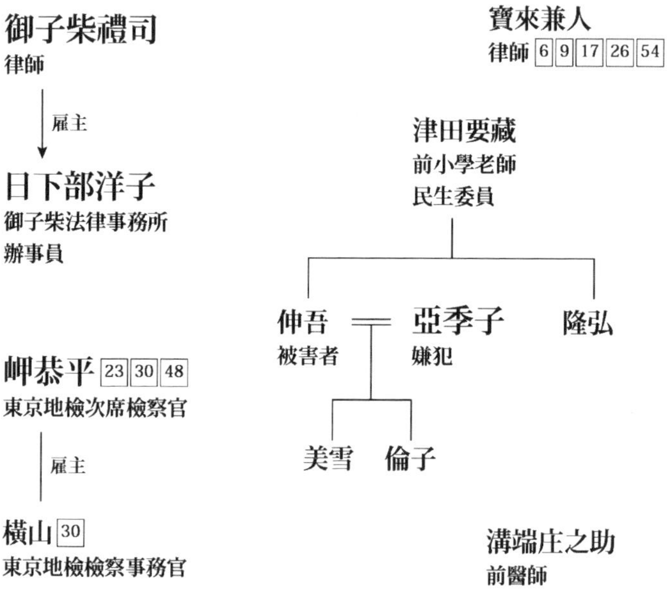

劇情簡介

《贖罪奏鳴曲》一案後過了三個月，因傷住院的惡名昭彰律師御子柴回歸了！御子柴向來對委託人獅子大開口，卻突然爭取為涉嫌殺夫而被判十六年徒刑的主婦辯護。御子柴為何要執著於情況證據齊全、嫌犯也認罪不諱的此案？過招的檢察官，是御子柴的夙敵岬恭平。隨著一審、二審進行，逐步被揭露的驚愕真相究竟是……？

14 《阿波羅的嘲笑》(暫譯，アポロンの嘲笑)

(集英社)單行本2014.9／文庫2017.11

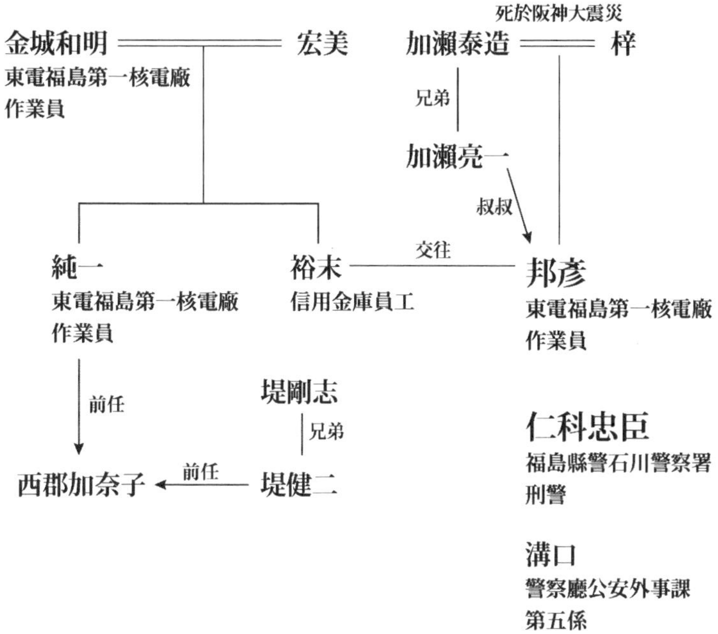

劇情簡介

轄區內發生了殺人案！東日本大地震第五天，在依舊一片混亂的狀況中，轄區刑警仁科前往領回嫌犯。被害人及嫌犯皆為東電福島第一核電廠的作業員，案情似乎是單純的刀械傷害罪，然而就在餘震發生時，嫌犯趁亂逃走了。仁科拚命尋找嫌犯下落，然而……以強勁的筆力描寫受到阪神及東日本兩場大地震的記憶蹂躪，仍維持尊嚴的逃亡者，壯烈動人的人性劇。

15 《泰米斯之劍》(テミスの剣)

(文藝春秋)單行本2014.10／文庫2017.3／(瑞昇)2016.1

(昭和59年～平成24年)

鳴海健兒 —上司→ **渡瀨**

鳴海健兒：埼玉縣警浦和署重案組 →離職

渡瀨：埼玉縣警浦和署重案組 →埼玉縣警搜查一課刑警

久留間兵衛 ═ **咲江**（久留間兵衛：房仲商）

子：**松山郁美**

高嶋恭司 ═ **艷子**（高嶋恭司：貿易商）

子：**芳樹**

楠木辰也 ═ **郁子**

子：**明大**

恩田嗣彥
東京高檢檢察官
→埼玉地檢廳長

高遠寺靜 7 38 40 53
東京高等法院 法官
→退休

迫水二郎
前鎖匠

尾上善二 3 6 30 54
埼玉日報社會部記者

劇情簡介

豪雨之夜，一對房仲夫妻慘遭殺害。在警方的嚴厲逼供下，嫌犯青年自白認罪，被判死刑，最後在拘留所內自殺了。然而五年後，刑警渡瀨發現真凶另有其人。在意圖吃案的警察組織百般阻撓下，渡瀨不得不孤軍奮戰……從昭和到平成，描寫在後來的《連續殺人鬼青蛙男》中展現魄力的刑警渡瀨的青澀歲月，並以銳利的筆鋒挖掘警察組織及司法的黑暗，令人驚愕的推理之作！

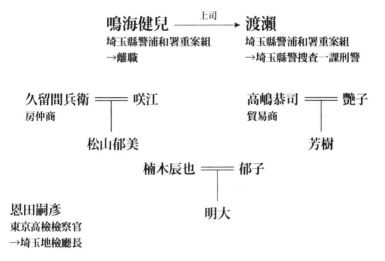

16 《月光的烙印》（暫譯，月光のスティグマ）

（新潮社）單行本2014.12／文庫2017.7

（昭和60年代～平成23年）

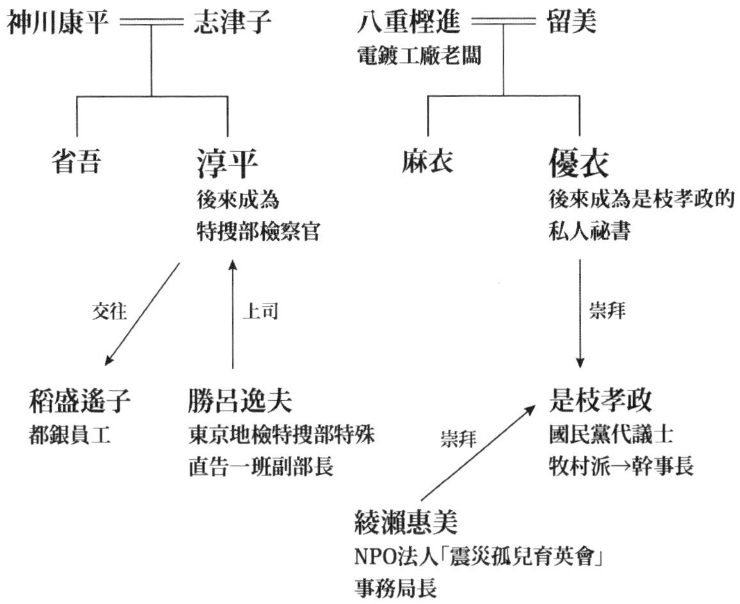

劇情簡介

同卵雙胞胎美女優衣和麻衣是我的青梅竹馬。我們就像是三位一體，如影隨形——直到那天晚上，她們其中一人殺死了我哥哥。十五年後，成為特搜檢察官的淳平，在調查國會議員金流的過程中，與優衣重逢。優衣成了調查對象的國會議員的私人祕書。勾心鬥角、爾虞我詐，在異國之地終於找到的真相究竟是……？歷經兩場大地震，在命運引導下再會的兩人上演的愛情懸疑劇！

17 《嘲笑的淑女》(嗤う淑女)

(實業之日本社)單行本2015.1／文庫2017.12／(瑞昇)2016.4

(平成4年～平成24年)

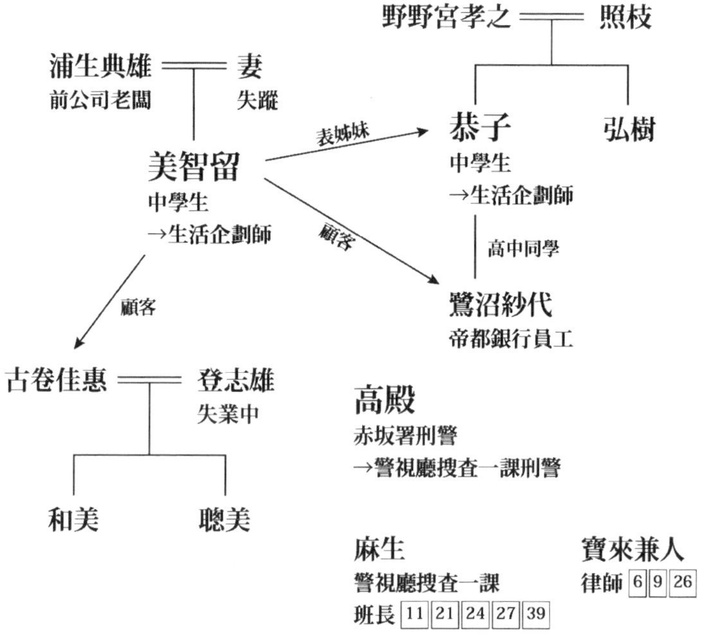

劇情簡介

國一的秋天，表姊妹蒲生美智留轉學到野野宮恭子的班上來。經過某個事件後，恭子逐漸為美貌的美智留心醉神迷。歲月流逝，二十七歲的美智留以「生活企劃師」為頭銜，從事顧問業，並請來恭子擔任助手。對於經濟遇到困難的顧客，美智留說「錯不在你」，提出解決之道，然而……。奇才作家筆下的失控惡女懸疑小說。

18 《希波克拉底的誓言》(ヒポクラテスの誓い)

(祥傳社)單行本2015.5／文庫2016.6／(時報)2016.10

(2000年當時)

光崎藤次郎
浦和醫大法醫學教室
教授

指導 → 栂野真琴

栂野真琴
浦和醫大實習醫生

凱西・潘道頓
浦和醫大法醫學教室
副教授

朋友：柏木裕子

柏木裕子
因肺炎在家休養

津久場公人
浦和醫大內科教授

指導 → 栂野真琴

倉本紗雪
住院病患

峰岸透
建設公司老闆

栗田益美
幫傭

真山慎司
競艇選手

渡瀨
埼玉縣警搜查一課
班長

上司 → 古手川和也

古手川和也
埼玉縣警搜查一課
刑警

埼玉縣警驗屍官
國木田、鷲見 30

劇情簡介

實習醫生栂野真琴因為學分不夠，只得前往法醫學教室實習。法醫學教室的老大光崎教授雖然驕傲自大，但解剖與查出死因的本領卻是超一流。被光崎的信念打動，真琴漸漸一頭栽進法醫學的世界。光崎發現他注意到的遺體都有敗血症和支氣管炎的病歷。他交代下來：「轄區內要是出現有這些病歷的遺體，就告訴我。」為何他會執著於這一點？——臨場感十足的法醫學推理劇。

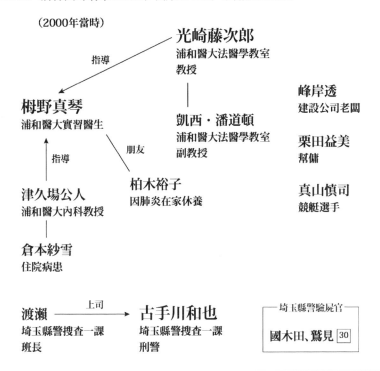

19 《替身總理》（総理にされた男）

（NHK出版）單行本2015.8／文庫2018.12／（瑞昇）2017.8

加納慎策 不紅的演員 —交往— **安峰珠緒** 醫院行政人員

加納慎策 —朋友— **風間歷彥** 城都大學政治經濟學系副教授

真垣統一郎
國民黨黨魁・總理大臣

樽見政純
內閣官房長官

富樫
戶塚警察署刑事課

是枝孝政 16
國民黨代議士・牧村派幹事長

大隈泰治
民生黨前代表

劇情簡介

「你暫時當總理的替身吧！」——因為長得和總理唯妙唯肖，我被官房長官綁架了。雖然要我代理因病昏迷的總理，但我對政治是一竅不通。突然被迫成為總理替身的二流演員加納，接二連三面臨與在野黨和官員的對決，這時國外又發生了史上最糟糕的事件！透過令人目不暇給的發展，讓人一口氣瞭解政治經濟外交等各領域的日本觀點，痛快淋漓的娛樂小說！

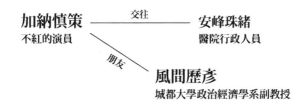

20 《戰鬥之歌！：天使國度的塵封殺意》（闘う君の唄を）

（朝日新聞出版）單行本2015.10／文庫2018.8／（瑞昇）2017.4

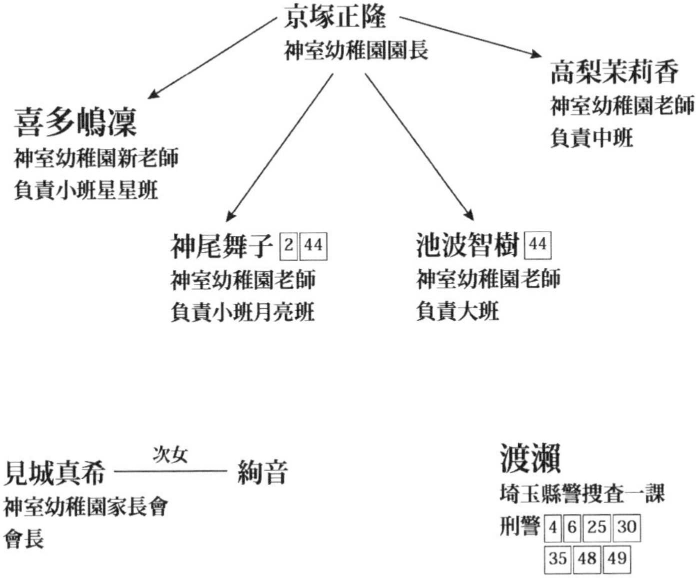

劇情簡介

埼玉縣的鄉間神室町的一所幼稚園，來了一名菜鳥老師喜多嶋凜。富有正義感、剛正不阿的凜，到任第一天就和怪獸家長起了衝突。神室幼稚園因為十六年前發生的不幸事件，家長會勢力龐大，總是插手幼稚園的方針，甚至經常逼迫園方更改決定。凜貫徹自己的理念，一點一滴獲得了周圍的認同，然而……驚愕的轉折讓人忍不住一口氣讀完的推理小說！

21 《哈梅爾吹笛人的誘拐》（ハーメルンの誘拐魔）

（KADOKAWA）單行本2016.1／文庫2017.11／（瑞昇）2017.10

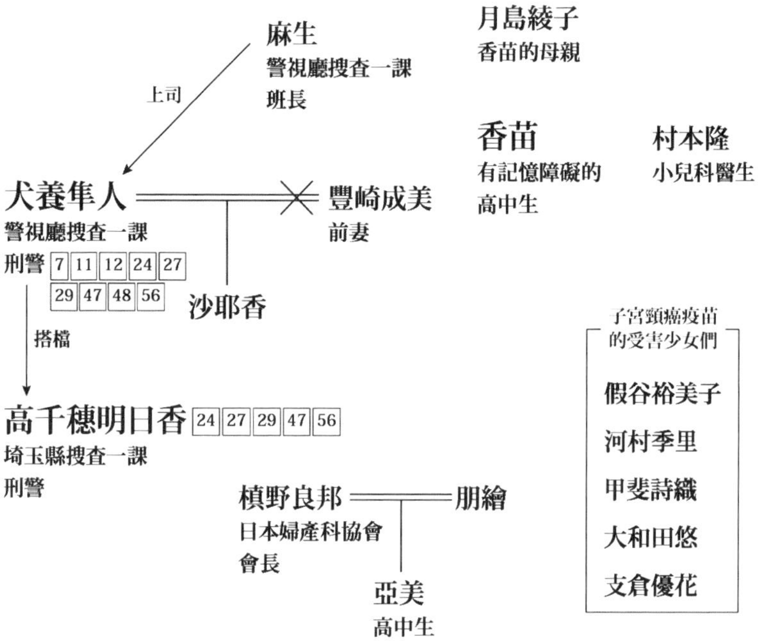

劇情簡介

因子宮頸癌疫苗副作用而罹患記憶障礙的少女，在街頭倏忽消失。遺留在現場的，僅有一張「哈梅爾的吹笛人」的明信片。緊接著，這次是大力推動子宮頸癌疫苗接種的日本婦產科協會會長的女兒下落不明。多達五名疫苗受害者少女消失無蹤，警方收到「吹笛人」的犯罪聲明，勒索共計七十億圓的贖金。為了挽救少女們的性命和警方的面子，犬養刑警挺身破案！

22 《恩仇鎮魂曲》(恩讐の鎮魂曲)

(講談社)單行本2016.3／文庫2018.4／(獨步)2017.11

御子柴禮司 —顧客→ **山崎岳海** 7 8 22 32 48

律師

黑道宏龍會

涉外委員長(No.3)

↓雇主

日下部洋子

御子柴律師僱員

石動恭子

稻見的前妻

特別安養院伯樂園

- **稻見武雄**(住民，關東醫療少年院前教官)
- **後藤清次**(住民)
- **小笠原榮**(住民)
- **角田寬志**(園長)
- **栃野守**(看護)
- **前原讓**(看護)

劇情簡介

在《追憶夜想曲》的審判中，御子柴律師殺害女童的過去遭到揭露。企業因此中止與他的顧問律師合約，迫使御子柴不得不搬遷事務所。就在這時，少年院時期的恩師因涉嫌在安養院殺害看護而遭到逮捕，御子柴千方百計成為恩師的辯護律師，想要為恩師贏得無罪判決，然而恩師卻只想懲罰自己。在法庭上，御子柴使出了什麼令人驚愕的戰術？

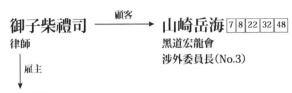

23 《邂逅貝多芬》(どこかでベートーヴェン)

(寶島社)單行本2016.5／文庫2017.5／(瑞昇)2018.1

岬恭平 ＝＝ **遙子**

岐阜御嵩區
檢察廳檢察官

故人，前鋼琴家

洋介

岐阜縣立加茂北高中
音樂科二年級

棚橋讓留

加茂北高中
音樂科導師

加茂北高中音樂科二年級

鷹村亮(鋼琴老師之子)

鈴村春菜(町長的女兒)

岩倉智生(岩倉建設老闆之子)

葛野祥平(班長)

劇情簡介

轉學到加茂北高中音樂科的岬洋介，由於那卓越的鋼琴演奏技巧，引來了班上同學的羨慕與嫉妒。就在這詭譎的氣氛中，對岬使用暴力的同學岩倉遭人殺害，岬蒙上了殺人嫌疑。岬為了洗刷自己的冤情，夥同隔壁座位的朋友鷹村，一同尋找真相……。《再見，德布西》系列的岬洋介，以高中生偵探身分挑戰第一起事件！

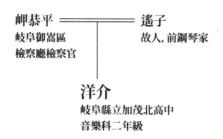

24 《作家刑警毒島》(暫譯，作家刑事毒島)

(幻冬舍)單行本2016.8／文庫2018.10

犬養隼人 ——搭檔—— **高千穗明日香** ←上司— **麻生**

犬養隼人
警視廳搜查一課
刑警 7 11 12 21 27 29 47 48 56

高千穗明日香
埼玉縣搜查一課
刑警 21 27 29 47 56

麻生
警視廳搜查一課
班長 11 17 29 37

毒島真理 ←責編— **辛坊誠一**

毒島真理
前刑警，作家
刑事技術指導員

辛坊誠一
幻冬舍編輯

百目鬼二郎
自由作家

斑目彬
群雄社編輯

曾根雅人 9
帝都電視台製作人

桐原夢幻
作家
雙龍社新人獎評審委員

高森京平
作家

劇情簡介

刑警高千穗明日香為了尋求命案破案建言，前往神保町的辦公室，在那裡見到了過去是刑警，現在是暢銷作家的毒島。在辦案過程中浮現出來的，是只出過一本書就以大師自居的新人獎作家、不擇手段製造暢銷作的編輯、形同跟蹤狂的書迷，以及不尊重原作的電視台製作人。以魑魅魍魎跋扈的出版業為舞台，逼真度震撼人心的本格推理小說。

25 《希波克拉底的憂鬱》（ヒポクラテスの憂鬱）

（祥傳社）單行本2016.9／文庫2019.6／（時報）2018.3

光崎藤次郎
浦和醫大法醫學教室 教授
→ 指導 → **栂野真琴**（浦和醫大法醫學教室 助教）
｜隸屬
凱西・潘道頓
浦和醫大法醫學教室 副教授

若宮涼音
銀行職員
｜姊妹
茜
高中生

時枝夏帆
房仲
｜姊弟
繼男
國中生

佐倉亞由美
偶像

比嘉美禮
三歲女童

黑野耶穌
「福音世紀」教祖

枚方重巳
靠年金生活的老人

渡瀨
埼玉縣警搜查一課
班長
→ 上司 → **古手川和也**（埼玉縣警搜查一課 刑警）

姬川雪繪
埼玉縣警交通課
巡查部長

鷲見博之
埼玉縣警檢屍官

劇情簡介

一名自稱「修正者」的人物在埼玉縣警的網頁留言，揭開了事件序幕。留言聲稱被視為一般死亡的屍體，其實是死於犯罪。「修正者」對於偶像歌手摔落死亡的發言中，含有只有相關人士才知道的事實，因此埼玉縣警古手川刑警委託老友光崎教授的法醫學教室協助解剖。很快地，就如同「修正者」所稱，在自殺及病死中發現了謀殺，縣警及法醫學教室陷入大混亂！

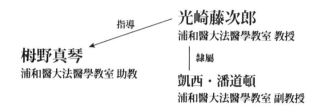

26 《海妖的懺悔》(暫譯，セイレーンの懺悔)

(小學館)單行本2016.11／文庫2020.8

桐島 28
警視廳搜查一課
班長

↓ 上司

宮藤賢次
警視廳搜查一課
刑警 9 28 37 46 52

里谷太一
帝都電視台社會部

住田
帝都電視台製作人

朝倉多香美
帝都電視台社會部

兵頭 11
帝都電視台導演

新堂
東日新聞社會部記者

東良伸弘 ═再婚═ **律子**

綾香（律子之女）
高中生

寶來兼人
律師 6 9 13 17 54

東良綾香的同學
- **仲田未空**
- **生方靜留**

劇情簡介

葛飾區發生了一起女高中生綁架案。正面臨節目腰斬危機的帝都電視台「午安JAPAN」劇組人員里谷太一及朝倉多香美為了讓節目起死回生，想要搶到驚爆頭條。多香美跟蹤警方，卻在廢棄工廠目擊到臉部被燒得面目全非的被害者東良綾香的屍體。多香美問到綾香生前遭到霸凌的證詞，而疑似主犯的少女，竟是六年前的小學生連續強暴案的犧牲者。案情一波三折，真相究竟是什麼？

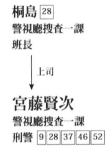

27 《即使沒有翅膀》（暫譯，翼がなくても）

（雙葉社）單行本2017.1／文庫2019.12

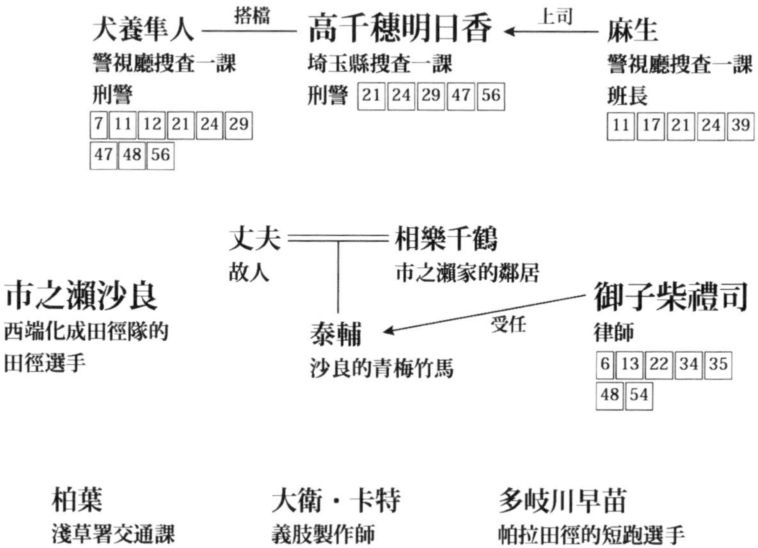

劇情簡介

隸屬於企業隊的沙良，想要以二○○○公尺賽跑項目打進奧運，卻遇上了悲劇。她被捲入一場車禍，右腳膝蓋以下截肢了，而且肇事者是住在她家隔壁的青梅竹馬泰輔。運動員生命夭折的沙良，恨意日漸滋長。這時泰輔遭人殺害，保險公司支付了高額保險金。凶手是誰？想要從絕望的深淵捲土重來的沙良，命運又將如何？大逆轉之後，是催淚的結局，傑作長篇推理作！

28 《秋山善吉工務店》（暫譯，秋山善吉工務店）

（光文社）單行本2017.3／文庫2019.8

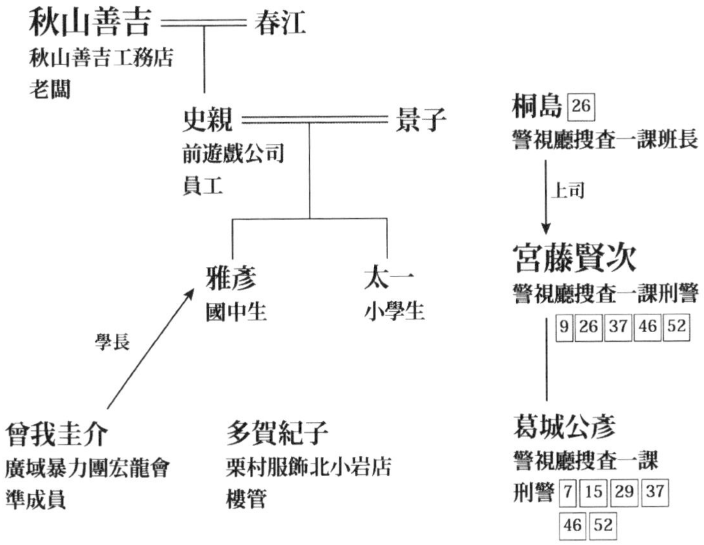

劇情簡介

秋山家在一場火災中，失去了住家和一家之主。被留下的妻子景子帶著兩個兒子，投靠夫家「秋山善吉工務店」。與祖父母不熟悉的共同生活中，每個人都遇上了麻煩，災難不斷。同一時刻，警視廳搜查一課的宮藤懷疑秋山家的失火是蓄意縱火，展開調查……。穿著日式短外褂、默默做事的傳統老師傅善吉老爺爺拯救一家的危機！韻味醇厚的人情推理小說！

29 《死亡醫生的遺產》(ドクター・デスの遺產)

(KADOKAWA)單行本2017.5／文庫2019.2／(瑞昇)2021.5

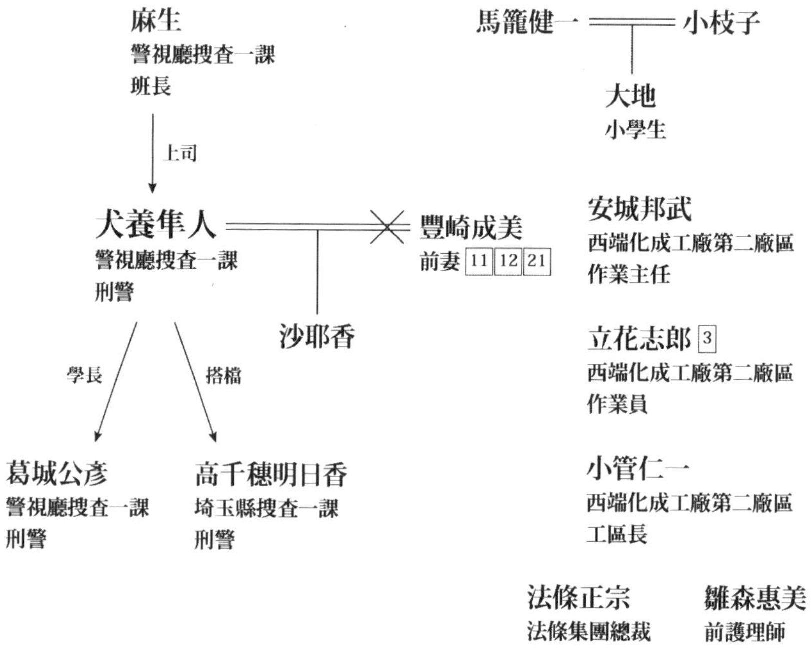

劇情簡介

「我爸爸被壞醫生殺死了」——一通少年打到警視廳通訊指令中心的通報電話，揭開了事件序幕。搜查一課的犬養刑警查到少年的母親曾經造訪自稱「死亡醫生」的人所開設的網站。以二十萬圓的報酬答應為人安樂死的醫生，到底是什麼來頭？然而從網址卻無法追溯到來源，宛如嘲笑警方辦案不力，接下來仍陸續發生類似案件！

30 《涅墨西斯的使者》（暫譯，ネメシスの使者）

（文藝春秋）單行本2017.7／文庫2020.2

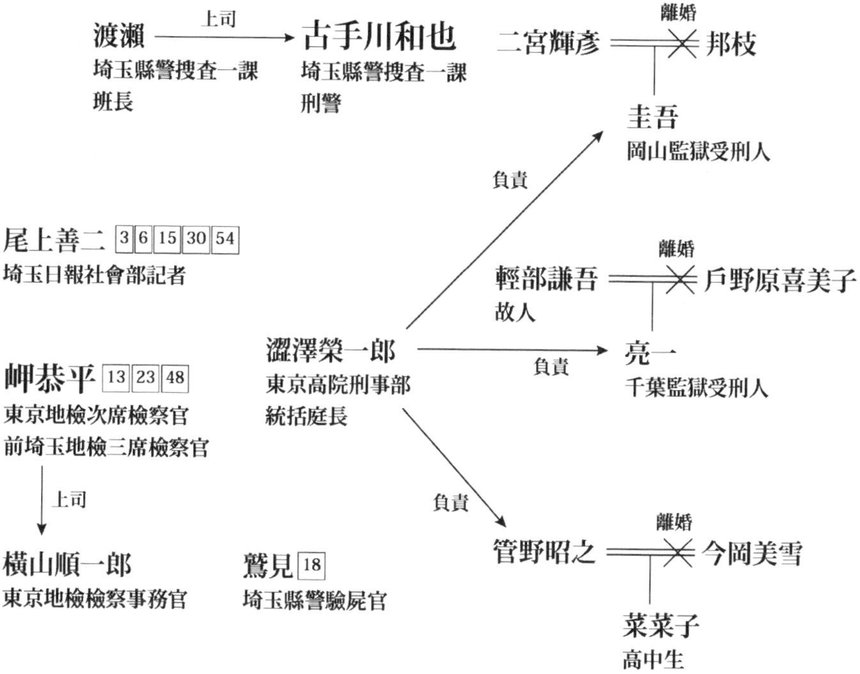

劇情簡介

灼熱的熊谷發生了一起女性凶殺案，犯罪現場遺留著血字：「涅墨西斯」。埼玉縣警的渡瀨警部查出女被害人是犯下重案，卻逃過死刑的囚犯母親。希臘神話中登場的涅墨西斯是復仇女神，凶手是在為被害者家屬申冤，或只是一名快樂殺人魔？在無法掌握凶手意圖的情況下，凶案繼續發生，對警方及司法制度的民怨終於爆發！

31 《跳一首華爾茲吧!》(暫譯,ワルツを踊ろう)

(幻冬舍)單行本2017.9／文庫2019.10

溝端了衛
前外資金融公司員工

宮條貢平 4
警視廳生活安全局

大黑豪紀 ═══ **多喜**
西多摩郡依田村
龍川地區地區長

雀野善兵衛 ═══ **雅美**
西多摩郡依田村
龍川地區副地區長

野木元雅幸
龍川地區居民

久間達藏
龍川地區居民
前村公所職員

多多良萬作
龍川地區居民

能見求
龍川地區居民

劇情簡介

溝端了衛遭遇裁員及喪父，回到了從國中畢業後便一直疏遠的故鄉，然而在淪為「極限村落」的村子裡，沒有他的容身之處。雖然勉強與封閉的村人溝通，設法重建荒廢的村子，但他的努力全都挫折失敗了。就在這時，他的身邊接連發生詭異的事……隨著〈藍色多瑙河〉旋律，刻畫出史上最大級的大逆轉！

32 《逃亡刑警》(暫譯, 逃亡刑事)

(PHP研究所)單行本2017.11／文庫2020.7

山崎岳海 7 8 22 48
黑道宏龍會
涉外委員長(No.3)

國兼正史
千葉縣警刑事部部長

↓ 上司

高頭冴子
千葉縣警搜查一課
一班班長

↑ 部下

郡山
千葉縣警搜查一課一班
刑警

御堂猛
育幼院的小學生

鯖江昭文
宏龍會成員

越田
千葉縣警本部長

玄葉昭一郎
千葉縣警組織犯罪對策部
毒品槍械對策課課長

↑ 部下

生田忠幸
千葉縣警組織犯罪對策部
毒品槍械對策課職員

劇情簡介

千葉縣警有一名警察遇害了。在縣警搜查一課中破案率特別突出的「亞馬遜女戰士」高頭冴子警部負責承辦此案。她向命案目擊者的八歲少年御堂猛問案，卻大受驚嚇。因為猛所指出的凶手，是個不得了的大人物！得知可能毀掉千葉縣警的事實真相後，高頭警部被扣上了命案殺人犯的罪名。帶著目擊者少年逃亡的她，真的有機會逆轉情勢嗎？

33 《那些得不到保護的人》(護られなかった者たちへ)

(NHK出版)單行本2018.1／(寶島社)文庫2021.7／(時報)2019.8

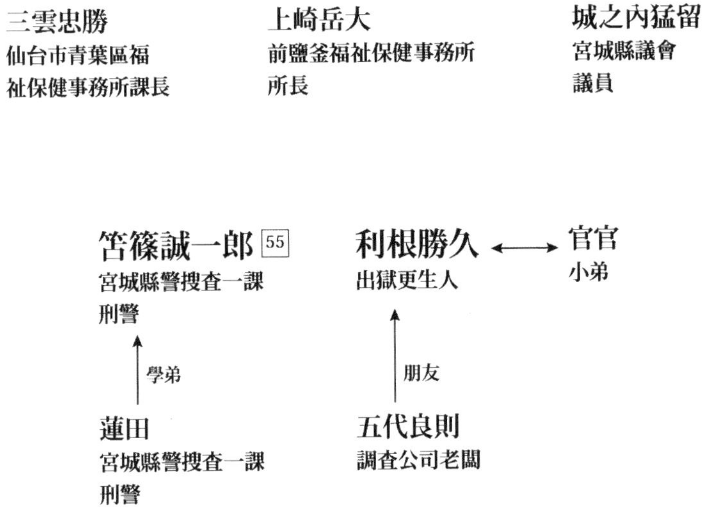

劇情簡介

宮城縣警笘篠刑警困惑不解。福祉保健所的課長三雲是公認的好人，卻遭人發現手腳遭到捆綁、活活餓死，但實在難以想像他會與什麼人結仇而遭到殺害。財物也沒有被取走，警方偵查陷入瓶頸。另一方面，在三雲的屍體被人發現的幾天前，一名模範囚犯出獄了。男子懷有某個堅定的目的……戳破日本社會福利制度、令人悲痛萬分的真相！

34 《惡德輪舞曲》（悪徳の輪舞曲）

（講談社）單行本2018.3／文庫2019.11／（瑞昇）2022.11

御子柴禮司
律師

↓ 雇主

日下部洋子
御子柴法律事務所
辦事員

郁美——**成澤拓馬**——**佐希子**

郁美：御子柴的母親、成澤拓馬的後妻
成澤拓馬：資產家
佐希子：前妻、故人

園部謙造
御子柴的父親
故人

薦田梓
御子柴的妹妹

槙野春生
東京地方檢察廳
檢察官

氏家京太郎 48
民間鑑定中心所長

稻見武雄 6 12
八王子醫療監獄受刑人
關東醫療少年院前教官

劇情簡介

《恩仇鎮魂曲》後兩年過去，在十四歲時犯下女童殺人案的御子柴律師，早已和家人斷絕了關係。然而這時三十年不見的妹妹梓卻找上門來，委託他為母親郁美辯護。梓說，郁美涉嫌偽裝成自殺，殺害再婚的丈夫而遭到逮捕。對於前往接見的御子柴，郁美否認犯案，然而一切證據都對郁美不利。御子柴已經改名換姓、拋棄過往，卻被親情執拗地糾纏不放。母親真的也和他一樣，是一個殺人犯嗎？

35《連續殺人鬼青蛙男：噩夢再臨》(連続殺人鬼カエル男ふたたび)

(寶島社)單行本2018.5／文庫2019.4／(瑞昇)2019.1

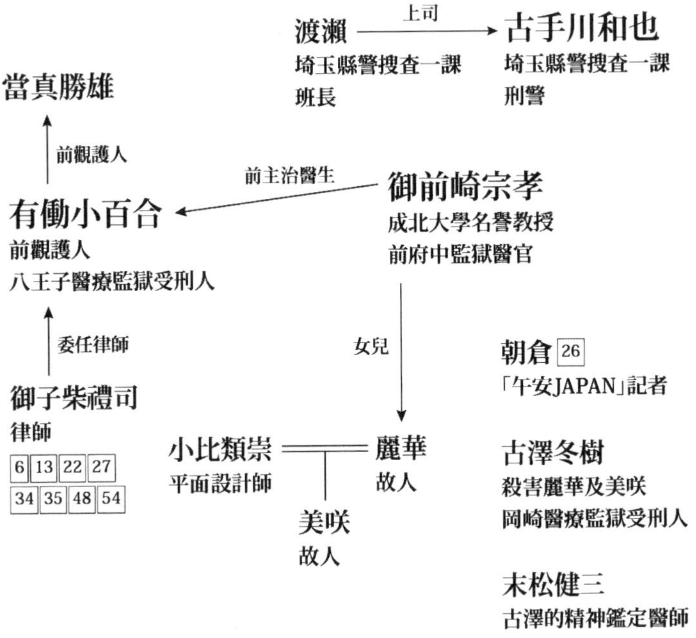

劇情簡介

以殘忍的犯案手段及稚拙的犯罪聲明震驚世人的「青蛙男連續獵奇殺人事件」後過了十個月。案件關係人之一的精神科醫師御前崎宗孝的住家遭人爆破，廢墟中找到了焦屍，以及和上次相同的犯罪聲明。這是青蛙男當真勝雄的報復嗎？接到協助要求，埼玉縣警的渡瀨和古手川這對搭檔前往現場，然而命案繼續發生，還留下犯罪聲明，就像在嘲笑他們一般。青蛙男究竟隱身何處？

36 《鐵面檢察官》（暫譯，能面検事）

（光文社）單行本2018.7／文庫2020.12

不破俊太郎
大阪地檢一級檢察官

榊宗春
大阪地檢次席檢察官
（上司 → 不破俊太郎）

仁科睦美
大阪地檢
總務課長

柳谷
大阪府警
本部長

惣領美晴
大阪地檢檢察事務官
（部下 → 不破俊太郎）

須磨菜摘
醫院職員

楠葉峰隆
「北攝金融」員工

大矢智德
西成署刑事課重案組

谷田貝聰
居家賣場員工

劇情簡介

大阪地檢的不破俊太郎檢察官因為不屈服於任何壓力，而且總是面無表情，終於被起了「鐵面檢察官」的綽號。他以自己的方式，和菜鳥檢察事務官惣領美晴調查一對男女遭到殺害的西成跟蹤狂命案，但嫌犯擁有不在場證明，而且還發現有部分偵查資料遺失了。很快地，此事演變成動搖整個大阪府警的一大醜聞！完美無缺的孤狼司法機器，揭開了怎樣的黑暗面？

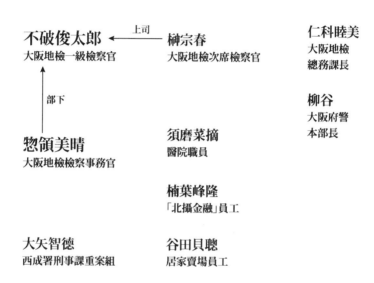

37 《TAS特別師弟搜查員》(暫譯, TAS 特別師弟搜查員)

(集英社)單行本2018.9／文庫2021.4

宮藤賢次 ← 學長 ← 葛城公彥

宮藤賢次
警視廳搜查一課
刑警官 7 15 29 46 52

葛城公彥
警視廳搜查一課
刑警 9 26 28 46

宮里 1 9 48
電視台記者

表兄（宮藤賢次 → 高梨慎也）

常盤台高中相關人士

高梨慎也(2年A班 無社團→戲劇社)
萩尾瑞希(2年A班 戲劇社副社長)
加賀美汐音(2年級 戲劇社)
鹿島翔平(2年C班 戲劇社)
鵜飼昭三(常盤台高中理事會理事 國會議員)
雨宮楓(2年A班 戲劇社社長)
國澤拓海(2年A班 戲劇社)
壁村陽子(戲劇社顧問)
一峰大輝(1年A班 戲劇社)

劇情簡介

戲劇社社長，同時也是校園第一美少女的雨宮楓從校舍三樓墜樓死亡了！這是一起事故、自殺，還是謀殺？校園陷入滿城風雨，由於楓的遺體驗出了毒品成分，楓的同班同學高梨慎也在表哥警視廳搜查一課的葛城公彥要求下，協助辦案。慎也加入戲劇社，而公彥以教育實習生的身分派遣至高中……這對堂兄弟在校園內展開了祕密偵查！

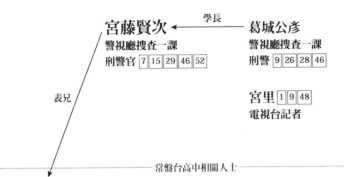

38 《靜奶奶與輪椅偵探》(暫譯，静おばあちゃんと要介護探偵)

(文藝春秋)單行本2018.11／文庫2021.2

高遠寺靜 7 15 53
前法官
名古屋法律大學客座教授

香月玄太郎 ← 照護 — **綴喜美智子**
香月地產社長 5 53
看護 1 5

香月遙 1

片桐露西亞 1

櫛尾奈津彥
雕刻家

小酒井到
投資顧問

神樂坂美代 5
玄太郎的青梅竹馬
↑ 次子
正親
千種署
生活安全課

丸龜昭三
町內會前會長
↑ 長子
國彥
貨櫃出租業

清水美千代
靜女校時代的同窗

金村春夫
「愛知工作站」社長

劇情簡介

在《再見，德布西》中為讀者所熟悉，雖然必須坐輪椅，卻精力十足地四處活動的香月玄太郎爺爺，與他搭檔的是《包在靜奶奶身上》的前法官高遠寺靜。玄太郎偶然參加靜的演講，竟被捲入巨大展示物的爆炸事故，兩人聯手破解爆炸案之謎……。「脫韁野馬」玄太郎，與「重視邏輯更勝感情」的靜，這對老老搭檔聯手挑戰看護、投資詐欺、外勞等五起困難案件！

39 《淑女再度嘲笑》(暫譯，ふたたび嗤う淑女)

(實業之日本社)單行本2019.1

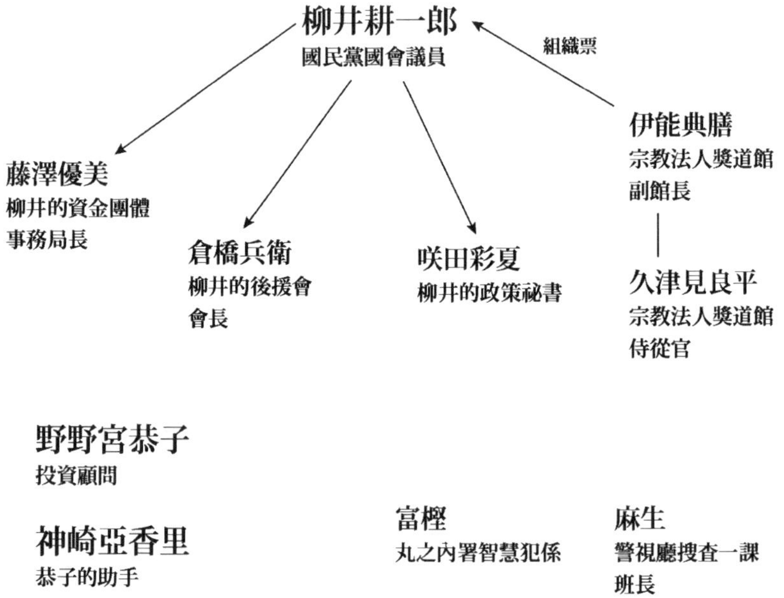

劇情簡介

以無與倫比的話術教唆他人，讓淪為獵物的犧牲者毀掉人生的「蒲生美智留」引發震驚社會的凶惡案件後，過了三年，出現了一名自稱「野野宮恭子」的投資顧問。在國會議員柳井耕一郎的政治資金團體擔任事務局長的藤澤優美，透過剛錄取的神崎亞香里介紹，接受恭子的指點，染指了違法運用資金……。大逆轉的帝王使出衝擊性的連擊！史上最恐怖、最完美的惡女推理小說！

40 《再會貝多芬》(もういちどベートーヴェン)

(寶島社) 單行本 2019.3/ 文庫 2020.4/ (時報) 2022.2

岬恭平
名古屋地檢
檢察官 13 23 30

|

岬洋介
司法研習生

與岬洋介同期的司法研習生

天生高春 48
脇本美波
羽津五郎

浦原弘道
司法研習所教官
埼玉地檢檢察官

牧部六郎 —— **牧部日美子**
繪本作家 —— 繪本畫家

高遠寺靜
司法研習所教官
前法官 7 15 38 53

瀨尾由真
埼玉縣警搜查一課

劇情簡介

重考三次,終於通過司法考試的天生,滿懷興奮地進入司法研習所。然而他立刻就強烈的感受到自己的平庸。因為同期裡面,有那個司法考試榜首的男人——岬洋介。岬的父親是檢察官,他是含著金湯匙出生的菁英。天生滿懷反感地和岬打交道,卻意外得知了他的祕密……。在《再見,德布西》中登場,於《晚安,拉赫曼尼諾夫》等作品活躍的岬洋介不為人知的過去登上檯面!

41 《笑吧，夏洛克》（暫譯，笑え、シャイロック）

（KADOKAWA）單行本2019.5／文庫2020.10

結城真悟 ←（交往）— **當麻友紀**　　**諏訪公次**
帝都第一銀行 新宿分行營業部　　粉領族　　新宿署刑警

↑ 上司

山賀雄平 ←（交往）— **樫山美奈子** ←（前上司）— **陣內三樹夫**
帝都第一銀行 新宿分行營業部代理課長　　帝都第一銀行 新宿分行營業部長　　樫山前任的營業部長

債權人

土屋公太郎（英達托利亞工業社長）
海江田大二郎（海江田物產社長）
稻尾忠道 39（宗教法人獎道館館長）
椎名武郎（前國會議員）
柳場彰夫（艾卡不動產（黑道宏龍會的白手套企業）董事長）

劇情簡介

山賀雄平是帝都第一銀行響叮噹的債權回收專家，擁有「山賀夏洛克」這個名號。結城成為山賀的部下，一方面對山賀強勢的手段感到排斥，一方面卻也深受吸引。然而某一天，山賀卻遭人刺殺身亡！嫌犯會是山賀負責的債權人嗎？結城成功從新興宗教、黑道白手套企業等可疑的債權人手中回收債權，並為了揭開山賀的死亡真相而奮鬥。

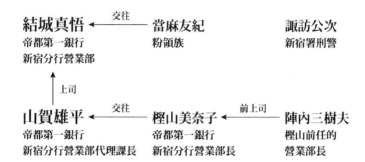

42 《赴死之人的祈禱》(死にゆく者の祈り)

(新潮社)單行本2019.9／(時報)2021.6

關根要一 ←→ **高輪顯真** ←交往→ **樋野亞佐美**

關根要一：死刑犯、顯真的大學社團同窗

高輪顯真：東京拘留所教誨師、淨土真宗導願寺僧侶

樋野亞佐美：社團學姊

兔丸雅司 ←交往→ **塚原美園**

兔丸雅司：醫藥品批發公司「鈴丹」員工

塚原美園：川崎第一診所員工

江神幸四郎：律師

富山直彥：川崎署刑事課重案組警部補

文屋：川崎署刑事課重案組刑警

劇情簡介

高輪顯真在拘留所擔任教誨師，宣揚佛法，有一次他注意到一名死刑犯，大吃一驚。因為對方正是顯真的大學老友，也是他的救命恩人關根要一。關根為何殺害素昧平生的一對男女，淪為死刑犯？本人的自白、情況證據，全都指向關根就是凶手，但顯真無法接受，說動承辦刑警，設法追查案件真相。這同時也是一段直視自我深重罪愆的過程。

43 《人面瘡偵探》(暫譯, 人面瘡探偵)

(小學館)單行本2019.11

三津木六平 ← 上司 —— 蟻野彌生

「古畑遺產鑑定」的遺產鑑定師

「古畑遺產鑑定」事務所所長

本城藏之助
信州首屈一指的山林王
本城家家長

武一郎 ═══ 妃美子
藏之助的長子　武一郎之妻

孝次
藏之助的次子

悅三
藏之助的三子

沙夜子 —— 崇裕
藏之助的長女　沙夜子的長男

柊實規
本城家的顧問律師

鈴原久瑠實
本城家的女傭

澤崎
本城家的廚師

藤代
長野縣警刑事部
搜查一課·巡查部長

劇情簡介

遺產鑑定師三津木六平從東京被派到信州，為猝死的信州頭號山林王本城藏之助鑑定遺產。經過他的調查，發現原以為不值一文的山林其實價值非凡，結果隔天長子和次子便陸續離奇死於倉庫和水車小屋，六平被捲進世家望族爭奪遺產的黑暗漩渦當中。但六平有個強大的夥伴，那就是聰慧精明、記憶力超群，而且超沒口德寄生在肩上的人面瘡「阿仁」！

44 《喧囂的樂園》（暫譯，騷がしい楽園）

（朝日新聞出版）單行本2020.1

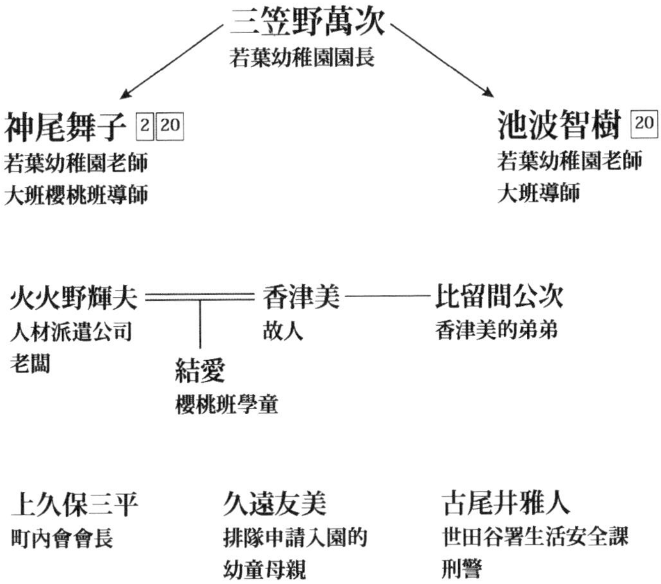

劇情簡介

神尾舞子從埼玉縣調職到世田谷區的幼稚園，第一天就吃盡了苦頭，她被町內會會長抗議噪音，又被排隊申請幼稚園的家長抱怨。但這些都只是序曲。幼稚園飼養的金魚和鴨子接連遭人殺害，家長會場面火爆。就算報警，警方也不處理，園方決定輪班夜巡。然而就在舞子和同事夜巡的那天，發生了最糟糕的狀況！

45 《帝都地下迷宮》(暫譯,帝都地下迷宮)

(PHP出版)單行本2020.3

小日向巧 ——— **瀨尾**
區公所生活對策課職員 / 小日向的同事

平尾久平 「探險家」代表,綽號「久哥」	**遠城香澄** 同・住民	**霜月徑子** 同・住民	**永澤透** 同・住民
	黑澤輝美 同・住民	**間宮六輔** 同・醫生	

柳瀨
公安一課

春日井
警視廳搜查一課 刑警

劇情簡介

在區公所上班的小日向,唯一的興趣就是巡訪廢棄鐵路。過度沉迷的結果,他溜進成為廢站的銀座線萬世橋站,竟遇上在地下空間生活的神祕集團。自稱「探險家」的他們究竟是什麼人?漸漸與他們熟稔之後,小日向發現他們是某起重大事故的犧牲者,但這時竟發生了殺人命案!監視「探險家」的公安一課,與努力偵辦命案的搜查一課針鋒相對,小日向身不由己地被捲入這場紛爭。

46 《無論夜有多黑》(暫譯，夜がどれほど暗くても)

(角川春樹事務所)單行本2020.3／文庫2020.10

志賀倫成 ══ **鞠子**
「週刊春潮」副總編 / 倫成之妻 前編輯

健輔
東都大學社會系二年級

星野隆一 ══ **希久子**
文科省菁英官員 / 東都大學社會系講師

奈奈美
都立櫻中學2年A班

星野希久子研究室學生
- 久石三鈴(三年級)
- 桐野慎(三年級)
- 陳修然(二年級 留學生)
- 橋詰朋美(二年級)

宮藤賢次
警視廳刑事部搜查一課刑警
9 26 28 37 52

葛城(公彥)
警視廳刑事部搜查一課刑警
7 11 29 37 52

劇情簡介

《週刊春潮》的副總編志賀倫成是一名富有才幹的編輯，過著充實的每一天。但某天他的獨子健輔蒙上了跟蹤殺人並隨後自殺的嫌疑，讓他的生活一瞬間掉入地獄，從追逐八卦的立場，成了被人八卦的對象。他在公司遭到降職，被同事唾罵，在社群媒體也是眾矢之的，妻子則搬出家裡了。志賀陷入四面楚歌的處境，在黑暗中徬徨，等待著他的是救贖，還是破滅？

47 《該隱的傲慢》（暫譯，カインの傲慢）

（KADOKAWA）單行本2020.5

高千穗明日香 ——學妹—— **犬養隼人** ←上司—— **麻生**

高千穗明日香
埼玉縣搜查一課
刑警
21 24 27 29 56

犬養隼人
警視廳搜查一課
刑警 7 11 12 21 24 27 29 48 56

麻生
警視廳搜查一課
班長

犬養隼人 —女兒→ 沙耶香

長束
石神井署
重案組

沙耶香
犬養的女兒

御廚
初步驗屍的
高階警官

王建順
中國少年

劉浩宇
東朋大學醫學系
二年級

座間昇平
東朋大學醫學部部長

小鹽雅人
東椛谷中學
二年級

陣野莊平
東朋大學理事長

劇情簡介

都內公園發現了一具部分內臟遭到切除的少年屍體，警方查出少年來自中國。搜查一課的犬養隼人的學妹高千穗明日香飛往中國查案。同時，犬養陸續接到少年神祕死亡的通報。這些少年都來自貧窮家庭，屍體有部分器官不翼而飛。難道是橫跨中日兩國的器官走私集團在暗中作惡？躲藏在背後的真正「凶手」是貧窮！犬養的吶喊震撼人心。

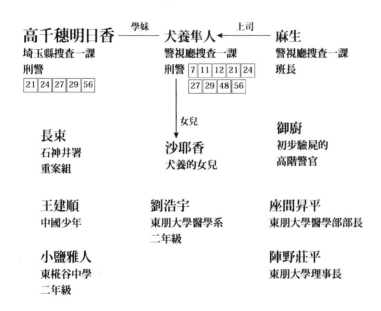

48 《合唱 岬洋介的歸還》(合唱 岬洋介の帰還)

(寶島社)單行本2020.5/文庫2021.6/(時報)2023.5

岬恭平
東京高檢次席檢察官

洋介
鋼琴家

天生高春
埼玉地方檢察廳
一級檢察官

古手川和也
埼玉縣警搜查一課
刑警

渡瀨（上司）
埼玉縣警搜查一課
班長

宇賀麻沙美
埼玉地方檢察廳
事務官

宮里
帝都電視台記者
1 9 37

仙街不比等
幼稚園攻擊案的嫌犯

山崎岳海
黑道宏龍會
涉外委員長(No.3)
7 8 22 32

犬養隼人
警視廳搜查一課
刑警
7 11 12 21 24 27 29 47 56

光崎藤次郎
浦和醫大法醫學教室教授
18 25 49

高砂幼稚園 園童
- 高畑真一
- 能美日向
- 風咲美結

御子柴禮司
律師
6 13 22 27 34 35 54

栂野真琴
浦和醫大
實習醫生
18 25 49

氏家京太郎
氏家鑑定中心
所長 34

劇情簡介

有「平成最殘虐的殺人魔」之稱的仙街不比等犯下在幼稚園屠殺園童的重案。仙街在犯案結束後便為自己施打毒品，有可能因心神喪失而獲判無罪。在這場重案的偵訊期間，承辦檢察官天生高春突然陷入昏迷。當他醒來時，仙街已經遭到槍殺了！密室中驗出了天生的指紋及火藥殘跡，天生卻為了全無印象的殺人嫌疑遭到逮捕。但是為了拯救窮途末路的天生，那個男人回來了！

49《希波克拉底的試練》(ヒポクラテスの試練)

(祥傳社)單行本2020.6(時報)2022.6

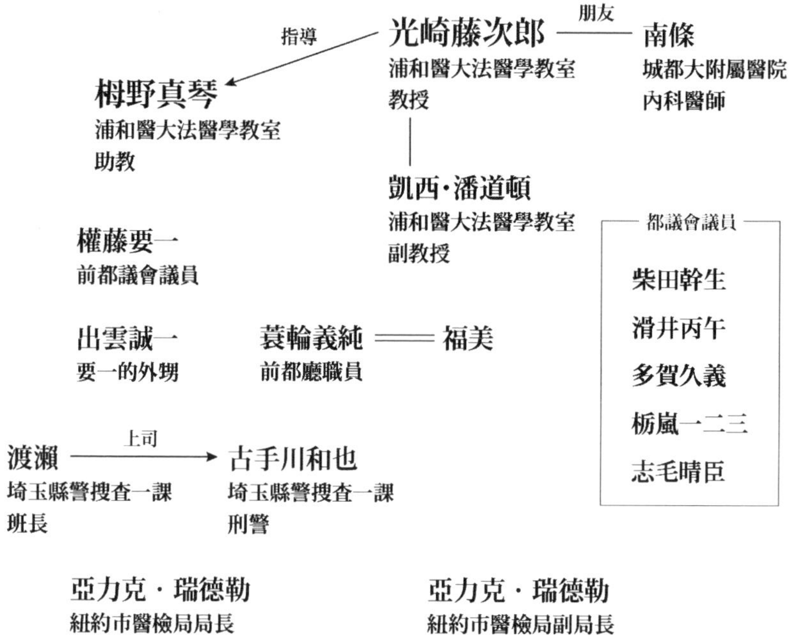

劇情簡介

光崎藤次郎的舊識醫師南條來到法醫學教室，表示對前都議會議員權藤之死有疑問。因為權藤在九個月前的健康檢查中一切正常，現在卻因為肝癌而猝死。奉命查案的埼玉縣警古手川掌握到有人讓權藤吃下毒米的事實，光崎透過司法解剖找到的死因，卻是可怕的感染症！緊接著，權藤周遭又有人神祕死亡。光崎團隊有辦法阻止這起流行病嗎？

50 《毒島刑警最後一案》（暫譯，毒島刑事最後の事件）

（幻冬舍）單行本2020.7

犬養隼人 ←學長— **毒島真理** ←上司— **麻生**

犬養隼人
警視廳搜查一課
刑警 7 11 12 21 24 27 29 56

毒島真理
警視廳搜查一課
刑警 24

麻生
警視廳搜查一課
班長

賀來翔作
打工族

新人獎投稿者

猿渡由紀夫、塔野貴文

深瀨麻佑子
婚姻諮詢所「蘭康特爾」
諮詢員

江之島侘助
失智老人

宇能光輝
浦田教會助祭

鵜野靜香
「晴爽日間照護」
居家照服員

宇喜多泰平
「東榮勝時安養院」
住民

劇情簡介

以銳利的舌鋒及巧妙的心理戰讓嫌犯認罪、身經百戰的毒島刑警，陸續破解大手町連續殺人案、出版社連續爆破案、專挑女性下手的潑酸案等凶惡案件。他因為對升遷不感興趣，嘴巴又太狠毒，連同僚都對他敬而遠之。這名特立獨行的刑警，注意到隱身在一連串案件嫌犯供詞背後的「教授」這個存在。最凶狠的刑警，挑戰躲藏在匿名網路空間教唆殺人的最惡劣的犯罪者！

51 《恐怖分子之家》(暫譯，テロリストの家)

(雙葉社)單行本2020.8

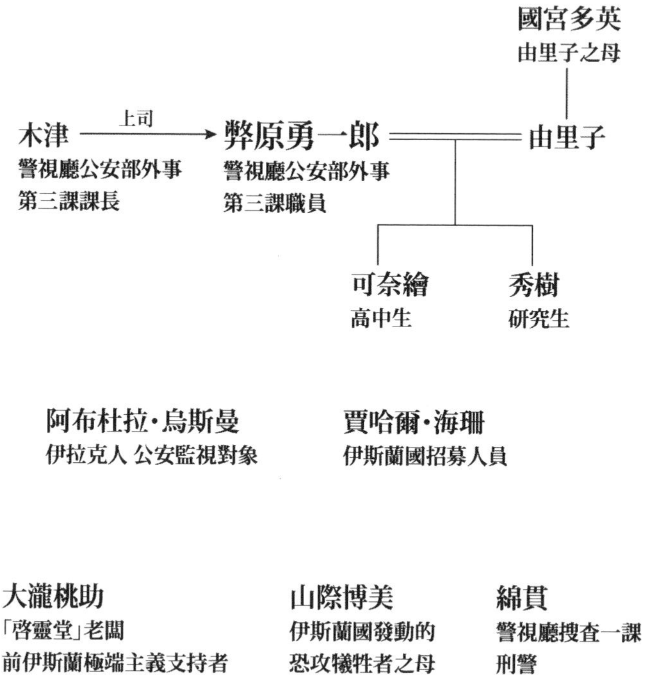

劇情簡介

警視廳公安部外事第三課的弊原勇一郎，是負責國際恐攻案的菁英刑警。然而某天他突然從極機密偵查中被調離，很快地，兒子秀樹因為志願參加伊斯蘭國的恐怖集團而遭到逮捕。勇一郎發現自己對家人的私生活一無所知，陷入驚愕。妻子和女兒懷疑勇一郎是為了工作而出賣兒子，職場則是責怪他的家人犯罪，讓單位蒙羞。進退維谷的勇一郎，被迫做出終極的選擇！

52 《住隔壁的連續殺人魔》(暫譯,隣はシリアルキラー)

(集英社)單行本2020.9

「西村加工」員工

神足友哉

徐浩然

矢口正樹

別宮紗穗里
「西村加工」檢查部職員

東良優乃
粉領族

片倉詠美
粉領族

國部潤子
酒廊小姐

五條美樹久
前粉領族

桐島
警視廳刑事部搜查一課
班長

↓ 上司

宮藤賢次
警視廳刑事部搜查一課
刑警
9 26 28 37 46

↓ 學弟

葛城公彥
警視廳刑事部搜查一課
刑警
7 15 29 37 46

三反園
觀護人

劇情簡介

隔壁鄰居每天晚上都傳來詭異的聲響,聽起來就像在肢解肉塊。神足友哉被怪聲搞得輾轉難眠,這時附近發現了疑似女性的部分屍塊,讓他的疑心變成了確信。在同一個工廠上班的鄰居,一定就是殺人魔!然而即使深夜的怪聲持續不斷,神足也苦無證據。神足漸漸被搞到神經衰弱。即使想要報警,也因為絕對不能曝光的過去而裹足不前……

53 《銀齡偵探社 靜奶奶與輪椅偵探2》（暫譯，銀齡探偵社 靜おばあちゃんと要介護探偵2）

（文藝春秋）單行本2020.10

高遠寺靜
前法官 [7] [15] [38]
司法研習所教官

香月玄太郎 ← 照護 — **綴喜美智子**
名古屋工商會議所會長 / 看護

古見正藏
鐵工廠老闆
↑ 孫女
詢子

楠本良治
練馬中央醫院
外科醫師

鳴川秀實
一級建築師

介座峰治
凱薩建設董事長

瀧澤陽平 ══ **美紗子**
靜的女兒

圓
靜的孫女 [7]

壁村正彥
前警察官

多嶋俊作
前刑警

牧瀨壽壽男
前橋地院職員

錦織妃呂子
「錦織日間照護」代表

劇情簡介

名古屋工商會議所會長的輪椅暴走老人香月玄太郎，以及法界知名的前法官高遠寺靜。在《靜奶奶與輪椅偵探》中，兩人聯手破案，但靜返回東京以後，兩人看似就此分道揚鑣，沒想到玄太郎為了癌症複檢，來到靜做健康檢查的醫院，兩人重逢並再次組成老老搭檔！因為拿錯點滴而造成醫院病患死亡、建築物的結構計算偽造、靜的前同事可疑的孤獨死亡……兩人挑戰五起困難事件！

54 《復仇協奏曲》(暫譯，復讐の協奏曲)

(講談社)單行本2020.11

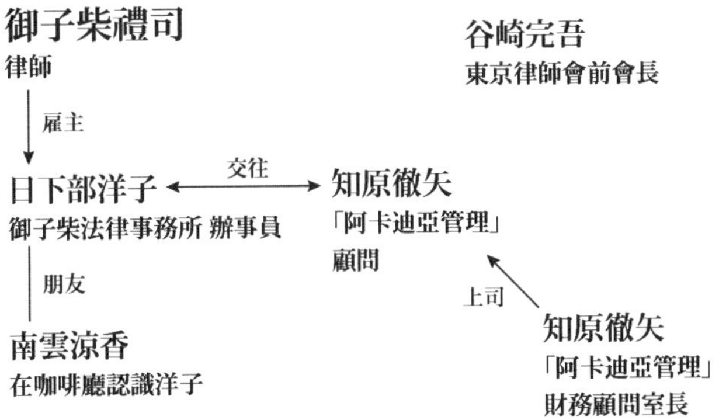

森澤雛乃
「Le Bonheur狹間」的女服務生

寶來兼人
律師 6 9 13 17 26

尾上(善二)
《崎玉日報》社會部記者 3 6 15 30

劇情簡介

被揭露殺害女童的過去、為斷絕關係的母親辯護的《惡德輪舞曲》之後過了一年。御子柴律師收到了回應網路上的號召、超過八百人的懲戒請求書。事務所的辦事員日下部洋子為了處理這件事而忙昏了頭。就在這時，洋子的約會對象身亡，由於凶器上驗出她的指紋，她遭到警方逮捕。御子柴接下辯護之職，沒想到在調查洋子的背景時，竟碰到了自己過去的事件！

55 《界線》(境界線)

(NHK出版)單行本2020.12(時報)2022.3

笘篠誠一郎
宮城縣警搜查一課
刑警

奈津美
誠一郎之妻
在地震中失蹤

健一
誠一郎的長子
在地震中失蹤

蓮田
宮城縣警搜查一課
刑警
（學弟 → 笘篠誠一郎）

栗俣友助
外送小姐服務「貴婦俱樂部」
老闆

鬼河內珠美
外送小姐

真希龍彌
因超商搶案服刑後出獄

五代良則
調查公司「調查帝國」
代表 33

鵠沼駿
NPO法人
「震災災民互助會」
代表

劇情簡介

七年前的東日本大震災中，笘篠刑警的妻兒失蹤了。然而這時他卻接到連絡，說在氣仙沼找到了妻子的遺體。趕赴現場的笘篠看到的，卻是陌生人的遺體。為何要假冒妻子的名義？笘篠追查個資外洩的途徑，這時仙台市發生了一起慘絕人寰的凶殺案，被害人冒用了在震災中下落不明的人的身分。受到大災害擺布的人們交織而出的人性推理劇。

56 《拉斯普丁的庭園》(暫譯，ラスプーチンの庭)

(KADOKAWA)單行本2021.1

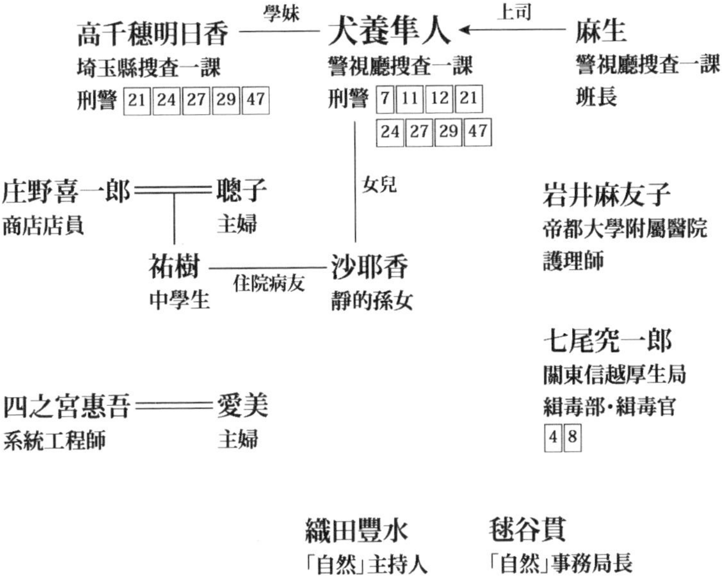

劇情簡介

犬養刑警去醫院探望女兒沙耶香，認識了沙耶香的朋友庄野祐樹。祐樹出院回家療養，一個月後卻突然死亡。參加葬禮的犬養注意到祐樹的身上有奇妙的痕跡。同一時期，在一名自殺身亡的女子遺體身上，也找到了相同的痕跡，警方展開調查。很快地，犬養追查到一個神祕的民間醫療團體「自然」……描寫民俗療法的黑暗面，結局令人跌破眼鏡的醫療推理小說。

Lovecity103

合唱 岬洋介的歸還（合唱 岬洋介の帰還）

作　者—中山七里
譯　者—王華懋
編　輯—黃煜智
行銷企劃—林昱豪
校　對—魏秋綢
插　畫—北澤平祐
裝禎設計—陳恩安
副總編輯—羅珊珊
總 編 輯—胡金倫
董 事 長—趙政岷
出 版 者—時報文化出版企業股份有限公司
108019 台北市和平西路三段 240 號四樓
發行專線—（〇二）二三〇六六八四二
讀者服務專線—〇八〇〇二三一七〇五
（〇二）二三〇四七一〇三
讀者服務傳真—（〇二）二三〇四六八五八
郵撥—一九三四四七二四時報文化出版公司
信箱—10899 臺北華江橋郵局第 99 信箱
時報悅讀網—http://www.readingtimes.com.tw
思潮線臉書—https://www.facebook.com/trendage
法律顧問—理律法律事務所　陳長文律師、李念祖律師
印　刷—家佑印刷有限公司
初　刷—二〇二三年五月十二日
定　價—新台幣五二〇元
（缺頁或破損的書，請寄回更換）

時報文化出版公司成立於一九七五年，
並於一九九九年股票上櫃公開發行，於二〇〇八年脫離中時集團非屬旺中，
以「尊重智慧與創意的文化事業」為信念。

合唱 岬洋介的歸還 / 中山七里著 ; 王華懋譯 . -- 初版 . --
臺北市 : 時報文化出版企業股份有限公司 , 2023.05
416 面 ;　21*14.8 公分
譯自 : 合唱 岬洋介の帰還
ISBN 978-626-353-685-2(平裝)

861.57　　112004220